U0927459

太阳与少女

太陽と乙女

著——[日]森见登美彦
もりみ とみひこ

译——吴曦

CNS PUBLISHING & MEDIA 中南出版传媒
湖南文艺出版社 HUNAN LITERATURE AND ART PUBLISHING HOUSE
博集天卷 CS-BOOKY

著作权合同登记号：图字18-2019-205

图书在版编目（CIP）数据

太阳与少女 /（日）森见登美彦著；吴曦译 . —长沙：湖南文艺出版社，2019.9
ISBN 978-7-5404-9336-3

Ⅰ. ①太… Ⅱ. ①森… ②吴… Ⅲ. ①散文集—日本—现代 Ⅳ. ①I313.65

中国版本图书馆 CIP 数据核字（2019）第 141563 号

上架建议：文学·散文集

TAIYANG YU SHAONÜ
太阳与少女

作　　者：［日］森见登美彦
译　　者：吴　曦
出 版 人：曾赛丰
责任编辑：薛　健　刘诗哲
监　　制：毛闽峰　李　娜
特约策划：由　宾
特约编辑：周子琦
版权支持：金　哲
营销编辑：吴　思　刘　珣
封面设计：尚燕平
版式设计：李　洁
封面·内文插画：川原瑞丸
出　　版：湖南文艺出版社
（长沙市雨花区东二环一段508号　邮编：410014）
网　　址：www.hnwy.net
印　　刷：北京嘉业印刷厂
经　　销：新华书店
开　　本：880mm × 1270mm　1/32
字　　数：253千字
印　　张：12
版　　次：2019年9月第1版
印　　次：2019年9月第1次印刷
书　　号：ISBN 978-7-5404-9336-3
定　　价：45.00元

若有质量问题，请致电质量监督电话：010-59096394
团购电话：010-59320018

目录 Contents

请诸位思考一个问题。

最适合睡觉前读的书，究竟是怎样的书呢？

比如说，有人认为“读艰深的哲学书就会犯困”。可要把它当成每晚都读的习惯，无论如何还是太过勉强。假设现在这里有一本亨利·伯格森的《论意识材料的直接来源》[1]，除非你抓住了千载难逢的良机，在恰逢脑袋如同五月蓝天一样轻灵透彻的日子里，像个苦行僧似的伏案阅读，否则是一页都别想看懂的。每天睡前读这样骇人的书籍，无异于受苦受难，没几天就会放弃的。

那么读有趣的小说又如何呢？想必谁都有过这种体验，一旦读起有趣的小说来，就很难中断了。推理小说之类的尤甚。明天本该早起的，

[1] 本书的英译本标题《时间与自由意志》更广泛地为人所知。——译者注

却因为在意凶手是谁而不忍释卷。况且熬夜的罪恶感反倒让读书的乐趣倍增，真是想停也停不下来。

既然如此，读无聊的小说行不行呢？我们会发现读那种书终究是痛苦的，跟前面提到的哲学书归于同一个结论。

如此仔细思考一番，就出乎意料地发现这是个麻烦的问题。

摆放在我枕边的书本在漫长的岁月里换了又换。高中时期是星新一的随笔集《进化后的猴子们》，全三卷文库本有着漫长的统治期。要是列举近几年的书，就是如下：冈本绮堂的《半七捕物帐》、柯南·道尔的《福尔摩斯探案全集》、柴田宵曲编著的《奇谈异闻辞典》、薄田泣堇的《茶话》、吉田健一的《我的食物志》、兴津要编著的《古典落语》……不过当我想不起哪本书最称心如意的时候，就会在就寝之前来到书架前面，像只北极熊一样来回徘徊。

“适合在睡前阅读的书。”

我常常想写一本这样的书出来。

不会像哲学书那样艰深，也不像小说那样令人亢奋。并不是不有趣，却也并非有趣到让人一读就停不下来。尽管没写什么有实际好处的内容，读起来却也并非空虚般无益。当然了，它肯定算不上毒，也算不上药。从哪里开始读都可以，只读自己想读的部分就行。书中有长有短，有浓有淡，有说笑戏谑，也有一本正经，形形色色的文章编排在一起，晃得人迷迷糊糊的，如同南洋小岛的海滩上来了又走的波浪一般，很快便能将读者送去香甜的梦乡。

你手上捧着的正是这样一本书。

1
登美彦读书记

我将有关读书的文章与文库版解说都收集于此。

话说回来，没有比写“文库版解说”更令人紧张的工作了。在自己的著作里不论写多少愚蠢的文字，都只是自己出丑而已。可文库版解说是要把自己的文章与别人的作品绑在一块儿摆进书店的。读完那本杰作的人接着就会读我的文章。光是想一想就让我出一身冷汗。

于是，我总是诚惶诚恐地写文库版解说。全力以赴地写。真是辛苦坏了。

行行复行行，犹在书山中[1]

京都旧书店齐聚的集市“下鸭纳凉旧书祭”每年夏天会在下鸭神社的纠之森举办。被书香吸引而来的人们一边擦着额头上的汗水，一边在堆成山的旧书中穿行。我也在这一大群人里面。我在旧书中举步维艰，垂头丧气。

从宿舍出发前往下鸭神社的半路上，我便已经觉得胃像装了铁球一样沉重，脚步踉踉跄跄。一进纠之森，就能迅速感到体力衰退。南北向纵长的广场上，不管哪里都是葱郁茂密的大树和成堆的旧书。黏糊糊的时间静静流淌。人们默不作声，擦着汗寻觅旧书。蝉鸣声渗透进了森林的闲静中。真可谓行行复行行，犹在书山中。而我却对旧书集市产生了一种愤懑。能让我心情舒畅的，就只有在树荫下一脸蠢相地喝着波子汽水的片刻而已。简而言之，逛旧书集市根本就不开心。

要说我最看不惯旧书集市哪一点，首先就是书太多了。

众多古色古香的书籍，每一本都看似承载着某些秘密，颇有渊源。

[1] 标题化用了俳句诗人种田山头火的诗句“拨草行行复行行，此身犹在青山中”。——译者注

闭上眼睛信手挑选，不论选中哪一册，都仿佛是只要读过一遍就能让我的人生开辟出荣光地平线的名著。我不禁心想，要是把它买下来，或许就能大受启发，写出本不属于自己的不朽名作呢。我暴露出与不朽名作无缘的渺小灵魂，同时心中那无益的焦虑便愈发严重。啊——这本也好那本也罢，应该都需要买吧？啊——这本也好那本也罢，还不至于偏要买吧？若是心想难得来一趟还是买几本吧，结果就是没完没了；若是坚决不买，旧书集市之行就此终结。我不厌其烦地反复体验这种焦躁感。不，我早已经烦透了，却还是反反复复。

我也曾经邀请美丽的少女一起前往旧书集市。然而她却沉迷在旧书之中，留下“我去去就回”这一句话，便没了踪影，消失在旧书堆的尽头。这是理所当然的，书应该是一个人去找，而不是两人一起找的。那是我初尝恋爱的失策，她被埋没在书山中行踪不明，剩下我踽踽独行。正当对旧书和孤单都感到筋疲力尽的时候，我发现了一套福武书店刊行的《新辑·内田百闲全集》。虽说缺了几卷，但全三十三卷中的大多数还有存货，价格特别便宜。我心想这回不得不买了。然而我手头难得宽裕，为了筹措资金，我居然用手机把消失在旧书迷宫中的少女找了回来。做出如此不解风情之事，接着又向她借钱才买到了全集。我们捧着沉重的纸袋走上归途。即便她替我搬了一半，半路上我也差点累趴下。她那纤细的手臂可够结实的。

想要得偿所愿，将全集的残本全部集齐，需要长年的努力。然而我并非那种集不齐全集就夜不能寐的完美主义者，能在宿舍里安放一套缺了几本的全集已然心满意足。看到我那副沉浸在半吊子幸福中的安闲模样，不难想象女孩会感到何等地焦躁。于是她在我生日那天送了第六卷《北溟·随笔新雨》给我。接着每年生日她都送我缺少的一卷，打算用七年来完成全集收藏，实乃空前绝后的完美计划。以上均为我个人的乐观推测。

从那之后过了好几年，《新辑·内田百闲全集》的空缺卷数仍旧没能填上。为什么没填上就任君想象了。说来可耻，我本以为至少能获赠一本第八卷《丘之桥·鬼苑横谈》的。伴着其他种种羞耻至极的经历，我只能板着脸品尝苦果。

今年我仍在京都，应该还会去下鸭纳凉旧书祭。那座让人心生烦闷的旧书之山，到底要绵延至何方呢？哪怕就当是去寻找《内田百闲全集》的残本，也会有过去那半途而废的回忆在纠缠。不管怎么想，都没法儿扬扬自得地享受了。

一言以蔽之，旧书集市实在令人神伤。

（《书之旅人》2005 年 5 月号）

我的青春文学

• 《一叶恋爱日记》樋口一叶 角川书店

虽说岸田刘生与永井荷风的日记都是名声在外，但若想要享受更加变态的偷窥欲，还是樋口一叶的日记最好。日记中的一叶明明胆小怕事却争强好胜，极难取悦又有洁癖，盲目冒进地死钻牛角尖，总之在各种意义上都是个危险的女人。从书中悄悄观察她的一举手一投足，就仿佛躲在电线杆后面偷窥，让人陷入一种某天能向这位古怪少女打声招呼的错觉。然而你向往的这个女孩，会在你眼皮底下只身投入某个可疑男子的怀抱，就为了借点钱。实在太惊险了，让人惊出一身冷汗，却又令人怦然心动。

明治二十五年（1892年）二月四日，尝到半井桃水[1]亲手做的年糕小豆汤后，乘坐人力车在漫天飞雪之中穿行的一叶，心中满是对桃水的思慕之情。她的亢奋之情无法抑制，甚至就此构思出了一篇小说。沉醉在恋爱中的一叶原封不动地保留了下来。这是日记最大的看点之

[1] 半井桃水，日本小说家、诗人，曾是樋口一叶的导师和恋人。——译者注

一，从旁观察的读者好似亲身体验一样感到了羞耻。可是一叶同时又体会到了无与伦比的幸福。“青春便是羞耻”，我这个偷窥狂想起这句话，在大雪纷飞的街角伫立许久，目送着人力车从眼前驶过。

- **《山月记·李陵·他九篇》中岛敦 岩波文库**

故事的主角李徵因为过于孤高而拒绝现实，最终到了无可挽回的地步而自取灭亡。李徵用滔滔不绝的独白回顾自己虚度的青春，勾勒出一个无法彻底舍弃梦想、胆怯又倨傲的男子形象，书中满是他的悲痛之情。只因惧怕自身并非珠玉，便有意不去刻苦砥砺，又有几分相信自己将为明珠，便无法与瓦砾碌碌为伍。在胆怯与骄傲间迷失方向而堕入狂乱的自尊心，最终让李徵化作一头凶虎，将他放逐出了人世间。

曾经有一个举动诡异，在宿舍住了整整六年的毕业困难户。他每每于丑时三刻独自在房中咆哮，吓得我等肝脾透凉。后来他终于被强行遣送回老家，宿舍也重归平静。表面上是这样，而我却忽然意识到了什么。只有当开始正视横躺在四叠半[1]房间里无所事事的过去与迷茫的将来时，才发现这回轮到我自己想不顾一切地大声咆哮了。也许每个人都有那样一个时期，会像赫尔曼·黑塞一样大言不惭地喊出“要

[1] 四叠半是和式房间的最简单配置，即四张半席子，面积约为6.5m^2。由于榻榻米席子的长宽比为2∶1，四叠半恰好能组成正方形。在森见的小说中，四叠半是非常重要的意象，指穷学生租借的简陋房间。——译者注

么成为诗人，要么什么都不是”。但当错过了诀别的时机，误入死胡同的时候，人也会屡屡化作在四叠半房间中独自咆哮的凶虎。

（《野性时代》2005 年 12 月号）

车中的异界

我并非所谓的“活字上瘾者”，也并非一个每时每刻都在阅读的人。不读书我还能忍着。要是有美女倒剪双臂勒住我说：“在我允许之前不许读书！”想就此来打击我的阅读欲，更是感觉不到一丝痛痒。

让我这种半吊子读书人最沉溺于阅读的地方，非电车[1]之中莫属。

初中到高中的那段时间，我时常在上下学的电车里读推理小说或是恐怖小说。上大学之后，阅读量却并没有如我所期待中那样提升，完全是因为住得很近，只需要骑自行车上学。骑着自行车疾驰时读书未免太危险了。我是个安全第一的人，从不做那种傻事。大学毕业有了工作之后，我再次坐上晃荡的电车上下班，在车中读书的习惯也死灰复燃。

在电车中读书有什么好的呢？上下班坐电车的时间并非自由时间，也并非工作时间。这段凭空冒出来的时间，非常适合沉溺在书本之中。我甚至觉得车厢适度地晃动还能激活大脑。

太过劳累以至于精神上一触即发的时候，我会在上下班的电车里读内田百闲。那升腾而起的诡异气息、古怪的逻辑、刻意的暧昧不明、

[1] 现代日本的电车一般指地铁或轻轨等列车。——译者注

对失去之物的哀惜之念、在坚定意志之上所贯彻的无意义，都让我无比亢奋，无比安心。《东京日记 他六篇》（岩波文库）中收录的每一个短篇我都很喜欢。尤其是《长春香》，更是不必由我来强调的公认名作。在翻来覆去阅读的过程中，我渐渐理解了它大获好评的原因。

（《野性时代》2007 年 11 月号）

读书人，摆书人

尽管还没到吹嘘自己是“办公室精英森见”的程度，我还是下定决心“弄个工作室吧”。那是因为我的注意力很容易被打断，面朝书桌没多久就会盘算逃亡大计。于是我在距离自家只需步行几分钟、洋溢着昭和风情的大楼一角租了个煞风景的房间，把与工作相关的东西全都搬了过去。自己家几乎只剩下了电视机和被褥。

要搬的东西大半是书。

我并非泛读家，写作也仅以妄想为素材，并不需要数量庞大的资料。一切只是因为我不擅长处理旧书，从初中起一路堆积的结果就是现在这堆藏书。从初中时看的斯蒂芬·金的恐怖小说，及至今为止那些五花八门、乱七八糟的阅读经历，全都以实物的形式留存着。不过有些也未必太偏门了。好几本《JTB 便携时刻表》就当作旅途回忆，暂且不谈了。至于《地藏盆参拜指南》和《校正必备》这种书，我甚至都记不清是何时购买的了。

我非常讲究书架上的陈列方式。如果不是按照我所认可的顺序排列，就会心生烦躁。然而，想要让书本都按照认可的方式排列在书架上，也是一桩难事。

在考虑书本大小与内容双方面的同时，我又会接着想“应该按照能厘清书本关系的方式来排列”“要是掉下来砸中头就完蛋了，重的书必须在下面”“使用频率高的书应该放在书桌旁”“漂亮的书要摆在显眼位置”“在这里要不动声色地放几本根本不读的哲学书来伪装知性”“最宝贵的内田百闲的书要放在最好的位置”“偶像写真集要放在来客看不见的位置”……思考这些问题，感觉就像在解一道复杂怪异的联立方程式。“把这本书放在这里的话，那边就会出现矛盾”“这个排列非常理想，可是大小不均，一点都不美”，我必须在种种烦恼之间反复试错。

当我终于将书本摆放成心目中理想的状态时，便能体味到巨大的充实感。摆书的工程就是如此艰巨，所以我自打搬入工作室以来，哪怕心里纠结到了极点，还是没能着手整理。望着随意塞满的书架，我气不打一处来。

可是，既然我尚有闲情站着说话不腰疼，就说明我还并未处于为书本饱受操劳的境地。我时常会重读井上厦的《书的命运》(文春文库)，每当读到“地板被压塌”一段时，都会心想“不至于吧”。因为我不可能拥有那么多书。

我为什么要屡次阅读《书的命运》呢？除去这本书很薄又易读之外，其实每读一次就会让人心中涌现出读书欲，实在是愉快至极。我要是没人管着，就会懒得碰书，茫然地虚度时光。那可不行。即便多少有些强硬，也必须给自己点上求知欲的火苗。这时候读一遍《书的命运》，就会让我忍不住想多读几本书。

《井上流读书法十条》也很有趣，每读一次都令我啧啧赞叹。可惜尝试一下就会立即遭遇挫折。阅读确实令人愉悦，但若要保持求知欲，没有点毅力终究是难以达成的。

以下是我的一家之言：这些都是跟无数书本打过交道的“读书高手”才能总结出的技巧，凭着半吊子的觉悟是模仿不来的。

所以我光是通过阅读《书的命运》来获得一些冲动就心满意足了。再说，假如我有了好几万本书，我只会“这也不对那也不对”地来回整理书架，把后半生彻底荒废掉。从此每日焦躁不安，连读书都彻底忘却……

（《新刊展望》2008 年 10 月号）

回望朗读的岁月

在工作室里阅读川上弘美所著的《真鹤》这本小说时，出现了一个叫作“砂”的奇特姓氏。

“哎呀，这个姓氏该怎么念呢？”[1]正当我心生疑念的时候，忽地回想起自己曾经因为不知道“中砂”这个姓氏的读法而把它念成了“Nakazuna”。

那是内田百闲的短篇小说《萨拉萨蒂的唱片》中出现的姓氏。

再怎么说，“Nakazuna”的读法也太拗口了，然而岩波文库版并没有标记假名读音，我只好装傻瞎猜了一个。后来在观看铃木清顺改编自本作的电影《流浪者之歌》之后，才听清楚是念“Nakasago”。那一刻，记忆立即被连上，一瞬间“Nakazuna”就被换成了“Nakasago”。

这里最关键的问题就是——我为什么会记得自己曾经把“中砂”念成“Nakazuna”呢？我要是一开始就不记得，也就不会在看过《流浪者之歌》之后当即把字面与读音联系起来了。我的记忆力还没有好

[1] 日本人的姓氏中有许多特殊的读法，与普通的汉字音读、训读不同，生僻姓氏很容易读错。“砂”作为姓氏时可读作“まさご”（Masago）。——译者注

到可以把短篇小说的每个角落都记住。

记住的原因其实很单纯，因为我曾经把《萨拉萨蒂的唱片》读给弟弟妹妹听过。只要你试着朗读就会明白，搞不清读音的字确实令人介意。哪怕你强行当作形声字来读，也会有一种若有似无的“良心上的苛责”久久挥散不去。

读书给弟弟妹妹听的时期，恐怕是初中时吧。

我给他们读的次数最多的书，是柳亭燕路所著，由白杨社文库出版的《儿童落语》。在写本文的时候，我上网搜索了一下，就找到了封面图。真是令人无比怀念。之所以接触过这个系列，是因为有个表舅送给我们一箱书，里面就装了好几册。书中每一段落语都很短，朗朗上口。我钻在被炉里朗读《儿童落语》的时候，弟弟妹妹就会笑得一起打滚。现在光是写下这件事来就不由得开心起来，真是完美的取乐方式。朗读《儿童落语》让众人欢笑，是最快乐的事了。

恐怖故事朗读起来也很愉快。倒不如说，能从心底感受到恐怖的时候也只有那个年纪了。江户川乱步的《目罗博士》就非常可怕。《萨拉萨蒂的唱片》也很可怕。

更加可怕的就是狄更斯的《信号者》了。

把这个短篇读给弟弟妹妹听，在接近高潮情节的时候，因为太过恐怖，我的头发都竖起来了。我整张脸都僵硬了，动不了嘴，仿佛是充斥着恐怖的文章迎面拦住了我的去路。正在朗读的本人也好，侧耳倾听的弟弟妹妹也好，全都面色铁青，露出一副心脏都快停跳的表情。再也没有比那次更可怕的小说阅读体验了。

哪怕是去看电影，大家一起看的时候，快乐也会变得更快乐，而恐怖会变得更恐怖。小说也能这样来享受。倒不如说，过去恐怕是“朗读”的形式更为普遍。因为不识字的人也能靠耳朵来听故事。

曾几何时，据说英国的每个家庭都会收听朗读版的狄更斯小说连载。全家人都捏着一把汗来收听狄更斯的朗读剧，那乐趣一定超乎我的想象吧。负责朗读的人一定别有一番滋味。如果是电视连续剧，大家只能一齐盯着电视画面，可如果是朗读小说，每位家人还能扮演自己的角色呢。我猜当时一定也播出了《信号者》，在圣诞节让英国的家家户户都坠入了恐怖的深渊吧！一想到这个我就乐不可支。

若要更深层次地品读心爱的小说，那么让别人朗读给你听也不失为一个妙招。它会让令人愉快的小说变得更令人愉快，让恐怖的小说变得更恐怖。

朗读出来的小说，会与当时的环境结合起来，深深地留存在记忆中。

我还记得朗读《萨拉萨蒂的唱片》的地方，是父母家二楼，妹妹的房间里。我饱受着良心的苛责，好几次都把那姓氏念成了“Nakazuna”，时至今日都难以忘怀。

（《书之旅人》2012 年 12 月号）

心潮澎湃是为何？

心潮澎湃是为何？

今日真知子的《千年画报》刚出版的时候，我受委托写了推荐文。

在邂逅这本漫画的时候，我觉得是一本“很美的漫画”。让我这种只会写陈腐大学生在暗地里搞破坏之类扭曲文章的人来写推荐文，实在有点对不住人家。不过在阅读的过程中，我心中开始频频发问：这是怎么回事？这可不光光是很美而已啊，总觉得让人心潮澎湃，这绝不是那么单纯的漫画！最终，我把自己的感想原封不动地写在了腰封上——“心潮澎湃是为何！”最后的标点不是问号而是感叹号，全都是为了表达自己对这种身心均被玩弄的感受而发泄的“愤慨”。

这里就先写一段我的私人回忆吧。

小学时的我很喜欢淋雨。放学回家的路上，没带伞却下起雨来的时候，我甚至想“呀吼”地欢呼起来。因为我有了被雨淋湿的正当理由。如今我长大了，自然不会再沉溺于这种玩耍，可是当初在雨中走到袜子都湿透时，双脚在鞋子里嘎吱嘎吱滑动的感触仍旧印象鲜明。

到了初中时，我很喜欢飙自行车。尤其喜欢在秋季的黄昏，家家户户开始准备晚餐的时候，风驰电掣地在昏暗的住宅区穿行。飙车的时候必须穿上短袖衬衫。因为秋天那凉爽到令人感伤的空气拂过手臂时实在太舒服了，让我心潮澎湃。

而现在，就当我写这份原稿的时候，喜欢频繁地揪头发。这是我的坏习惯。我是天然鬈发，左后脑勺有个地方的头发鬈曲成了一种独特的三维形状。用手指把头发缠绕起来，就会产生一种难以言喻的感触。每当我写不下去时，就会忍不住伸出手指，在左后脑勺的特定部位把头发一圈一圈地缠绕起来。

《千年画报》的场景中会接二连三地出现：清晨冰凉空气的触感、妮维雅的触感、随风飘摇的窗帘触感、头发缠在发梳上的触感、从管子里挤出东西的触感、啪叽啪叽捏泡泡纸的触感、用电动削笔机削铅笔时传递到指尖的触感……在追溯这些触感的过程中，就如同上文中举的几个实例那样，某些模糊不清却又被身体牢牢记住的触感，会逐一在你心中复苏。

说白了，我是个把大半部分日常时间花在书桌前的人，相比肉体感受更注重精神妄想，相当头重脚轻。但是我在阅读今日真知子的作品后，那些近乎淡忘的感觉又被一一撩拨起来，不由分说地变得无比敏感。

当感觉被不容分说地挑逗到最敏锐的高度时，又能在某一页上邂逅极其大胆的画面——比如说透过帘子窥视到女性修长的美腿。鲜活的场景愈是令人心潮澎湃。

我完全中了这本书的圈套。真是太可怕了。

恐怕这就是心潮澎湃的原因吧。

（*MANGA EROTICS F* 2010年11月号）

《五个橘核》与心心念念的烟斗

我第一次阅读夏洛克·福尔摩斯的故事，大概是在小学三年级时候。当时表舅把读过的书装了好几个纸箱送来我家，而这位伟大侦探的冒险据说也装在那几个纸箱里。顺带一提，令我最为在意的“福尔摩斯”系列的作品《五个橘核》也是在那时邂逅的。

原本被《五连者》[1]《宇宙刑事夏依达》《假面骑士 Super1》所占据的辉煌空间，忽然就被夏洛克·福尔摩斯所占领了。我曾经强烈地渴望拥有一条玩具店有售的假面骑士变身腰带，甚至还当真生气过：“明明只要有了它就能变身成假面骑士了，父母却舍不得出这么一点小钱，他们的脑袋是不是有问题？”不过那时的我已经过了对骑士腰带梦寐以求的年纪，开始一个劲儿地向往起夏洛克·福尔摩斯抽的那根烟斗。当时我的父亲就抽烟斗，我羡慕得不行，下定决心长大了也要抽烟斗。

刚巧那时候，电视上也在播放格拉纳达电视台[2]拍的电视剧，父

[1]《五连者》即日本朝日电视台特摄片“超级战队”系列中的首作《秘密战队五连者》。——译者注

[2] 格拉纳达电视台是英国的独立电视台之一。——译者注

母热情十足地把节目都录下来了，也是促使我沉迷福尔摩斯的一大要因。由于我年纪实在太小，同时接触两个版本，使得杰里米・布雷特饰演的电视剧版福尔摩斯与原作的福尔摩斯在我心目中浑然一体，毫无差别。

随着年纪增长，我的个子也越长越高。有一阵子也曾打算不再痴迷福尔摩斯。这种想法作祟最严重的时候，恐怕就是阅读陀思妥耶夫斯基、福克纳和夏目漱石这些文学巨匠作品的时期吧。经过了那样一段时期，我又回去重读福尔摩斯，却发现那位不朽的名侦探丝毫没有失去光芒，而是堂堂屹立在原地。他的光芒甚至比过去更耀眼，让我惊讶不已。

我最喜欢《五个橘核》开头描写福尔摩斯与华生在贝克街度过暴风雨之夜的情节。角色与细节环环相扣，而细节又与世界环环相扣。在我心目中，伦敦孕育出福尔摩斯的时刻就是不可磨灭的经典瞬间。福尔摩斯的伦敦，是柯南・道尔幻想中的伦敦。柯南・道尔的幻想力太过强烈，使得我们也对他所幻想的世界心驰神往。

大学四年级的时候，我曾经逃出研究室，整个人精神恍惚，那段时间我去了英国一个月左右。我每天一边妄想，一边在伦敦四处闲逛，翻阅平装本的福尔摩斯。我在街头的烟草店里买到了少年时代心心念念的烟斗才回了国。

如今我都很珍惜这个烟斗，可是一次都还没用过。

（《小说 野性时代》2015 年 1 月号）

四叠半中的内田百闲

我第一次动笔写故事，是在小学三年级的时候。契机是与同学一起在某个活动上表演连环画剧，同学与他的父母负责绘画，而我负责写剧本。

我对其中的乐趣食髓知味，让母亲买了原稿纸，开始写起文章来。我应该是受了爱读的姆明童话、宫泽贤治，还有夏洛克·福尔摩斯的影响，可事到如今已经说不清什么才是决定性的动机了。总而言之，这份原始体验告诉我，从自己的文章中诞生出另一个世界是如此纯粹的愉悦。到了青年时期，我开始对（自己臆想中的）“所谓文学创作”眉来眼去，以致迷失其中，反倒成了苦涩的回忆。

上大学之后，我也窝在京都北白川的某个四叠半房间里，一个劲儿地写东西。还没等我写出能让自己满意的作品，学生时代就已经逝去。

这样下去恐怕是当不上小说家的。正当临近放弃的时候，我与内田百闲的作品重逢了。高中时期我也曾经接触过一次，可当初还无法理解其中的趣味。而当我在京都那逼仄的四叠半房间里阅读时，才发觉百闲实在是让人回味绵长。只要能追随百闲的文章而去，我就别无所求。一个崭新的季节就此到来了。

内田百闲大致来讲有两种文风。第一种的代表作是《萨拉萨蒂的唱片》或《山高帽子》，会不厌其烦地描写莫名其妙的不安感受。另一种的代表作是《阿房列车》，虽然愁眉苦脸的，但藏着开玩笑一样的幽默感。

不论是处于哪种风格，最大的魅力还是在于文章本身。

当时的我能切身感受到的，就是百闲能仅靠文本来创造一个世界。读者可以体会到，他不想写的东西就一个字都不会写，创造出的是个纯粹而诡谲的世界。可以说那是个描写对象与描写工具一拍即合的世界，也可以说是个文本消失后就空无一物的世界。过去我从未读过如此任性的文章，便决心也要像他一样写作。至于我能否写得像百闲一样好暂且不提，至少我有了明确的前进方向。从那时起，我所写的东西就渐渐变了，也第一次写出了能让自己满意的小说。

因此，每当我对写作有所迷惘的时候，就会读读内田百闲的作品。

（《小说 野性时代》2016 年 1 月号）

让孩子睁眼的方法
——本上雅美《眼镜日和》解说

读了本上老师的文章，就让人想起孩提时代。

小孩子其实过得并非那么无忧无虑。他们和成人一样，生活中充满了烦恼。长大成人之后回顾孩子的烦恼时显得很不值一提，但那只是表面如此，对当事人来说可是生死攸关的。痛苦的时候异常痛苦，害怕的时候也异常害怕。孩子的日常是惊险万分的。

他们会因为游泳课将近而苦恼，因为放学路上绕道迷路而哭泣，因为电影《僵尸小子》的预告片太吓人而睡不着。坐上万博乐园的摩天轮，会因为太高而哭泣。他们被妹妹的法国洋娃娃吓得东躲西藏，又被弟弟心爱的小丑人偶吓得魂飞魄散。

担惊受怕，哭哭啼啼，回想起来真是一段充满恐怖的岁月。

光是苦恼自然有失偏颇，相对地，开心起来也是无止境的欢乐。至于到底有什么好开心的，事到如今已经无法解释了。孩提时代就是那么开心。

那究竟是何种原理呢?

即便是普通的星期天，也会一大早从床上蹦起来，像颗被弹飞的豆子一样冲出家门，而且还乐呵呵地笑着。无论如何也不会一个懒觉睡到将近中午。感觉真是快乐得一刻都不能安静下来。他们生龙活虎，满地打滚。

光是活着就觉得很开心。

处于这种境界的孩子们很乐意出门露营。那种让脑浆沸腾一般的快乐，绝非成人能够想象的。

森见家有每年夏天去滋贺县深山中露营的惯例。我们一大早起来把行李装进车里，由父亲载着大家一起出门。从大阪到滋贺并不是很远的旅行，但小孩子却会认为是出远门，心想“要出门去大冒险了”。

如今都能隐隐约约地记得那个早晨。

我睡在床上做了个有关蝴蝶标本的梦。从梦中醒来，我猛地睁开了眼睛。百叶窗缝中透入了耀眼的晨光。就在那一刻，我想起“今天是出去露营的日子”。下一个瞬间，毫无夸张，我真的翻身跃起，朝着睡在一旁的弟弟大喊：

“翔太！到早晨了！”

“好哇！”

听到我的声音，弟弟也在一瞬间跃起。

接着，我们两人一起冲出了房间。

想要回忆孩提时代难以置信的快乐情景时，我只需要想想那个早晨就足够了。

在这本书中，本上老师写到了由母亲驾车，千里迢迢从大阪前往山形的逸事。甚至连小兔子“兔五郎”和乌龟都一起上了车。要是我小时候经历过这样的大冒险，究竟会有多么激动呢？

我想一定会因为太过兴奋，当场喷出鼻血倒地吧。

小孩子都是贪吃鬼。

而本上老师也是个贪吃鬼。

“我爱死炸肉饼[1]了。”

由这一行字开始的《挚爱炸肉饼》的小故事非常厉害。

首先，第一行字“我爱死炸肉饼了”就令人生畏。让人觉得“啊，我中招了”，就像是吃了一记居合斩。开头都这么写了，我们还有什么好说的呢？这句话仿佛是仰望着春日青空娓娓道来，又藏着一种不容分说的毅然之感。

“原来如此！”读者不得不如此赞叹，“你真的很喜欢炸肉饼呢。”

而且，没有比这更让人想吃炸肉饼的文章了。假如有“如何把炸肉饼写得更好吃”的国家测验，那这篇就是范文。

这篇文章并没有细致入微地描写炸肉饼的魅力。再说了，哪怕细致入微地去写，也写不尽炸肉饼的魅力。越是分析，就会离炸肉饼的本质越远。这本书里写的是“炸肉饼在何种状况下能够成为地球上最美味的食物”。

[1] 炸肉饼是日本独有的和制洋食之一，是将猪肉糜或牛肉糜与碎洋葱混合后裹上面粉油炸的菜品。——译者注

所以才能让人觉得这么好吃。

“刚出锅，热腾腾的哦。”

老板娘妹妹的这句话，戳中了我们的死穴。

我甚至想立刻上街寻找刚出锅热腾腾的炸肉饼。

读到这里，我也对本上老师产生了对抗心理，差点就要热情洋溢地讲述“生蛋拌饭”的魅力了。不过我还是不要班门弄斧地浪费稿纸了。

可是我内心还是坚信——想要对抗本上老师的“炸肉饼”，究极绝招，只能靠写一篇《生蛋拌饭》的文章。

食物、旅行、动物，孩提时代的回忆。

阅读本上老师的文章时，我的身边洋溢着一种“小世界”的欢快。那并不是沉溺于妄想的世界，而是可以亲眼看见、触手可及的世界。

很接近孩子稚拙地摸索的世界。

尽管是个小世界，却不能小看。即便长大成人，我们的手也并非无远弗届，眼睛也不能看清太平洋对岸。就算来到了地球的另一侧，展开双手所及的范围仍旧不会变。

当然了，我们确实是大人。成为大人的过程，就是学会让心中的孩子闭上眼睛。小孩子是很愚蠢的，如果净用孩子的眼睛来看世界，一定会遇上麻烦。所以我们才需要闭上孩子的眼睛。也许有一些人闭得太紧实了，会就此忘记用孩子的眼睛看世界的方法。

可是，大多数人可以熟练地控制心中的孩子，适时地睁眼闭眼。

品尝美食的时候、漫步或奔跑的时候、眺望森林的时候、抚摸猫咪的时候，我们会让心中的孩子睁开眼睛。想要像小时候那样尽情享受欢愉或许有些强人所难，但当初学会的方法如今也能派上用场。

我想，本上老师写文章的时候，一定把她那双孩子的眼睛睁开了。

（本上雅美《眼镜日和》解说 集英社文库 2009 年 10 月）

深泥池与深泥丘

——绫辻行人《深泥丘奇谈》解说

在京都度过学生时代时，我经常会和朋友搞“试胆挑战”。

要是有女孩子也参与进来，就能期待她会在某个瞬间突然抱住自己，利用吊桥效应让我们飞跃性地进展为亲密关系吧？或许有人打的是这种算盘，但在我们身上绝无此事。我们两个男人总是在丑时三刻夜访大文字山或是鹭森神社，又或是爬上伸手不见五指的南禅寺水路阁，在深夜的琵琶湖畔飙自行车，钻进清泷隧道。这对我们的人生有何裨益呢？当然是毫无益处。说得更直白一点吧，我们根本经不起考验，胆子小得不值一提。

深夜造访北边的“深泥池”也是那阵子的经历。

我已经忘记是从谁那里听说了一条流言——“那个池塘附近会有幽灵出现”。同行的朋友说：“我现在哪怕找个幽灵当女朋友也行，只要是美女就行。”如果这是一篇小说，发言不慎的这位朋友肯定会被胖乎乎的大叔幽灵附体，从此走上悲惨的末路。可惜，不知是幸运还是不幸，并没有诞生出《深泥池奇谈》这本书。我们只是呆若木鸡地盯着池塘，嘀咕了几句“没劲”就回去了。虽说“深泥池”这个词念起来像煞有介事，但压根儿没出现什么灵异现象。

看到深泥丘这个地名，我就不由得想起了深泥池。

《深泥丘奇谈》的故事发生的（大致）地点，就是我上学时到处溜达的地方。

在读这本小说的时候，我就会有意识地想："这家医院指的就是那边的吧？""这里的 Q 电铁指的是那个吗？"

当初我非常喜欢内田百闲日记里的一句话：小巷中必有秘闻。我自己也时常在日常生活中探索神秘的气息。而阅读《深泥丘奇谈》的时候，就感觉到这本小说是绫辻老师根据自己发现的"小巷秘闻"创作而成的。

"小巷秘闻"最简单粗暴的解释，大概就是萦绕在日常生活周围的异世界气息。既然是异世界，我们的理论就不起作用了。那个世界一定是基于彻底不同的系统来运作的。

把《深泥丘奇谈》读下去，就是体味那种系统的过程。第一个短篇《脸》或许让人摸不着头脑，但逐篇阅读下去，碎片与碎片就联系起来了，一个以独特系统运作的世界浮出水面。此处的精髓就在于，系统的全貌必然无法理解。尽管我们不明白它是以何种原理在运行，但我们很清楚地知道，肯定存在着某些事物并发挥着效用。

我们不知晓绫辻老师将这个世界的系统设计到了何种地步。但从个人兴趣的角度来说，相比拼凑作品中的种种证据来厘清整个系统，我更喜欢投入进去，大声感叹："啊，这儿有个稀奇古怪的世界！"

只要持续不断地逃离理性逻辑，这个世界就会无限延伸。

这是很重要的。

那么究竟是什么让系统有了说服力，从而驱动整个世界呢？

第一点是独特的词语。“人文字山”“Q 电铁”“如吕塚线”“徒原之里”“黑鹭川”“猫大路大道”“红叡山”“猫目岛”“水鱼山”“龙见山”“青头山”“耳山”“刀山”……它们看似是将京都的地名改了字眼，说不定还藏着什么别的出典。把它们摆放在一起就能发现，给人的阅读感是一致而连贯的。“六山之夜”[1]中出现的送火文字“人”“永”“ひ”“目形”“虫虫”也是以文本来呈现。总之我对这个“虫虫”是一见钟情了。然后，在这些词语背后还有“深泥丘”这个地名将它们牢牢吸附住。

第二点是“妻子”。主角与读者都不甚理解这个世界的系统，故事中的妻子却似乎很懂。尽管主角遭遇了诡异事件后显得战战兢兢的，妻子却不为所动。对她来说，一切都是理所当然的。这个事实告诉了主角，也告诉了我们——这个世界上有一种我们不理解但切实存在的系统在运行。说到底，对一个丈夫来说，还有什么事情比“妻子认可”更有说服力的吗？绝不存在。正因为那些事情对妻子来说是稀松平常的，所以这位体贴却来路不明的妻子是绝不会把世界的系统构造解释给我们听的。

第三点是医院相关人员。包括神秘兮兮的好几个石仓医生和咲谷

[1] “六山之夜”的原型是京都的“五山送火”仪式，分别要在京都的五座山上点燃“大文字”“妙法”“船形”“左大文字”“鸟居形”这五种形状的篝火，绫辻行人在书中写成了原创的形状。——译者注

护士。他们也和主角的妻子一样，熟知这个世界的系统，甚至连操控它的方法都知道。说到底，对一个患者来说，还有什么事情比“医生是这么说的”更有说服力的吗？绝不存在——这么说或许并不恰当，但是在深泥丘的世界里，就是这么回事。而他们也一样不会向我们解释世界的系统构造。

《深泥丘奇谈》从病而始，从病而终。主角之所以能够在谜团重重的系统四周徘徊，展开模棱两可的冒险，是因为有眩晕等莫名其妙的身体不适。

假如主角精神百倍并且头脑清晰，那恐怕就别想在这诡异系统支配下的世界里平安存活下来了。他如果正面挑战这个世界的系统，要不然就是脑子被巨大的彩虹色爬虫从里面啃食殆尽，要不然就是摔进奇怪工厂遗址的废液池里被溶解得一干二净，总之等在后头的不会是什么好结果。在深泥丘的世界里，并不是“只要有精神就好”的。这便是所谓的“一病消灾”了。

正因为精神萎靡，主角才能在这个世界存活下来，这个世界是在主角精神萎靡的条件下才成立的。尽管在作品中发生了残酷的事件与灵异现象，却依然没丧失独特的温柔与幽默。这是因为主角通过疾病才与这个异常的世界不谋而合了。自己有病与世界有病这二者是浑然一体的。短篇《恶灵附体》中，故事的发展很有悬疑色彩，不过当读完全书再重温这个短篇时，就会陷入一种奇异的感觉。在这个有病的世界里，悬疑风格的整合性反而成了难能可贵的东西。

毕竟这是一个把深泥池颠倒成深泥丘的世界。昔日我曾与好友在半夜三更造访，妄图寻找美女幽灵，又说着“没劲”嗤之以鼻的地方，颠倒过来竟能出现这样的世界。

从池到丘，从外到内，从健康到疾病。

这个世界的一切都是截然相反的。

如此总结一番，总算有点解说的样子了。写着写着，我又一不小心掉入了理性逻辑的陷阱，这可不好。

想要巧妙地持续逃离理性逻辑是一件困难的事。

（绫辻行人《深泥丘奇谈》解说 角川文库 2014 年 6 月）

“孩子”们
——绵矢莉莎《愤死》解说

过去在阅读本书开头的短篇《大人》时，有这么一句话——

“喂，我还记得呢。哪怕把其他所有事情都忘记，我还是记得呢。”

这道仿佛是从异次元传来的声音，让我大吃一惊，不禁“哇呜”地呼喊出声。后来我又重读了这个短篇好几次，每次都不寒而栗。这种感觉就好像把一颗滑溜溜、纯白色，形状又有点瘆人的小石子悄悄握在掌心一样（如果你现在试读了这篇《大人》，心里又“哇呜”了一下，请立即购买本书）。

这本小说并不会止步于令人背后发凉而已。

我从小就是个胆小鬼，不知不觉间却喜欢上了恐怖故事。但是又并非只要够恐怖就行，那些把残虐放在首位，到处都杀气腾腾的故事我就受不了。正因为是恐怖故事，才需要更细腻的元素，还需要能让人自然阅读下去的关怀之心。我希望读到让人能切身感受故事世界气氛的文章，又能在高潮部分不由自主地“哇呜”出来。我这样那样的要求实在太多了，结果就是很难找到彻底符合个人喜好的恐怖故事。然而，《厕所中的忏悔室》这篇小说几乎就是我理想中的那个“恐怖故事”。

从略带乡愁的地藏盆节回忆开始，到层层恐惧扑面而来的高潮部分，整个故事的情节转换非常流畅，每个小角落又充满了令人毛骨悚然的气氛，让我欲罢不能。走过架在小河上的白铁板桥才能进入的房屋，让人联想到斯蒂芬·金的小说《它》的水渠隧道，长得阴森可怖的野生芦荟，仿佛都成了我的回忆，印刻在脑海中挥之不去。这篇小说可以用“企图进行一场虚假成人式的大人自取灭亡的故事”来简单解释，但并不会稀释恐惧感。“等间距打在门框上的神秘挂钩”与“几乎能听见婴儿笑声传来的可爱婴儿椅”这些不容分说的恐怖要素，简直就像鱿鱼干一样，令人回味无穷。

说到底，我偏好的恐怖故事最关键的还是气氛。如果没有把该用的词语放在该放的位置，没有在该紧张的地方写得干净利落，本应心惊肉跳的情节也会在一瞬间变得疲软。从这层意义上来说，与“笑点”的细腻程度是很相似的。

有一种毫无根据的看法，认为恐怖故事如果从一开始说太多遍“很恐怖！很恐怖！”就会变得恐怖不起来。就像鬼故事高手都是从家长里短开始闲扯一样，一个波澜不惊的开头似乎才是好的选择。反过来说，如果搞笑故事是在漫不经心中开始的，那么不管读了多久都会有难以尽兴之嫌。而我则认为，从开头就给人当头一棒，蛮不讲理地宣告胜利，才是通向胜利的正确路线。

小说《愤死》的开头如此写道：“我听闻小学与初中时期的一位女性朋友因为自杀未遂而住院了，我纯粹出于好奇心，决定去探望她。”如此的当头一棒反倒让人觉得“这故事绝不会无聊”，期待愈加强烈了。这篇小说给人一种太宰治《亲友交欢》女性版的感觉，在极为老练的文笔铺陈下，主角那种对朋友充满恶意的视线接连而来，让我汗毛直竖。“佳穗是有钱人家的女孩，很爱显摆，从小就自命不凡，外表却无甚魅力，可以说就是个女性肥胖版的小夫[1]。”这样的句子让人不禁想“所谓的冷若冰霜就是这样的吧”。如果绵矢老师像这样毫不留情地把我彻底刁难一遍，恐怕会产生一种受虐狂般的快感，让我一年都难以平复吧。围绕平庸的佳穗展开的故事，从讲述的风格上来看，可以当作一个纯粹惹人嫌的故事，也可以当作一个恐怖故事。叙述者那扭曲的视角与让人痛快的文笔甚至让它啼笑皆非。在笑意中，那个能震飞一切的结局不容分说地呈现在了读者面前。

过去与绵矢老师聊天的时候，我们说起了在网上阅读恐怖故事和都市传说的话题。当得知我们都曾经因为读过同一个故事而瑟瑟发抖的时候，产生了很深的亲近感。《人生游戏》就是这类恐怖故事与都市传说氛围最为浓厚的一篇小说。即便如此，这篇小说在我心目中最为华彩的部分，是孩子们在厨房玩“人生游戏”的时候，哥哥进来喝牛奶的那个场景。这段情节仿佛自己回忆中的场景一样，在我心中刻下了烙印。随着阅读愈加深入，这段“令人感怀的少年时期经历”缓缓地变化成了一场白日噩梦，也很出色。话说回来，这个哥哥究竟是什么人呢？应该可以想到许多种答案吧。

既然开头是标题为《大人》的短篇，那么这本小说集会不会是以“大

[1]《哆啦A梦》中的角色骨川小夫，家境富裕，性格骄傲，爱炫耀。——译者注

人”为主题的小说集呢？不论谁都会有这种想法。我也抱着这种想法再次阅读了一遍，而在我脑海中愈发清晰浮现出来的，却是变化为种种形态而纠缠不休的“孩子”们。

不论是在冷飕飕的厕所窗外向主角忏悔的“雄介”，失恋后从阳台向虚空跳跃的“佳穗”，还是在“人生游戏”的尽头造访年老主角，以当日的模样痛饮牛奶的“哥哥”，我认为描写的全都是未能瞑目的“小孩”。如若真是这样，那么《厕所中的忏悔室》这篇小说特地选取地藏盆节作为起始也就能让人信服了。“大人”这两个字的另一侧，也紧紧贴着“小孩”这两个字。

让我们回到这篇解说文的开头吧。喃喃地说出“哪怕把其他所有事情都忘记，我还是记得呢”这句话的究竟是谁呢？能写出这句奇妙呼唤的人的确是“长大成人”的叙述者，与此同时也是那时的“孩子”说出的话。恐怕他是伫立在“孩子”当初被弃之不顾的地方，永远呼喊着“我还记得”吧。如此胡思乱想一番，便能体会到另一种毛骨悚然的滋味。

（绵矢莉莎《愤死》解说 河出文库 2015 年 3 月）

虚假生灵的真实世界
——北野勇作《模型龟卡美丽》解说

小说《模型龟卡美丽》中有一种叫作“鼠妇仿生人”的东西，名字起得特别棒。

小时候我就非常热爱鼠妇[1]。我会在幼儿园楼房背阴处湿漉漉的地方跟鼠妇一起玩耍。啊，我曾是那样热爱鼠妇，究竟是何时起变得疏远了呢？如今的我别说是鼠妇了，对各种生物都怕得慌。从某种意义上来说，我已经把自己封闭在围城内侧了。

而阅读《模型龟卡美丽》的过程中，我能感觉到围城在微微震颤。

《模型龟卡美丽》中有许多不可思议的生灵出现。

这个世界无比古怪，什么东西都是活的。地铁是庞大的蝌蚪，图书馆里的书就像是变大的涡虫，就连有线电视也会自己在墙上钻开洞，伸出缆线。本应是冷冰冰的物质世界，不知从何时开始变得软绵绵，蠢蠢欲动起来。

正因为这是一个活物组成的世界，我们也能隐约看到“属于活物

[1] 鼠妇又名西瓜虫、团子虫等。——译者注

的残忍”。从大家一起把卡美丽的蛋做成蛋包饭吃掉的情节就能略见端倪。这种感觉与我们在生物图鉴或是纪录片中目睹自然界“食物链”时的体验惊人相似。

最让我印象深刻的就是“非人类”了。那是一群为了有朝一日人类能回归而重建了整个世界的生物。它们以自己的身体为材料，组成桥梁、高塔，甚至堤岸上的消波块。它们模糊了个体的边界，感性非常独特，因此非人类的言行给人一种“瘆人与可爱浑然一体”的感觉。我甚至能感受到一种生物图鉴般的幸福。非人类之间的对话就好像融成一团的脑浆在自问自答一样，读着读着不由得想起我与挚友们在舒适的酒馆里絮絮叨叨扯淡的情形。那一刻，我们确实品尝到了非人类一般的幸福。

正如主角卡美丽是一只“模型龟”一样，这本小说中登场的生物其实都是冒牌的。它们似乎都是由人类创造出来的。它们热爱的电视剧都是按照固有套路制作的山寨货，而卡美丽孜孜不倦制作的菜单也是用泥做的假菜单。

“它们的行动模式早已被编排过，而这件事卡美丽其实是明白的。”这个世界中的生灵所体现出的勇敢无畏、可亲可爱，全都是源于虚假的它们在拼尽全力模仿真实之物。就好像在“过家家”。

我回想起卡美丽从地底仰望截成圆形的蓝天的那个场景。卡美丽从圆形的蓝天联想到了“地球”。它们自己所居住的星球，仿佛成了遥远天空尽头才存在的地方。这一描写与卡美丽的感受也是有联系的：

这个世界本身是否也是虚假的呢？产生这种感受与继续活下去是并不矛盾的。因为不懂得这种感受的人，是不会读小说或是写小说的。

《模型龟卡美丽》的世界中，虚假生灵们的共同目标是真实世界。可惜那真实的世界却是电视机中的世界，依旧是虚假的。那么真的究竟在哪里呢？其实我觉得，它们这么存活下去或许本身就是一种真实——我们的卡美丽似乎正在缓缓向这种真实追近。“快乐与表面的快乐有什么区别呢？”“就算并非与真物完全一样，但只要让人感觉上与真物一样，那么不就相当于‘与真物一模一样’了吗？”

在继续阅读《模型龟卡美丽》的过程中，“乌龟爱美丽，名叫卡美丽”[1]这个平淡的开端，逐渐扩展成了一个宏大的世界。不过卡美丽它们生存的世界到底是基于何种原理形成的呢？

那是个万物皆为生灵，万物又皆为伪物的世界。

读过“卡美丽去海边度假”这章后，从散布在各处的线索就足以依稀推测出“大概如此”的结论。但我不会在这里透露。我反倒认为“绝不揭晓世界的全貌”才是最重要的。

我们的卡美丽最出色的地方，在于它在逼近世界之谜核心的同时，对它的费解之处也能坦然接受。那是它作为一只浩的模型龟的达观，也是作为伪物的达观。双重的达观给这本小说带来了一种难以言说的

[1] “卡美丽”的名字是将乌龟（日语发音 Kame）与电影《天使爱美丽》主角的名字组合起来。——译者注

温情。假如卡美丽不是这样一个理想的糊涂鬼角色，《模型龟卡美丽》的世界恐怕已经被毁灭，被还原成“大海”了吧。

我们时常会忘记温厚的品性，认为“世界必须是如此这般的”。然而世界往往并非如此这般。当我们摆架子太久而疲惫不堪时，又会嘀咕一句“真没辙”，然后和朋友们去酒馆絮絮叨叨地胡扯。我们体会到的不就是非人类的那种幸福吗？在嘀咕“真没辙”时，流露出的正是卡美丽的那种达观。

虚假生灵创造出的真实世界究竟体现在哪里呢？

那就是各种生物所组成的生态系统。生物们有时互相捕食，有时化作构建世界的材料，有时又打破边界而融为一体，一不小心就会回归泥海。乍看是个荒唐的世界，实际却能感受到一个不可动摇的系统。即便如此，这个系统的全貌依旧谜团重重。

能不能说这就是小说中世界的本质呢？

我们在此讨论的是存在于北野老师脑海中的生态系统。北野老师一点点把鲜活跳动着的生灵从脑中抽了出来。想要做到这个，还是需要一些窍门的。“不对不对，不是造出来的，只是让他回想起来了而已。”将大海变作陆地的非人类说道。它们的话里是不是藏着什么秘密呢？从脑海中抽取出的生态系统在转化为言语之后，依旧是个蠢动着的鲜活世界。《模型龟卡美丽》一书中，温情与残忍、幽默与恐怖都难舍难分地结合在一起，这种感觉里就蕴藏着鲜活的要素。

当我们摆起架子断言“世界必须是如此这般的”时，我们就躲进了围城的内侧，在“温情”与“残忍”、“幽默”与“恐怖”之间画出一条分割线。而实际上，这些要素原本就只是“活着”的不同侧面而已。它们本就是一体的。把本就是一体的存在活生生地掏出来，全然一体地取出来，听上去不是很简单吗？可惜，有些事情并非足够单纯就能轻易实现。

我在思考这些问题的时候，忽地想起地下水道深处有个地铁产卵的地点。

这个场景在《模型龟卡美丽》中给我留下了格外深刻的印象，有一种不经意踏进大圣堂般的肃穆庄严。“那是死亡之地，亦是诞生之地。”这句话写得一点都没错，那里简直就是世界的深渊之底。在那生与死交织的凄美场景中，我们的卡美丽毫不客气地一口咬住了地铁的卵。它的理由是“因为看上去很好吃”。这是多么简洁又美妙的一句话啊。我们的卡美丽是多么鲜活的生灵啊。它是多么可爱，多么残忍啊。它必须是这样才行。

据说地铁的卵是这样一种东西——

“咬上去很有韧性，甚至会发出嘎吱嘎吱的声音，同时又很柔软。没有骨头一类的硬物。按下去会凹陷，但又有反弹回来的弹力。”

这段话描述的不就是小说本身吗？

（北野勇作《模型龟卡美丽》解说 河出文库 2016 年 6 月）

2 登美彦谈嗜好

这里收集了一些谈论我喜欢的影像作品、各类产品与食物的文章。

一个人如果能把“怪谈”“搞笑”“食物”写得足够有趣，就可以无所畏惧了。我是从大学时候产生这种想法的，也是受了内田百闲的影响。然而，虽然我写了不少“怪谈”与“搞笑”的文章，在“食物”上却没有一点自信。我的食欲也许在根本上还不够旺盛。

我的秘藏放映室
——《岸和田少年愚连队：阿薰最强传说》

有一次，同学说在深夜播出的电视上，看了一部胡来到无法无天的电影。据说在录像电影界与哀川翔堪称双璧的巨星竹内力，不知为何穿上了立领制服，演起了高中生。竹内力怎么可能接那种角色呢？怕不是这位仁兄备考司法试验太过疲劳，深夜不小心打了个盹，做了个狗屁不通的梦，跟现实混淆起来了吧？正当我为他感到可怜的时候，发现真的有这样一部电影，大吃一惊。

竹内力演的“阿薰”长着一张与高中生毫不相称的大叔脸，打起架来是前无古人地强悍。这部电影就纯粹以此为卖点。田口智朗演了一个整天纠缠竹内力的超级蠢货，他也是个高中生。而岸和田这个地方，就是受到魔女诅咒、长着大叔脸的高中生也能每天横行霸道的神秘空间。

由于竹内力是那样气度不凡，初中刚毕业就立刻有黑帮来挖角了。但又因为气度太过不凡，连黑帮成员都瞠目结舌。“你小子真的是十五岁吗？”黑帮小弟问的这句话，表达出了所有人的心声。不过，竹内力对黑帮的拉拢嗤之以鼻。他还有更大的梦想——上高中。他想要称霸全国的高中，成为全国总番长。这份纯真堪称气壮山河。从某种意义上来说真的很了不起。后来，他果真将黑帮成员揍得体无完肤，成功升入高中。竹内力在一地狼藉的堤坝上吐了口唾沫，强得像个鬼怪。东倒西歪的黑帮成员们惨到丢人现眼。

大叔脸的怪物终于升入高中，电影开始描写他的平凡日常。有对咖啡馆打工女孩的淡淡爱恋，也有与高中温柔女教师的灵魂交流。更有和多管闲事的热血教师之间的碰撞（一击揍倒）。一言不合就打架。还有和小伙伴们一起闯下各种弥天大祸（为了卖铁换钱偷了一根铁轨，从天王寺动物园运出一头犀牛打算卖了发财，为了偷警车把岸和田警署烧了，结果被警察追捕，等等）。每天过得没有一点喘息的时间。同时电影还没忘记描写凶恶如鬼的竹内力内心中温柔的侧面。比如他会照顾流浪犬，会想要亲近心仪的咖啡馆女孩。可是他太害羞了，只能恶狠狠地盯着对方，要不然就是大喊大叫。多么可爱啊，又是多么老套啊。

咖啡馆的女孩眼见着越来越红颜薄命，那也是当然的，因为父亲沉溺在毒品中，没了生活自理能力。女儿为了补贴家用，不得不深夜站在街头做些见不得光的工作。接着父亲被黑帮打得惨不忍睹，丢了性命，女儿背负了父亲的债务，差点就要被卖了。承载着全场观众期待的竹内力为了拯救女孩从黑暗中现身，他的恐怖与爽快用笔墨言辞已经不够形容。连黑帮成员们也不由得四处逃窜，甚至大喊“快报警”。愤怒到极点的竹内力凶相毕露，口水从两侧淌落下来。我们已经听不清他在说些什么了。言语在此刻已经毫无意义，到这一步已经不需要言语了。仔细一想，其实从头到尾都不需要。而我则大受感动。

把司空见惯的素材不留一分钟间隙地组合起来，并将一个明确的创意从头贯彻至尾，让整部影片灿然闪耀了起来。我一不留神就被它彻底击中了，真是一部终极的杰作。

（《小说推理》2005 年 3 月号）

单纯的助威，环法自行车赛

在我身不由己，只得享受高等游民生活的那段日子里，只要一有兴致就会打开有线电视收看环法自行车赛。比赛会持续好几星期，节目也是连日播放，我没事就盯着看。其实我并不觉得多么有意思。因为我根本不懂规则，连选手也一概不知。没有一点兴奋，手心也不会捏把汗，只是茫然地看着，说的就是我。尽管没什么意思，却很美。

在炫目的鲜绿的笼罩下，田园牧歌般的法国乡间小道上，一群默默踩着脚踏板的男人一心只想推进。这群日复一日骑完二百公里的选手，身体里一定埋着钢筋。这些锻炼到极致的肉体，被与田园风光毫不相称的鲜艳紧身服包裹起来，踩着自行车飞驰。这就是集科学技术结晶于一身，创造出以人力达到最高速度的终极形式。而这些堪称肉体极致与人工极致的精华又凝结成一条彩虹色的丝带，流光溢彩般穿行在翠绿的田园风光中。

航拍的景色为什么这样吸引我呢？恐怕是因为我不懂详细的规则，对选手之间的竞争也全然不在乎。也许有人会说这些才是比赛的精妙之处，我也确实想了解一下其中的奥妙，可至今都未下功夫去看懂它。风向与地形问题、竞速策略、选手的状态……把这些要素全部摒除之后，眼前就只剩下无限延伸、空无一物的沥青道路，只剩下一条原则——每个人纯粹靠自己的脚力向前进。

自行车的孤独源于双脚绝不会接触大地。这样的印象触动了我的硬派之魂。他们孤独地踩下踏板，最终化作了延伸在乡间小道上的一条美丽丝带……这就是美之所在。不过以上全都是我的胡思乱想，我不打算大声表达这种主张。

直到今天，我依然会欣赏运动员们组成的那条丝带。选手们依然各自踩着脚踏板向前飞驰。我不会为某个选手加油助威。我对比赛的结果和赛间故事也没有兴趣。但我会在心中向所有人呐喊：“GO——！！”那并不是狂热的叫喊，也并不是祝他们赢得比赛的叫喊。我只希望他们能继续踩下踏板，沿着眼前的道路一往无前，这就是我最单纯的助威。

（《小说昴》2006 年 2 月号）

回忆中的电影

——《空气之魂，云之精灵》

我小时候是个非常乖的孩子。连我本人都这么说了，一定不会有错。我不爱闹别扭，也不怕生，经常在外玩耍。我是个顶着一头栗色头发，如同画中那样天真烂漫的孩子。

小孩子一般都有一个“自己无法解释，却莫名其妙贪恋”的对象。那可能是个布偶，也可能是个法国洋娃娃。我也有不少这样的东西，可不知为何，我对“在宽敞的场所茕茕孑立的事物”格外有一种情愫。

看到这样的照片或者影像，我就会有一种或是怀念或是忐忑的难以言喻的感觉。我会忍不住想亲自到那个地方看一看。在荒野中绵延不绝的公路边上茕茕孑立的路牌、在草原中茕茕孑立的一套房、在空荡荡的广场一角茕茕孑立的街灯……无数这类的情景触动了年幼的我。

顶着一头栗色头发的小脑袋里为什么会装满了这样的情景呢？这只能说是未解之谜了。而那种情愫是那么强烈，说是恋情也不为过。虽然我不相信前世之类的说法，但我甚至猜想那种执着心是源自前世的记忆。假如真是这样，那我上辈子或许是一台在荒野正中心茕茕孑立的 Cheerio[1] 自动贩卖机。

于是，我成了一个对“茕茕孑立”情景反应非常敏感的孩子。当初爱读的《Famicom 通信》（《电玩通信》）杂志一角介绍了一部古怪的电影，我自然没有错过。

一对兄妹居住在荒野中的独户屋子里，有一名旅人造访。电影中登场的角色就只有这三个人。故事只讲了哥哥与旅人一起造飞机。我已经不记得推荐文案的详细内容了，但在我的想象中，那无疑是一片“茕茕孑立”的情景，所以反反复复地翻看那一页。杂志上只印了飞行实验这一个镜头的剧照，也成为我发挥想象的根基。可惜当时的我只是个小学生，就算对某部电影再有兴趣，也不至于单独去电影院看。我不是那么早熟的小孩，只能任想象力驰骋了。

又过了几年，我升上了初中。

偶然间，我发现有一部在深夜播出的电影名叫《FUNKY HEAD：我有病吗？》[2]，不论是日本版的名称还是内容都让人摸不着头脑（讲述一个青年躲在墙壁贴满铝箔的房间里，被幻觉吓得一惊一乍的故事），便很想看看，设定了预约录像，结果把《空气之魂》的播出预告片也录进去了。看到它的时候，直觉告诉我“这就是那部电影”。

[1] Cheerio 是日本 Cheerio 集团推出的碳酸饮料，在昭和时期非常受欢迎。——译者注

[2] 电影的英文原名为 *Lunatics: A Love Story*（《疯子：一个爱情故事》）。——译者注

我立马把它录下来看了一遍。影片的开头就已经美得可怕，内容更是精彩到令人叹为观止。全片中充斥着海量的“茕茕孑立”影像，超乎完美地满足了我在小学时的欲望。

遗憾的是，我对“在宽敞的场所茕茕孑立的事物”这种情景的欲望最为焦灼，最为熊熊燃烧的时候，并没能欣赏到《空气之魂，云之精灵》。而当我实际看到电影的时候，早就已经穿过了被诅咒的青春期大门，大脑已经逐渐被其他的欲望所占据。当然，即便如此我还是大受感动，光是想象一下“要是我小学时就看了这部电影”就让我亢奋不已。尤其是这部电影美妙又奇异的开篇，要是小学时的我看了，一定会受到极其猛烈的心灵冲击。

这实在太令人惋惜了。

电影也并非仅仅能看到就好，它更有邂逅与重逢的最佳瞬间。

（《小说现代》2007 年 4 月号）

我的讲究

①我的文具

噢，神啊！

是神将文具赐予了人类。

直到大学毕业的时候，我对文具的看法都只是批量买点便宜货就好，无非是一百日元一支的自动铅笔，或者大荣百货店买的三十日元一册的大学笔记本。既因为我当初囊中羞涩，也因为没有逛文具店的习惯。更何况光靠这些就够使了，这也是文具的美好之处。

然而毕业之后，写文章的工作越来越多，可我并不是那种文思如泉涌的人，自然会有卡壳的时候。思来想去之后，我发现手头比起上学时宽裕了些，便决定买些高级的笔记本。在高级的纸上写字，说不定能冒出一些高级的点子来呢。

于是，我打开钱包，直奔当初时兴的 Moleskine（魔力斯奇那）笔记本和 Rhodia（罗地亚）便笺本而去。

我兴奋地将初次购买的 Moleskine 笔记本贴身携带，以便随时抓住写笔记的机会。终于，我冒出了第一条巧思。当我要在第一页上写下值得纪念的第一笔时，内心却涌出了抵触情绪。我告诉自己别无选择，这一定也是命运的抉择！我写下的词语便是“内裤总番长”[1]。看来真的派上用场了，能写下来真是太好了。

从那以来，我就沉湎于文具之中——尤其是笔记本和便笺本。哪怕买了再多，看到店头摆出崭新顺滑的纸本，那些文思如泉涌的妄想和成为当红作家的妄想就折磨着我，逼我去把它们买回家。发展到面对复印纸都能发情的程度时，我已经堆积了十年都用不完的笔记本和便笺本。而我的文思根本赶不上堆积的纸片。噢！明知如此，昨天却又买了笔记本回来。

只要有新笔记本就有希望，就有梦想。总而言之，我需要这些纸。

噢，纸啊！[2]

②我的狗

“对了，你听我说。我老家养了条狗，是柴犬。虽说这世上什么狗都可爱，但没有比柴犬更可爱的狗了。什么比格犬、吉娃娃，根本不值一提。非得是柴犬才行。非柴犬者非犬。[3] 全世界的狗一条不

[1] 森见登美彦《春宵苦短，少女前进吧！》中有一个角色的绰号是“内裤总番长”。

[2] 日语中的“神”与“纸”发音相同。——译者注

[3] 这句话调侃了平清盛的内弟平时忠所说的“非平氏者非人（平家にあらずんば人にあらず）”。——译者注

剩地全都变成柴犬都行。我可以接受一个永恒的柴犬世界，坦然活下去。不过，就算全世界的狗都变成了柴犬，也不会有比我家的柴犬更可爱的柴犬。这绝对是千真万确的。你说我在偏袒自家的狗？我不听我不听。怕不是我家的小狗太过可爱，已经让你丧失冷静的判断力了吧？不会错的。你要问它可爱在哪里，首先就是小小的眼睛，真是滴溜溜的，但又不会太小，是小得恰到好处。这就是可爱之处。其次是它的脸蛋。这可真是无懈可击的超凡美貌。路过的公狗都会一见钟情，连街坊邻居的大婶们也一个不留地彻底征服了。再次就是它的任性了。超任性。孩子们全都开始独立生活之后，只有我父母留在了老家，它可是在我父母溺爱下养大的千金大小姐，除了排泄之外一概放任自由。就算崭新的地毯沾满狗毛，就算椅子腿一条不留都啃得破破烂烂，也会说着‘真拿这孩子没辙’然后原谅它。它想去哪里就去哪里，是个超级刁蛮的千金小姐。它的这些地方真是可爱到极点了。要我再说一个可爱之处的话，那就是名字。当它系着红头巾刚来我家的时候，比现在更小更可爱，大家都叫它‘可爱小炸弹’。又因为它长得小巧又性格泼辣，干脆叫它‘山椒’，可是太难听了点，于是取名叫‘小梅’。命名者不是别人，就是我。怎么样啊？很可爱吧？”

某个熟人冲着我口若悬河。

我觉得他是个傻子。

③我的玩具

小时候我很沉迷乐高积木。

老家有个很大的乐高专用箱子，里面装了很多我买来的积木块。我只要一有空就会哗啦哗啦地在箱子里翻找零件。当初我指尖的神经非常敏锐发达，很擅长从堆积成山的积木块中迅速找到自己想要的形状。

乐高的套装很贵，就算想要，家人也不一定会买给我，所以只好每年从玩具店带回乐高的产品目录。光看照片就已经足够快乐了，可还是想要。我想要消防队，我想要海盗船，还想要列车套装。小孩子就是一团物欲的结合体，他们会流着口水翻看无数遍。像这样盯着看个不停的过程中，心中涌现出的不是别的，必然是“创作欲”。我不断在箱中翻找，要是得不到想要的东西，就自己做一个类似的出来。实际上还真能做到，这也是乐高积木的出色之处。

由于我太过于沉迷于乐高，甚至有一段时间还认真地烦恼过：我以后这一辈子会不会永远在拼乐高积木呢？其实根本不必烦恼的，当我升上初中，刚跨过青春期的大门那阵子，对乐高的热情就已经消退了。

尽管已经忘却那种喜悦很久了，在我获得日本幻想小说大奖的时候，为了犒劳自己，还是买了一套乐高海盗船（复刻版），再次摆弄起积木。

那种快乐简直太骇人了。一开始就停不下来。这就是幸福的真谛。

摆弄积木的时候我甚至能忘记截稿日，太感谢了。

前几天，为了庆祝获得山本周五郎奖，编辑送了我一套乐高飞机。正当我感恩戴德的时候，他却对我说：“森见先生，在截稿日之前请不要打开这个盒子。拜托了。”

（《书之旅人》2007 年 9 月号）

瓶瓶红玉通昭和[1]

“红玉波特酒”这个词是我从父亲那里学到的。

父亲非常嗜酒，他喝啤酒、日本酒、威士忌、烧酒，却难得会喝甜口酒。父亲喝的甜口酒据我所知就只有红玉波特酒了。

我只记得父亲嘴上叫它“红玉波特酒”，却不知红玉波特酒的名字已经变成了“红玉甜酒”。可是我怎么都觉得“红玉波特酒”这个名字更有昭和时代的芬芳，所以在这篇文章里也把它称作“红玉波特酒”。

听说父亲上大学时就喜欢上了红玉波特酒，经常喝。他甚至贪心地一人独占整瓶，最后喝得恶心想吐。我只能说，没想到父亲也有如此大胆、不知节制的一面。“儿子啊，红玉波特酒可不能那样喝。”父亲训诫我说。

红玉酒应该倒在小杯子里一点点喝。喝它的时候，应该缓缓地让肚子深处暖和起来，并不是给无赖喝的酒。它是一种可爱的酒。

于是，酒量很差的我也从附近买来红玉波特酒，缓缓地温暖自己的肚子。

[1] 化用了“条条大路通罗马”的句式。——译者注

喝着喝着，我就回忆起了曾外祖母。

我的曾外祖母出生于一九〇〇年，连红玉酒都要叫她一声姐姐。在曾外祖母七岁的时候，美妙又甘甜的“红玉波特酒”诞生了。

曾外祖母居住在大阪白发桥的一户人家，这家从大正时代起就是卖磨刀石的。我母亲也是在那里出生的。母亲把曾外祖母唤作“白发桥的奶奶”。

大家一定猜测她喝起酒来很厉害吧？其实曾外祖母很羞于饮酒。我非常向往酒量超凡的女人，但旧时的女人是没法儿公然声称“我爱喝酒！”的。很久以后，当她探望出嫁的女儿（也就是我的外婆）时，还说过“女婿不在家时不准喝酒”，据说别人劝酒她也坚决不喝。

自年轻时起，曾外祖母允许自己喝的酒就只有红玉波特酒。我猜可能是因为当初“滋补养身”这条广告语的格调比较低。我母亲那代人和我们这代人，想喝点什么就有许多酒类可供挑选。但是对曾外祖母来说，就只有“红玉”了。

那是昭和年号才一位数的时代。

那是咖啡酒馆[1]的时代。

我的曾外祖父男子气概十足，总是穿着麻布西装，头戴巴拿马帽，时常呼朋唤友外出游玩。他们的目的地便是道顿堀一家灯红酒绿的咖啡酒馆“红玉”。曾外祖父去“红玉”玩的时候，曾外祖母就怒气冲

[1] 明治末期至昭和初期，咖啡酒馆并非现代意义上的咖啡厅，而是有女侍接客，提供洋酒的饮食店。——译者注

冲地大饮“红玉”。当时离昭和的战争还有一段时间，谁都未曾想象过有一天空中会如注地坠下炸弹，把住惯了的大阪城区烧成一片焦土。

曾外祖母是七十七岁去世的，就在我出生的两年前。

一想起红玉波特酒，我就怀念起实际上并未闻其声，也并未谋其面的曾外祖母。我明明是在她去世之后才诞生于世的，却在怀念她。人可真是不可思议。红玉波特酒如今犹在，而我还在喝，世间事大抵如此。

我的拙作《有顶天家族》中登场的老天狗——红玉老师在见到狸猫弟子送来的进口酒时断言“这些都是冒牌货”，还说：“你难道不懂什么才是红酒吗？真正的红酒上面都写着红玉波特酒。”

这个情节诞生的契机，就来自母亲告诉我的接下来的这个小故事。

曾外祖父去世之后，亲朋好友都聚集在白发桥的家中做法事。那是一九七〇年的秋天，曾外祖母已经七十岁。因为众人都来了，曾外祖母从壁橱中取出了她儿子送的进口高价红酒。就在那时，曾外祖母用遗憾的口气说了句话，让母亲如今都记忆深刻。

“可是这酒不甜呀。”

对曾外祖母来说，红酒即红玉酒。

曾外祖母大失所望的模样实在太可怜了，三月生日的那天，她的孙女们一起送了红玉波特酒给她。曾外祖母喜出望外地喝着孙女们送来的红玉酒，脸颊涨得红通通的。这是个多么可爱的故事啊。

红玉波特酒就是如此可爱的一种酒。

（*Papyrus* 2007 年 12 月号）

年幼的我还以为“星期天就是由将棋与《鲁邦三世》组成的”

小时候，每个星期天上午，父亲都会一期不落地收看 NHK 杯将棋比赛。比赛一结束，孩子们就会聚集到电视机前。因为《鲁邦三世》就要开始了。

“星期天上午等同于《鲁邦三世》”这个印象总是挥之不去。明明同一时段还有《猫眼三姐妹》和《城市猎人》在播出，我却不觉得它们有星期天的感觉。我认定了“星期天就是由将棋与《鲁邦三世》组成的”。小孩子就是这么顽固的。

我根本不知道《鲁邦三世》是在我出生之前就开播的动画。我最熟悉的是穿着红色外套的鲁邦，而根本没有第一季、第二季、第三季这些概念。顶多是“同样是鲁邦，衣服的颜色不一样啊”“音乐变了啊”这些模糊的印象。真是个傻孩子。

我当时有多迷糊呢？我曾经甚至误以为钱形警部是鲁邦的父亲。就因为鲁邦称呼他“老爹”。“这小子是搞错了吧？”父亲注意到我的误会，告诉我“钱形警部可不是鲁邦的爸爸”。那时的心灵冲击让我记忆犹新。父亲一说我才发现那是理所当然的。假如钱形警部是鲁邦的父亲，警部不就成了鲁邦二世吗？“也对啊！”即便是小孩的我也感到自惭形秽。在那之前我总觉得“鲁邦二世在追捕鲁邦三世”很奇怪，就这样还能津津有味地看下去，我可真厉害。小孩子就是这么自由奔放的。

“失败了这么多次，可是真的要被炒鱿鱼的。”

每当鲁邦又在钱形警部眼皮底下溜走，父亲就会说上这一句，教导孩子现实的残酷。

“可是如果钱形警部抓住了鲁邦，他又该做什么呢？”

要是真抓住了，鲁邦就不再是鲁邦了。钱形警部也一样，要是抓捕成功，就丧失了目的。所以哪怕是为了钱形警部，鲁邦也必须继续逃窜下去。我一直在想这些事情。即便是个傻孩子，也会细细思考人生的意义。

然而，热爱思考的少年遇到峰不二子也只能举手投降。鲁邦怎么会让峰不二子一遍又一遍地夺走自己的猎物呢？简直无法接受。“为什么鲁邦会被这种女人骗到啊！”我每次都很不甘心。当然了，峰不二子偶然稍稍露出一截裸体的时候，我也并非不会心跳加速。可是我的心跳加速跟鲁邦被峰不二子骗到这两件事，总是没法儿很好地联系起来。

“我绝不会变成鲁邦那样的。我才不要让猎物被女人抢走。”

我有了这种想法之后就开始标榜“单身主义”了。当然了，那是小时候的事，如果我能那么简单就贯彻初衷，就不必受那么多苦了。如今的我已经堕落到产生“偶尔被抢走猎物也不错啊”这种想法的田地了。

对小时候的我来说，《鲁邦三世》究竟有趣在什么地方呢？

我已经无法准确地回忆起那种感觉了——第一点就是“容易理解”。“偷窃”这种行为作为目的是非常明快的。为什么要偷呢？因为是小偷。那么为什么要当小偷呢？因为要偷东西啊。真是简明扼要。

第二点是登场人物的职责都很明确。为了共同的目的，鲁邦与次元和五右卫门会互相协助，他们绝不会背叛彼此。因为背叛是峰不二子的戏份。而钱形警部会永无止境地追捕鲁邦一伙。形式上多少会有些变化，但是有这个基础形态存在就让人很放心。

而第三点就是五花八门的大场面动作戏码。汽车狂奔，轮船狂飙，飞机翱翔，有枪战也有爆炸。这些就是很有趣啊。

对《鲁邦三世》的优点如数家珍的我，对第一季的内容其实已经记不清了。我连五右卫门原本并非鲁邦的同伴这件事都不记得了。也许我根本就没看过开头。我清晰记得的只有很讨厌查理·光星那首唱着“血红波浪”的片尾曲。一集动画播完对小孩子来说，本就已经是失落到极点的事，还偏偏要听到那充满哀愁的旋律，更是受不了。我甚至没来由地想“唉，我总有一天也会死的”。那么是不是只要足够开朗就行呢？其实那首“鲁，鲁，鲁邦鲁邦！”的愉快歌曲，我也不喜欢。小孩子就是这么难伺候的。

这回我重看了一遍第一季，觉得最有意思的就是小时候熟悉的鲁邦跟有些不同的鲁邦共存于同一部动画中。

粗略地说，第一季刚开始有着我父母那一代人的气味，而后半部分则有着我小时候的气味。用“父母那一代人的气味”来概括确实太过含糊不清，可那的确是昔日的“日活电影”、音乐、流行文化混杂在一起的产物。而后半部分的鲁邦则与我小时候看过的鲁邦连接了起来。

开头的鲁邦让我觉得非常有趣。因为那些古旧的东西在经过一轮时间的洗礼后，又会变得无比时髦。洋溢着哀愁的音乐也完美地切合了风格，况且峰不二子还风情万种，让人觉得“被她骗了也心甘情愿”。不过我可不清楚小孩子看了会不会感到有趣。关于峰不二子是不是妩媚诱人，请大家务必问问小时候的自己：“你不是说无法接受鲁邦被峰不二子欺骗吗？假如是这个峰不二子又如何呢？”

峰不二子当初那种迷人的性感随着集数的增加，转眼间就不知蒸发到哪里去了。对现在的我来说自然意犹未尽。但是伴随着这种变化，作品的整体氛围就愈发接近我小时候看过的鲁邦了。“七号桥坠落之时”中身为盗贼却充当正义使者的鲁邦、“小心时光机”那种荒唐无稽的故事、“前往欧洲追捕鲁邦”中与钱形警部的斗智斗勇，这些部分都与我小时候心目中的“鲁邦三世”形象基本一致。也就是说，到了这时候，我曾经最喜欢的“鲁邦三世”才彻底成形了。

把第一季重看一遍，就能清楚地感受到这种变化。不过真正有趣的是，即便存在这种变化，我仍然能将一切都当作《鲁邦三世》这部作品一样全盘接受。

《鲁邦三世》这部动画片说到底究竟是怎么一回事呢？

鲁邦三世这个古怪的人物到底是何方神圣呢？

想要对鲁邦三世下定义是很困难的。他是亚森·罗平[1]的孙子，爱用沃尔特P38手枪，只要是他盯上的猎物就必定会偷到手，是个神出鬼没的大盗贼。我们确实可以这么解释，但光靠这些还不足以让人信服。

倒不如这样解释更明白——

鲁邦三世是个喜欢躺在破烂房间的沙发上，跟次元大介一起懒洋洋打发时间的人物。他喜欢捉弄耿直的石川五右卫门，是个吊儿郎当的人物。他是个总被峰不二子这个女人欺骗的人物。同时他也是个老被钱形警部追捕的人物。

正是因为处于一群人的中心，才有了鲁邦这个形象，所以他才是鲁邦。鲁邦单独出去行动也是无意义的。反过来说，只有当次元、五右卫门、峰不二子、钱形警部都登场的时候，鲁邦三世才能真正登场。正因此才有了《鲁邦三世》。

回头细细思索，才发觉这群登场角色的配置是完美的，它令人无比兴奋，浮想联翩。让人很想创作一个故事。我坚信这样的东西就是好东西。

说起次元大介与鲁邦之间的距离感——并不是“我的朋友”这种过分虚伪的友情，而是保留着互相敷衍的气氛，即便如此还是会为共同的目的而互相帮助——即使目的是“偷窃”这种坏事，仍让人感到

[1] 法国作家莫里斯·勒布朗笔下的怪盗亚森·罗平（Arsène Lupin），Lupin法语发音为鲁邦，这里采用约定俗成的译名。——译者注

男人之间的关系实在太棒了。而与他们稍稍拉开一些距离的地方还有五右卫门这个怪家伙存在，鲁邦与次元、次元与五右卫门、五右卫门与鲁邦，彼此间有着不同距离的关系交织在一起，妙不可言。不过仅仅是我行我素三人组团结一致达成目的还有些美中不足，所以才需要峰不二子时不时冒出来添一点滋味。他们就此组成了“鲁邦一伙”，而不容分说、百折不挠在后头追赶的人就是钱形警部。

他有能够插科打诨的朋友，有捉弄自己的女人，还有不论如何都会让自己想起目标在哪儿的死对头。简而言之，这是一种理想状态。

虽然我并不想“变成一个小偷”，但是觉得“这种状态很棒呢”。

我们看待作品的眼光会随着时间而转变。小时候的我恐怕就不会这样评价《鲁邦三世》。可是对现在的我来说，《鲁邦三世》就是这样一部作品。

（《热风》2009 年 2 月号）

历久弥新的《砂之器》

我一直听说它很厉害。

“既然这么厉害就看一看吧。”我第一次租碟片看，还是大学时。

哪怕只是在四叠半房间一角的小小显像管电视上，这部电影也展现出了压倒性的威严，让人不由得感叹：如果是在电影院里看，恐怕会把眼泪哭干吧。话又说回来，我那阵子总窝在四叠半中，也正是灵魂最敏感的时期，连看宫崎骏的《魔女宅急便》都会哭。因此，我在真正意义上被《砂之器》那压倒性的力量震撼得五体投地，还是经过了进一步验证的。

我之后又看了三遍，感动之情没有丝毫减弱的迹象，令我震惊。我从朋友那里借来 DVD 又看了三次，依旧泣不成声。

我也只能投降了。

电影讲的是老刑警（丹波哲郎饰）与年轻刑警（森田健作饰）去调查在东京蒲田列车停车场发现的一具遗体，在彻查身份的过程中发生的故事。虽说这是名留电影史的作品，但毕竟是推理片，我就不继续写故事梗概了。他们所追查的案件背后，当然隐藏着重大的社会问题，想必大多数人也早就知道了。高潮部分只能说是精彩纷呈，像是一个接着一个的高速球朝观众飞来，每个都在说“哭吧”。最后，在一群衣着邋遢的男人组成的搜查会议上，丹波哲郎哽咽着用手帕擦拭泪水的那一刻，我的泪腺也早已跟着崩溃了。

不过，《砂之器》真正厉害的地方，在于你第二次、第三次观看的时候，在影片开头还是无法回想起那个宏大的高潮情节。至少我是这样的。

影片是在某个东北小镇的悠然情景中开始的。丹波哲郎在寺庙门口砸开买来的甜瓜就地啃了起来，影片的节奏伴随着夏日风情一下子就渗透进了观众的身体里。不管看过多少次，我都很喜欢这个场景。接在回东京的夜班列车后面的餐车场景也很出色。就这样，一个接一个欣赏这些场景的过程中，就自然地投入到电影中了。与此同时，上回看过高潮情节的记忆也被彻底冲洗殆尽。所以在大约两小时后，那段高潮情节又仿佛初次观看般地出现在我眼前。我想不哭都不行。

所以对我来说，《砂之器》是一部永不会减损魅力，值得信赖的好电影。

（《小说昴》2013 年 2 月号）

最强的团子——吉备团子

我到底是什么时候知道桃太郎驱鬼故事的呢？那么久远的事情我早就忘光了，但当桃太郎的故事印入我稚嫩的小脑瓜时，要说什么是最重要的一点，当然是“吉备团子”了。我可以打包票。

桃太郎出门驱鬼的时候，老奶奶就让他带上了吉备团子。而狗、猴子和雉鸡这群可靠的伙伴愿意帮忙也是多亏了吉备团子。

读到这里，一定会有一群丧失故事欣赏能力，精神干涸枯竭的大人冒出来发表意见：“光靠别在腰上的几个吉备团子根本不够当口粮的。狗、猴子和雉鸡也一样，收到一个团子就愿意跟着去驱鬼，全都是傻子吧？”

我当然是不赞同这种意见的。

小时候，我认为“吉备团子一定是种非常厉害的团子”。只要这么一想，桃太郎的故事就一点都不奇怪了。统治并驱动着桃太郎世界的，很明显就是吉备团子。惩治恶鬼的与其说是桃太郎的神力，倒不如说是吉备团子的力量。整个桃太郎的故事应该就是在赞颂吉备团子。

最强的团子——吉备团子。

其实当初我还没见识过真正的吉备团子。大多数在现代初次阅读桃太郎故事的孩子恐怕都一样。也许吉备团子在冈山[1]那边是司空见惯的特产，至少我在奈良度过幼年的时候，身边是没有这种东西的。

一旦知道吉备团子这个词语后，由于桃太郎故事的力量，我甚至从这个字眼中感受到了某种“美味”。人的想象力是很不可思议的。如今我已经见识过现实中的“吉备团子”了，不知该如何才能重现出当时感受到的那种梦幻般的美味。总而言之，我在品尝到吉备团子之前，就已经知道吉备团子是何等美味了。

我的外公毕业于冈山的第六高等学校（现在的冈山大学）。也许因为这层关系，已故的他最爱吃吉备团子。我没有直接问过外公，说不定那就是他的“青春滋味”。于是，在我记住吉备团子这个词语的几年后，我在外公外婆家吃到了真正的吉备团子。要说我当时没有失望肯定是骗人的。毕竟我已经把它理想化了，以为它蕴藏的力量甚至能打倒恶鬼，是天下无敌的团子。也难怪我会失望。

又经过了十五年，我从大学毕业，开始工作了。

当时我的女朋友住在福山，我常常会出远门与她见面。

在福山车站与她道别，准备回京都的时候，我在特产专卖店发现了广荣堂的吉备团子。福山虽属于广岛县，但是在文化上更靠近冈山，能在特产店买到吉备团子也不奇怪。于是我就买了吉备团子。女朋友姑且还是有着身为广岛县人民的自觉，有点不乐意地说：“你怎么不

[1] “吉备团子”是冈山县的特产，与桃太郎原传说中的“きび団子”发音相同，二者概念合一。后来因为广告效应，被推广至日本全国。——译者注

买红叶馒头？”我却不以为意，每次造访福山后在检票口道别时，都会让她给我带一些吉备团子。

小时候那种失望的记忆已经远去，如今我只觉得吉备团子那软糯的口感和淡雅的甘甜很美好。不知不觉就让我想起了她的脸颊。吉备团子不再是阅读桃太郎故事时令我遐想的梦幻美食，与当初的印象早已相隔甚远，但这也不错。

当时的女朋友现在已经成了妻子。我总觉得妻子有点像吉备团子。

妻子偶尔回娘家玩的时候，仍然会买些吉备团子回来。当我在点心时间拆开包装的时候，就会心想：

“哎呀，这里面装了好多小小的老婆大人。”

好像有点跑题了呢，吉备团子真的很好吃。

我尤其喜欢广荣堂的“昔味吉备团子”，滋味十分甜美。

（*ASTA* 2013 年 7 月号）

咖喱恶魔

咖喱有着可怕的力量。咖喱是一种恶魔。

我小时候爱读的书里有一本叫《冒险图鉴》，这本书如今都长盛不衰，可以在书店的架子上找到。如同它的副标题“野外生活必备”所写，里面有登山礼仪、天气图的阅读方法、搭帐篷的方法、遇难时的应对方法等内容，全都是在野外时很有用的信息。不光是小孩子，大人看了也很有帮助。

光是翻看书中的插图就已经很愉快，而那些讲述野外生活的文字更称得上名篇。可以说是朴实刚健，也可以说是“关键时刻可靠的成熟建议”风格。

在此引用关于野外自炊的章节来举个例子——

“除了盐之外，胡椒也有着刺激性的香味，可以诱发食欲，让胃肠的运动更为活跃，是一种重要的调味料。想要更复杂的味道时，就带上咖喱粉吧。咖喱粉是以胡椒为首的几十种香辛料混合而成的。在西式煎炒或煮制菜式中稍稍使用一些，就能让滋味变得相当醇厚。但是请一定要控制用量，若是使用过量，所有的菜都会变成一道咖喱。”

我第一次阅读这段文字已经是距今四分之一个世纪前的事了，是深深镌刻在小学四年级柔嫩大脑中永不磨灭的章节。“若是使用过量，所有的菜都会变成一道咖喱。”这一简洁的描述简直入木三分。这件事严重到必须有一个成熟的大人来告诫“一定要控制用量”，咖喱粉居然是这么危险的东西！我仿佛已经看到了潜藏在森林深处的咖喱恶魔。

这么一来，我不禁开始妄想两名身强力壮的冒险家深入险境的场景。

一位是长着胡须的年长男子，他是一位探险高手。另一位是初出茅庐、血气方刚的年轻人，因为太过年轻所以常有失误。照顾着莽撞年轻人的年长冒险家下定决心“总有一天要把这小子培养到独当一面”。这也是为了向共同冒险时死去的挚友报恩。年轻人则是他挚友的儿子。

在某片森林的深处，两人支起帐篷，正在准备晚餐，却因为调味料而争吵起来。“那么多已经够了！”面对年长者的喝止，年轻人不为所动：“可是叔叔啊！这样味道才更醇厚啊！滋味会更浓郁啊！”

那一刻，年长者的脑海中浮现出往日冒险时的一幕幕。他已经不知经历过多少次这样的争吵。这小子的老爸也嘴硬地说“滋味会更浓郁”，结果把什么都做成咖喱味的。他现在还在吃咖喱吗？要是天堂也有咖喱粉就好了。

“行吧，你想加多少就加多少。”

年长者抛下这句话，随年轻人的便。不必赘述，做出来的是一道咖喱。年轻人舀起锅中的食物送入嘴中，小声道：“是我错了，叔叔。”

“……这都成咖喱了。”

“我不是劝过你了吗？”年长者露出微笑，“所有的菜都会变成一道咖喱。”

为什么年长者脸上带着那样感怀的微笑呢？年轻人怎么都搞不懂。

——我不由自主地幻想出了这样一个故事。

围绕着咖喱展开的幻想还有另一个。

从我家出发骑车一小会儿就能到达国道交会的大型十字路口。那里建有定制西装店、高尔夫用品店、回转寿司店，以及新旧书店等，是典型的郊外景象，毫无情趣。而在其中一角就有家名叫“咖喱＆拉面”的店。

接下来就是我的幻想了。开这家店的是一对兄弟，刚开始只是想开一家拉面店的。当忠厚的哥哥在踏踏实实研究汤头配方的时候，弟弟却忽然被咖喱恶魔附身，说出了“咖喱拉面听上去也不错”这句话。而那就是毁灭的源头。很快，弟弟就说“既然要做咖喱拉面，不如把咖喱饭也加入菜单吧”，接着变成“既然如此就得在香料上下点功夫了”，最终变成了“干脆开一家咖喱加拉面的店好了”。

“我喜欢拉面，而且也喜欢咖喱啊。”弟弟说。

“可是啊……”谨慎的哥哥说，“我觉得集中精力在拉面上比较好。”

“我理解大哥你的想法。但你想一想，同时推出拉面和咖喱，那么喜欢拉面的客人和喜欢咖喱的客人就都会来。纯粹计算一下就有两倍了。”

“……你小子，莫非是天才吗？”

“这就叫多角度经营啊。我们胜券在握了，大哥。”

——他们说不定真的有过以上的对话。

很遗憾，荣耀的时代似乎从来未曾造访过“咖喱 & 拉面”。不知不觉间，那家店的招牌就从国道路边的风景中消失了。每当我从曾经是“咖喱 & 拉面”的铺子前面路过，就想起“追二兔者终不得一兔”这句谚语。

咖喱恶魔幻惑人心的力量就是如此可怕。

我在面对咖喱的强烈诱惑时，偶尔也会无法抵抗。

譬如说，我与编辑朋友见面饮酒至深夜，大家互道“告辞”之后，忽然变回了孤身一人。此时的咖喱就会变身为“日清合味道的咖喱味”，降临于深夜的便利店。我也不知道为什么会忍不住伸手去买。一定是因为恶魔的低语。

我会把它带回工作室过夜，欢欢喜喜地注入热水，等它泡熟。

在昏暗的工作室里只开一盏台灯，就仿佛置身于森林中的露营地。我还会在肩上披一条毛毯。如同手持《冒险图鉴》的少年一样，以露营的心态来吃面是最美味的。哎呀，仔细一想，合味道的咖喱味，不就是咖喱和拉面吗？如此一来，在国道边上开了那家短命店铺的兄弟不就说对了吗？原来真的存在拉面和咖喱互相拥抱才展现真正价值的食物啊！

“我喜欢拉面，而且也喜欢咖喱啊。”

我嘀咕着掀开杯面的盖子。伴随着蒸腾到鼻尖的热气，咖喱恶魔也现身了。

（*GINGER L* 2015 年秋季号）

完美的隧道，意象的国度——《千与千寻》

电影《千与千寻》是在二〇〇一年的夏天公映的。

当时我还是个大学生，刚在那年春天逃离研究室。只因为我缺少那种紧追教授不放、说出“请让我在这里学习下去”的饥渴求知精神。如果教授是汤婆婆，我恐怕已经被他变成一捆干草，给马术部的马儿当饲料吃了吧。

我压根儿不知道今后该怎么办，彻底穷途末路了。

那是我继高考复读之后，人生的第二度“空白期”。在那段与社会联系薄弱，只有妄想与不安在持续膨胀的时期里，我仿佛体验了一场自发的“神隐”[1]。我就是在那样一个夏天邂逅《千与千寻》的。那时的我被吸引到隧道另一边的奇妙城市去也无可厚非。

在那两年后，我开始发表小说。小说中描写的那个或许该称作“冒牌京都”的诡异世界，无疑是受了这部电影的影响。

[1] “神隐”是日本民俗学中所指的使人从社会中突然消失的超自然现象。电影《千与千寻》的原名为《千与千寻的神隐》。——译者注

完美的隧道

这部电影的开头简直美妙到令人啧啧赞叹。

电影从主角千寻与父母一起乘坐汽车前往即将搬去的小镇开始。走错路的他们在森林深处发现了一个昏暗的隧道。

而隧道的另一边则是另一个奇妙的城市。

父母在无人的饮食店擅自吃了起来，目瞪口呆的千寻只得独自在那城市里徘徊。接着，她来到架在澡堂前的桥上，邂逅了一名少年。少年告诫她“快回去”，她就立即折返，发现父母居然变成了猪的模样。然后一转眼太阳就落山了，城市中点起夜间的灯火，怪异的身影开始到处乱窜——

即便是现在开始看这部影片，也会被那隧道吸引到另一边去。这一切刻画得实在太过流畅，看着看着便觉得一切都仿若理所当然，这已经称得上魔法了。我还没有见过其他电影从一开始就有如此强烈的吸引力。

首先，我在标题出来的时候就感到了惊喜。

画面上绘制的是一片位于高地的新兴住宅区。千寻一家人似乎正要搬到那片住宅区去。既然是开辟了丘陵地形建造的住宅区，估计名字也叫“××丘”之类的吧。崭新闪亮的新房子一定井然有序地排列在山丘上。

那也可以说是我曾经历的原始体验。

我从大阪搬到奈良的时候，正是小学四年级的夏天。年纪大概比千寻还要小一点。

那个镇子位于大阪与奈良县的交界处，类似卧城。过去是覆盖着森林与原野的丘陵地区，后来开垦出一片名叫“××丘”的住宅区。直到我高中毕业去京都上大学之前，青春期妄想力达到顶峰的时期都是在那个小镇度过的。

从高地沿着山坡往下走有一条河，两侧都是绵延的农田，净是一派旧式农村风景。神武东征时期，从九州而来迎击天皇的“长髓彦”传说，就是母亲眺望着河畔风景时讲给我听的。我们居住在凭空从丘陵地区出现、毫无历史渊源的住宅区，但身旁就有与《古事记》传说相关联的奈良风光。

新兴住宅区与旧城镇的交界处有着神社与寺庙。这是理所当然的，因为新兴住宅区就是将昔日背负着神社佛阁的丘陵林地开辟出来建造的。新镇区与老镇区的交界处有着错综复杂的陡坡与小道，往往通向意想不到的地方。

- 高地上是新兴住宅区。
- 平地上是历史悠久的镇区。
- 中间是神社佛阁。

这就是我在当时用身体记住的简单法则。

“我们走错到下面一条路了。”

千寻的父亲在影片开头处说的这句话就暗示了那种位置关系。来自平地区的他们在前往高地住宅区的过程中，在岔路口过早地转弯了。那里并非高地也并非平地，那里是神社佛阁所处的区域。森林深处有个通往奇异世界的入口，是再自然不过了。

“通往奇异世界的入口就在我们身边。”

这是年幼时主导着我的感受。

这种感受日后在我心中不断膨胀，以至令我拒绝接受真正的现实，最终让我变成了小说家。

写到这里，我想起了父亲。

小时候，我们经常一起出门“冒险”。我们会在附近一带漫步，或是开着车兜风。有时还会翻过围栏进入森林深处，或者把车开进迷宫般的窄路，结果进退两难。每当进行这种小冒险的时候，我就会想“如果这条路通往奇异世界的话会怎么样”，朝着空想家迈出了坚实的一步。从那时起又经过了四分之一个世纪，现在的家父总因为培养出我这个整天写小说的空想家而唉声叹气，却没想到是他自己撒下了让空想家成长的种子。为人父母总是不知在何时就把孩子“教育”出来了。

父亲是个路痴，而我是个空想家。两个人都是迷糊鬼，沿着森林中的陌生道路行走时，会渐渐不知自己身处何方。萩原朔太郎的《猫町》中所描写的方向感丧失会时常发生。我喜欢极了那种茫然的不安与正在靠近异世界的昂扬感。虽然有点害怕，但是父亲也在一起，应该没事吧？有点想回去又不太想回去……怀着这种心情四处徘徊了一阵子，往往会来到自己很熟悉的地方。还以为已经来到了很远的地方，没想到其实近得很。既觉得惊喜，又觉得有点扫兴。

在电影中，千寻一家穿过晦暗的隧道之后，来到了窗口有淡淡光芒照入的一个候车室似的房间。千寻一家听到了列车的声音，就放心地认为“车站也许就在附近”。

影片给人一种并没有误入异世界，而是回到日常生活中的感觉，就是“搞什么嘛”的那种感觉。我和父亲完成一次小冒险时放下心来的感觉与此十分相似。然而我和父亲平安回到了家中，而千寻一家人则去了隧道的另一边。因此，在这个场景中听到的列车声就具有截然相反的双重含义。一方面是唤起日常感受的信号，另一方面是进入异世界的预兆。

小时候与父亲一同冒险确实很愉快，可因为我是个胆小的孩子，基本上总是战战兢兢的。尤其是翻越围栏的时候更是如履薄冰。我最难忘的就是自己胆怯地说“随便进去会被人骂的”，而父亲却说“被骂也没事，道歉就行了”。父亲的说辞实在是强词夺理。我害怕的是“被骂”这件事本身。可父亲根本没理解问题关键所在。我真想争辩一句：“不是这个意思！”

意外闯入隧道另一边的奇异城市后，千寻的父母就在无人的饮食店里自作主张吭哧吭哧地吃了起来。千寻说着“店里的人会生气的”一口都没吃，而她的父亲则说“没关系，有爸爸在”。这个场景总让我回想起父亲说的那句“被骂也没事，道歉就行了”。

看到千寻父母擅自开吃的场景，一定有很多人会想：“这父母也太蠢了吧？”而我认为，不论是多么优秀的父母，在孩子眼中总会有如此愚蠢又贪得无厌的瞬间。“这是灰浆造的吧。”“是主题公园的残骸吧。”大人们会漫不经心地对神秘事物下定义，根本不去理解孩子为何慌张。也许说出“被骂也没事，道歉就行了”这句话的父亲也跟他们一样。如此理解的话，我父亲要是误闯入异世界，或许也免不了变成一头猪吧。其实，那不过是大人展现给孩子的众多表情之一。它无法概括大人的全部。大人与小孩之间的界线也从来不是那么清晰的。

那么，我写了这么多字，到底在写些什么呢?

我写的就是这部电影的开头究竟是多么出类拔萃。

这个完美的开篇，栩栩如生地描写了位于新兴住宅区与历史悠久小镇的夹缝中所存在的异世界入口。随着靠近异世界，那种揪心又兴奋的感受如同能亲手触摸到一样具体细腻，而这一切都是在令人瞠目结舌的极短时间内描绘出来的，电影也就此开始。

我第一次迷上宫崎骏的电影，是刚好搬迁到奈良那阵子。我看了电视上放的《天空之城》，觉得从未看过这么有趣的作品。之后就依次把《风之谷》为首的其他宫崎骏作品都看了一遍。

宫崎骏作品常被称作“幻想”电影。

可是我从小时候起就对幻想有一种顽固的个人定义，我不觉得宫崎骏作品是幻想。对我来说，“幻想”就是自家附近有个异世界入口的这种感觉，就是自己因为某种机缘会意外去往另一个世界的感觉。也就是说，只有当重现自己即将遭遇“神隐”的那种感觉，才算是我心目中的“幻想”。

从这种观点出发来看，宫崎骏作品就成了遥远世界中发生的其他人的故事。《龙猫》也好，《幽灵公主》也好，无非是发生在“曾有龙猫存在过的日本”或者“曾有山兽神存在过的日本”，我并不觉得它们与自己的世界有多少联系。因此，它们并非我个人定义的幻想作品。在二〇〇一年那个夏天之前，尽管我一向认为宫崎骏作品非常有趣，却从未期待过一部与我自身本源的梦想产生共鸣的作品。

就在那时，《千与千寻》出现了。

那时我第一次在宫崎骏的电影里看见自己所追求的完美的“异世界入口”忽然出现。千寻就是曾经的我。通往异世界的隧道正如我所预想的那样，位于新兴住宅区的旁边。这就仿佛是我与父亲外出冒险，而宫崎骏刚好在背后观察我们。我希望找到而未曾找到的东西、孩提时代起执着追寻的梦想、奇异的事物、幻想的世界，都在这部电影里细致入微地描绘出来了。

这也是为什么《千与千寻》震撼了我。

意象的国度

要讲述穿过隧道后另一边的事物就很困难了。

先绕一段远路，来讲讲我写小说时的一些方法吧。因为宫崎骏似乎也是以这种方式来创作电影的。不管是怎样的创作者，多多少少都会遵循这样的创作规则。

首先是从意象的碎片开始处理。有时是风景，有时是人物，有时是言语，根据各种情况形式不一。只要是能“触动人心”的东西，什么都行。在这个含糊不清的阶段，尚不存在明确的故事，甚至连主题也没有。

为了让这些意象接续起来，还需要探寻另外一些东西。首先尝试将截然不同的意象联系起来。要是仍然没什么发现，就只能放弃了。不过运气好的时候，就会不经意间形成类似故事碎片的东西。这样一来，其他的意象也会接二连三地连接上来，逐渐膨胀开来。膨胀到一定程度之后，就能从中找出更简洁的故事流程。

这时候要尽量只靠“想用的意象”来描写。如果随着故事的发展写入了多余的意象，营造的世界就会像掺了水一样。创作者都难抵这种诱惑：与其让故事掺水，还不如将展开的方向扭转，任凭“想用的意象”改变故事的走向。意象的密度越高，创作出的世界给人印象越深刻。“只想写我要的东西，不想写不要的东西”，如果作者这么任性的话，又会让故事不知所云，作品中的世界本身会崩溃。

故事与意象。

寻找出让二者和谐共处的平衡点，才是我心目中的“创造娱乐”。所以在创造一部作品的时候，自然会产生“想用却无法用的意象”。我所写的作品也一样，都是“想用却无法用的意象”堆积成血海尸山后才完成的。

宫崎骏这个人拥有着无可比拟的妄想力。一直以来，他都是几年才出一部娱乐作品，想必已经积累了数不清的“想用却用不上的意象”。我想表达的意思就是——电影《千与千寻》那条隧道另一边的世界，或许就是那些因为各种情况而遭到冷遇的意象重获新生的地方。在决定创作一整个脱离现实的异世界的时候，过去没有出场机会的意象就都像八仙过海一样，争先恐后要各显神通了吧。

千寻所到之处，扑面而来的皆是异想天开的意象。

锅炉爷爷那可以在一整面墙的橱柜间游刃有余的长长手臂、成群结队收下金平糖的小煤球精、在澡堂中来来往往的各路神仙、汤婆婆那个皱巴巴的大脑袋、体液横流闯入澡堂的腐烂神，如此丰富的意象组成了一场狂欢游行，让人不禁想问：他究竟是怎么想出这些东西的？

虽说故事的主线是“千寻的成长”，但编织出故事的那些五彩缤纷的丝线，每一条都有趣到令人惊异的程度。我们在追随千寻享受故事的同时，就被这些密密麻麻蠢动着又不断增殖的意象所征服，对这个奇异世界本身入了迷。我们已经难以分辨究竟是千寻的故事有趣，还是世界本身有趣。这可以说是意象的力量。

穿越隧道之后，进入的是一个“意象的国度”。

接着，在打开这个国度的大门之后，电影就变身成了后半部分。

前几天我在电视上看到，在九州有一家开在两县交界处的酒店。酒店内的走廊里还画着两县的交界线，可以分别吃到两个县的乡土料理，泡到两个县的温泉。在思考《千与千寻》这部电影的时候，我的脑海中就浮现出了这家酒店的建筑构造。宫崎骏的长篇电影有一种延续到上一部《幽灵公主》的流程模式，而这种模式在《千与千寻》的前半部分就戛然而止，往后又开拓了新的流程，延续至《哈尔的移动城堡》。腐烂神引发骚乱的场景与无脸男吞噬青蛙人的场景之间，就像隔开“县境”般地画出了一条隐形的边界线。

故事的变身有两个侧面。

首先是“不祥之物”的意象出现了。

这种意象原本就存在于宫崎骏电影中，随着故事、设定与主题的不同，以各种形式若隐若现。而给予它具体形象与逼真动态，让人真正体会到“这下糟了”的情景，是从这部电影开始才有的。无脸男鼓胀的身躯、他呕吐出的污物、白龙化作龙形时飞溅而出的血液，都是这类意象。它们与影片播至一半时登场的肮脏腐烂神不同，与前作《幽灵公主》中的邪魔神也不同，能让人感觉到活生生的“不祥”。这一切都是起始，它们日后在《悬崖上的金鱼姬》中化作一道海啸扑面而来。

我不愿意用过于武断的词来概括，但它们恐怕就是“死”的意象。“活生生的死”这种形容听上去挺怪的，可在隧道的另一边就是可能实现的。当我们推开意象国度的大门时，有无数欢乐的意象涌出，也会有可怕的意象喷涌而出。

这部电影实现变身的另一个侧面，就是它不再有高潮情节。

过往的宫崎骏作品都是娱乐作品，一向都具有易于理解的高潮情节。《幽灵公主》中有山兽神的发狂，《红猪》中有飞艇决斗，《魔女宅急便》中有飞船的事故。像我这样的观众就会感觉到“啊，这电影快结束了”。人们很容易回到现实中，可以说是人性化设计。

可是《千与千寻》的高潮在哪里呢？

失控的无脸男引发的危机，似乎与我们一路看过来的“千寻的故事”有些微妙的偏差。千寻要回到原来世界去的故事、千寻拯救白龙的故事、与汤婆婆展开对决的故事，它们其实都没什么关联。换句话说，它们根本不在起承转合的拍子上。故事的推进节奏比起情节需要的连接，更注重意象之间的连接。无脸男这个意象随着电影的发展，逐渐膨胀，就像是从旁边突然冒出来，要把千寻的故事撞走一样。

无脸男这个“不祥之物”大闹一场之后，不知不觉间，千寻的故事已经偏离了我们所预想的方向，最终在我们意料之外的地点着陆了。仅从结果来看，千寻确实救回了父母并回到了原来的世界，可以说是个“圆满结局”。可是由于跟我们在电影前半部分时所期待的方向产生了偏差，尘埃落定时恍若做了一场梦。我看完这部电影时的感想就是——它与过去的宫崎骏作品不一样。算得上人性化的部分只有用尽一切办法“让千寻最终回到原来的世界”这一处而已。

与小说这种个人创作不同，动画会受到作品外诸多因素的左右。这部电影采用如此的结局，或许纯粹只是受制作日程限制。真正的情况已经不得而知了。我们把原因先放在一边，宫崎骏电影倒是真真切切产生了变化，这种“不可思议的结局走向”也被日后的作品继承了下去。

究其根本，便是一种更看重意象的态度。

也就是不再选择牺牲掉一些意象来维系起承转合的结构。

我在上文中说过，创作是从“意象的碎片”开始的。我会先积累起想描写的意象，然后从中摸索出“故事”这一结构。不过将其按照娱乐性作品的起承转合进行重组时，必然会出现“不想用却不得不用的意象”。假如要强行回避并尝试突破，就只能放弃所谓的人性化设计。结果也是显而易见的：直接跳过不想解释的事物，仅靠想写的意象来连接叙事，就好像踩着石头过河一样，全靠意象的力量让故事走到结局。

只想写我要的东西，不想写不要的东西。

如果相比故事更重视意象上的需求，电影就会逐渐向“梦中”的世界靠近。我想，《千与千寻》后半部分所发生的事情便是如此。

在这部电影后半部分开始的分崩离析延续到了《哈尔的移动城堡》中，从此以后宫崎骏作品就不再选择便于理解的收尾方式。现在的我已经不太明白应该如何评价此事了。抛弃人性化设计就更自由自在，而自由自在又是一件可怕的事。《悬崖上的金鱼姬》成了一部恐怖电影。

我从小就熟悉的宫崎骏作品从《千与千寻》这一部电影的中间位置就变化成了另一种作品。分界线就在从腐烂神身体中不断拉扯出废品后，响起清灵透彻的那句“真舒服！”的地方。电影的前半部分是完美描写了我个人梦想的娱乐作品。而电影的后半部分则是能远远听见不祥之物胎动声的梦中世界。

千寻确实从隧道的另一边回来了。然而宫崎骏自己在用稍显强硬的方式把千寻送回来之后，是不是又去了隧道另一边，再也没回来呢？

我不由得这么想。

关于千寻的归来

这部电影的结尾也令人印象深刻。

千寻与白龙手牵手从城镇中奔跑出来的时候，原本热闹非凡的澡堂却模样大变，忽然鸦雀无声。这片寂静让我联想到了许许多多的梦。那一刻，我感到自己通过千寻在影片中经历的种种体验在一瞬间远去了。人大多完全记不起自己从当晚的梦中醒来的过程，我想影片所带来的一定是这种感觉。进入异世界的过程很出色，而离开异世界的过程同样出色。在电影还没结束的时候，隧道另一边的世界就已经化作一片虚无缥缈。

于是千寻回到了原来的世界。

我们不知道她接下来会怎样。

接下来就是我个人的空想了。

当我还是个孩子的时候，其实也经历了同样的事。当我与父亲一起在家附近的森林中漫步时，与千寻一家人一样，发现了一个隧道。我与父亲一起战战兢兢地穿过隧道，发现了一个奇异的城市。

我是个没毅力的小孩，恐怕无法像千寻那样努力坚持到底。

我也不觉得自己能救出变成猪的父亲。

然而父亲和我还是完完整整地回来了。从这岿然不动的事实来看，我小时候一定也像千寻一样努力到最后了。我克服了重重难关，拯救了变成猪的父亲。这么一想，一切就都顺理成章了。为什么我小时候冥冥中总觉得自家附近有个异世界呢？为什么我会被《千与千寻》这部电影如此深深打动呢？

一定是那段早已忘却的回忆，使我成为了小说家。

（《吉卜力教科书 12：千与千寻》文春吉卜力文库 2016 年 3 月）

3 登美彦自著书籍与其衍生

这里收集了与我自己的小说及衍生作品相关的文章。

尽管我觉得作者不应该写太多关于自己的小说和执笔情况的事情，但是因为各种需要还是写了不少。我在这里奉劝大家，别把它们当成“作者的话”而信以为真。这些也是小说世界的延伸，捏造的可能性极高。

千万要小心！

太阳之塔乃是“宇宙遗产”

太阳之塔怎么看都不像出自人类之手，从它身上甚至能感受到一些宇宙的气息，于是我的前女友怀抱着对一切的敬意，赠予它“宇宙遗产”这个称号。我也表示赞同，在读本科时期还经常从京都去大阪参拜宇宙遗产太阳之塔。于是，我被太阳之塔唤来的异次元宇宙气息所折服，享受着瑟瑟发抖的快感，并沉溺于这种变态行为。

然而，我不过是闷居在比叡山脚下的一介学生，不可能心随热情而动，整日往返在太阳之塔的朝圣路上。如果这么做，我在京都的生活就会愈发拮据，本就可怜的成绩恐怕会愈发地惨不忍睹。太阳之塔的伟大是无可动摇的，而我的成绩却摇摇欲坠，弱不禁风。为了拯救我那奄奄一息低空飞行的学业使其免遭迫降之灾，同时又能不离开大阪就尽情抒发对太阳之塔的热爱之情，我想出了一条苦肉计。我决定把太阳之塔搬到京都的修学院离宫一带。在这种匪夷所思的心血来潮下，我诚惶诚恐地写了一篇题为《太阳之塔》的妄想小说。

说实话，比起长篇累牍地谈论太阳之塔，我更喜欢一脸蠢相地仰望它。因此，在谈论太阳之塔之前，我决定先讲讲当初以最坦诚的蠢相仰望太阳之塔时的，遥远的孩提时代的故事。

○

距今二十年前，我家就住在万博公园旁边。要是有天气好的休息日，母亲就会做些美味的便当，而父亲会带上白色软球或者 8 毫米照相机，带着我和弟弟妹妹一起去万博公园。自然文化园的门票便宜得吓人，儿童还是免费的，没有比这里更加经济实惠的休息日好去处了。

森见一家首先会在名叫“森林舞台”的区域坐一会儿。稀疏摆放在草地上的大石头之一就是森见家的专座。要是石头被其他人占据，我们就会一起生气地噘嘴。不过大多数时候都能顺利地铺上露营布。父母一放三个孩子自由活动，我和弟弟妹妹就像小白兔一样在草地上滚来滚去，有时会模仿忍者，有时会来一场大人们无法理解的小小冒险之旅，总是能享受嬉笑打闹的时光。我们在地上打滚半天都不会腻，一定是相当好玩了，至于到底有什么好玩的，我就一点都不记得了。

除了在“森林舞台”打闹之外，我们还会来到有小河流淌的草地，去儿童文学馆，去石头城堡之类的地方玩耍，或者进国立民族学博物馆参观。真是开心得不得了。太阳下山，要回家的时候，我们都很不情愿，心想要是公园直接关门，就这样出不去了才好呢。可是父母会把孩子们一个个逮回来，拖着回家。

没过多久，我们就能自己行动了，我们如出一辙地去万博公园，如出一辙地度过欢乐时光，如出一辙地带着依依不舍回家。就这样，我日复一日、乐此不疲地尽情游玩。在平静又安稳的日常之中，只要我一抬头，就能看见树林的另一边有个东西耸立着，就像是从宇宙飞来的怪兽一般。我当初看到的多半是太阳之塔那稍稍歪着脖子的背影。

○

那场犹如民族大迁移般，令全日本大批游客纷至沓来、你推我挤的“万博”[1]，对当初的我来说就像寒武纪一样遥不可及，可以说远远超出了我那贫瘠想象力的范围。在那个年纪，我连父母也曾有过青春时代都很难接受，甚至连“自己出生”之前还有数不清的事物诞生过都不知道。小孩子本就是这样，更何况为纪念万博而造的万博公园里几乎就没什么简明易懂的遗产可供人追忆辉煌的过去。昔日在万博上有不少令众多游客心驰神往的未来风格建筑物，在我踏进公园的时候早已无影无踪，那里只有郁郁葱葱的树林和一片片明亮开阔的草地。我还以为向来如此呢。

那么身为万博遗产的太阳之塔能不能令人遐想到昔日的“万博”呢？答案当然是不能。它那怪异的身姿的确令我瞠目结舌，可我以为那古怪宇宙生物似的东西是更久以前就屹立在那里的。太阳之塔那弯曲的身形，不由分说地洋溢出一股与人类社会格格不入的气质。年幼的我着实被吓到了，却不得不承认它的威严，坚信它从远古至未来的尽头都会永远直耸在此。它身上有一种不容质疑的气质。年幼的我惴

[1] 万博即世博会，是日语中“万国博览会”的简称，在这里特指1970年举办的大阪世博会。——译者注

惴不安地仰视屹立在树林另一边的太阳之塔时到底是怎样的感受呢？我已经没法儿准确地回想起来了。我猜一半是惊恐，另一半是爽快吧。

○

在柔和盎然的绿意另一边扭曲着背脊的太阳之塔，在我年幼的心中深深扎根。面对着那幻想般的原始风景，我无处逃遁，每夜都胡乱写下幻想小说，以致废寝忘食，将本应刻苦钻研的学生时代彻底断送，最终将原始风景都写入了书中，出版了名为《太阳之塔》的小说。可以说我至今为止的创作，都是从太阳之塔而始，至太阳之塔而终。这样一概括的话，作为回忆故事的结尾确实干净利落，很遗憾，我才不屑于用那种投机取巧的方式来收尾。

大家心中是不是都浮现出这样的景象了呢？一个豆丁大、流着鼻涕的小鬼站在草地中央，一脸蠢相地仰望着太阳之塔。太阳之塔太伟大了，与它相比，幼时的我就是个连存在与否都无关紧要的小不点。在脑海中勾勒出这幅光景，会让我没来由地感到愉快。在我的幼年，太阳之塔永远都在远方若隐若现。我就是在那宇宙生物般的巨物脚下玩耍长大的。我能度过一个如此愚不可及、离奇古怪又与众不同的孩提时代，不就足以万分庆幸了吗？写小说就纯粹是另一桩事了。

我衷心祈祷，愿太阳之塔从今往后也永葆震慑八方的威风，将那些鄙夷它为“区区昭和遗物”的成年人驱逐殆尽，让无数与我同样一脸蠢相的孩子见识到来自宇宙的气魄，傲然降临于他们的记忆深处。

我还想在此祈祷，愿它能够让更多的人目瞪口呆、魂飞魄散、感动至深，可惜这根本轮不到我来祈愿，已然是明明白白的事实。

今宵我也会从京都面朝太阳之塔，静静礼拜，然后把推敲又推敲的这篇拙文写完。

（《月刊民博》2004 年 4 月号）

名叫考狄利娅的情趣娃娃

我初次阅读莎士比亚的《李尔王》后，觉得写得真好。

李尔王愚蠢、任性又暴戾，同时又很无能，况且对自己的无能不自知。这家伙简直就是我嘛。于是，我将李尔王比作自己最擅长描写的陈腐大学生，妄图写一篇能重现《李尔王》风采的小说。我选择这么做也是因为可以省去构思故事的麻烦。

国王徘徊过的那个电闪雷鸣的荒野化作四叠半大的宿舍，他的跟屁虫小丑化作一个能说会道的男性生殖器“乔尼”，三位女儿就变成蠢货学生主角所向往的少女们。如此一来，我就迅速断定能将《李尔王》压缩到京都出柳町方圆两公里（我的行动范围）之内，并将其重现。虽然蛮不讲理，却有趣极了。

高纳里尔和里根[1]这两个名字好似“哥斯拉”系列里怪兽的女儿，就改编成无情背叛主角的女大学生好了。她们利用甜言蜜语装出一副对主角有意思的样子，而实际上，一、劝诱他加入新兴宗教；二、向他推销百试百灵的万能厨房用具；三、妄图夺取主角珍贵的贞操。她们使出种种暴行，将他踢入人生苦恼的深渊中。然而，还有个小女儿

[1] 李尔王的三个女儿分别叫高纳里尔、里根、考狄利娅。——译者注

叫考狄利娅，这个一听就命中注定是可人的小女儿该怎么处理呢？在这个角色的位置镶嵌一个“对主角一心一意的可爱大学学妹”，即便对每日与过激的浪漫撕打成一团的我来说也想得太美了，实在有点羞耻。于是我考虑了很久。我认为两个姐姐可以滔滔不绝地讲出甜言蜜语，而考狄利娅则应该沉默寡言。哪怕她一句话都不说也没关系。一句废话都不说，便不会打破男人任性的妄想，可以永恒地维持清纯可怜的形象，同时令人产生宿命般的情欲。这样至高的存在，恐怕只有极尽现代科学之所能而打造出的“那个”才能实现了。于是我把考狄利娅写成了一个情趣娃娃。

我曾经调查了不少有关情趣娃娃的资料。

当和朋友们一起畅谈男人的欲望时，某种意义上处于话题极点的“情趣娃娃”是不可避免会触及的。这时候，与其称呼为情趣娃娃，叫它“抱枕妻”[1]更加合适。然而，在我们日本绵延不绝的成人玩具史上，抱枕妻这个东西，与其说是男人的向往，倒不如说是令人忧伤的产物。“万不得已被流放到爱之荒野中的男人，施展苦肉计方敢悄悄购买，又让哀愁愈深几分、令人沉吟的道具”恐怕才是大多数人的见解。说白了，成人玩具本身就并非能够满怀憧憬高声谈论的东西，而“抱枕妻”乃具有等身或接近等身尺寸的“人偶”，更是脱离身为道具的本分。

[1] 日式外来语“Dutch Wife”，是情趣娃娃的早期名称。——译者注

在“露骨的拟真倾向”与“现实”之间那个充斥着苦涩的深渊，何尝不催人泪下、引人欢笑呢？

我们下定决心，绝不沉溺于此种自虐行为，要堂堂正正地活下去。然而一切都止于一场命运般的邂逅！

从下定决心的我们眼前拂去偏见迷雾的，正是某著名制造公司生产的抱枕妻。不，已经不该叫“抱枕妻”了，她有了“情趣娃娃”这个新名字。她的价格贵得异乎寻常，而她也美得异乎寻常。没想到不知不觉间，现代文明已经发展到这个地步了。这令我们兴高采烈。

正当我们还围绕着这个话题三言两语的时候，我突然得了个小说奖，轻而易举地收到了一笔与身份不相称的巨款。而此刻在我脑海中浮现出的第一个主意，并非把老家的屋顶重新粉刷一遍，并非支付学费，也并非去祇园花天酒地一番。我想到的其实并不是现实的需求，而是“买得起情趣娃娃了”。那是通往未知世界的入口，也是男人的浪漫。毕竟某著名制造公司推出的高级情趣娃娃要卖五十多万日元呢。能像这样一掷千金的机会，如果错过当下就再也不会有了。

从结论而言，我终究还是没买情趣娃娃。因为在查了不少资料之后，我发现情趣娃娃打理起来很麻烦，也因为现金到了手上就舍不得花出去了。更因为我未尝体会过足以令人越过最初那一线的孤独感。而最大的原因，便是当我在网上读过一些对情趣娃娃有着非凡热爱的先人所写的文章后，才意识到“这并非我以轻浮的好奇心便能贸然踏足的道路”。到了这一步，情趣娃娃早已不是用来处理性欲的道具，而是理应倾注爱情的同居对象。

曾几何时，我觉得人偶是很可怕的。我很厌恶妹妹心爱的法国洋娃娃，甚至无法理解为什么她睡觉时要把娃娃放在身旁。如果我真的把情趣娃娃请回家会怎么样呢？我感到害怕，是因为感觉娃娃仿佛是活物一般。情趣娃娃其实也挺可怕的，但我会先用性欲来蒙骗自己。那么要是借着性欲与情趣娃娃厮混熟了，我那发自根源的恐惧感一定很快会转化为强烈的爱情，这比着了火还要明显。因为我对人偶的恐惧感正是来自从它身上感受到的生命力。也就是说，如果我得到了情趣娃娃，或许会与她一起封闭在温柔乡中。我无论如何也鼓不起勇气越过这条线。走上遍布荆棘的道路去追求情趣娃娃之爱，这不符合我的做派。于是我只好放弃了。

我的情趣娃娃购买计划受挫，反倒在日后给我计划书写的李尔王现代版带来了灵感。

把考狄利娅写成情趣娃娃是个好主意，可这么一来我就更害怕写结局了。李尔王最初是因为考狄利娅不善言辞拒绝了她，而他所看重的另两个女儿背叛了他，令他陷入绝望，最终与考狄利娅一同死去。被现实女性背叛而坠入失意深渊的男主角会与情趣娃娃一起走入温柔乡，从此皆大欢喜吗？我可没有那么心胸宽广。于是，现代版李尔王彻底失败，根本看不出哪部分像李尔王。没有一个人注意到那篇小说的原型是《李尔王》。

尽管我没有踏足那个世界的勇气，但我能够理解那亦是一种爱情的世界。迷上情趣娃娃也好，迷上现实女性也好，其中都交织着重重错觉与妄想。我们每日都费尽心思去克服人际关系的破裂，而这样的心思也使得爱上情趣娃娃成为可能。毕竟现代科学已经将情趣娃娃提升到了“外表酷似人类”的程度。情感代入越来越容易，之后全看本人的意向如何。很难说这条路最终将通向哪里。

即便如此，我也不会做出“情趣娃娃等同于现实女性”之类荒唐的断言，我丝毫没有这样的意思。虽然我对情趣娃娃很有兴趣，但心中依然偷偷怀揣着对现实女性的梦想，只能说我实在是精神可嘉。

（*Eureka* 2005 年 5 月号）

淋湿的英雄

即便自诞生于世至今已经经过了四分之一个世纪，不管多少次痛感自己的无能，我依旧无法抛弃“世界以自己为中心旋转”的地心说。正因为我是这种人，所以能让我真正景仰的人几乎不存在。

这个世上的确有出类拔萃的聪明人、艺术才能超群的人、在体育中大显身手的人，或是擅长经商的人。我对他们都分别致以一定程度的敬意。可是说到底，他们终究也不过是“卓越人群”其中之一而已。他们只是在他们的领域肆意展示才能与努力成果而已。光是这些还不太足够。我不会轻易地向他们表示景仰。

值得我景仰的是一个男人。我们先把他叫作“明石”好了。

他毕业于大阪一所私立男校，据说高中时期就因别有特色而驰名全校。他与生俱来又深不可测的头脑与感性在男校这个残酷的环境中得到了千锤百炼，接着又延续到了大学中。这样的人怎么可能不大放异彩呢？

我们属于同一个班级，一见面就意气相投。

他的头壳大概天生能比别人多装一些脑子，眼神锐利如炬。他对一切事物都抱有不动如山的宽广胸怀，对看不惯的人却无比冷酷，谈锋锐利地将其批至体无完肤。他比我遇见过的任何人都聪明，逻辑极其严密，他向往以知性解读感情的瓦肯星人（出自《星际迷航》），却又是个浪漫主义者。常言道“英雄皆好色”，他也不例外地很好色，可是与现实中的女性接触时却屡屡碰壁。他自然陷入了郁结。他无可奈何地将郁结转化成了妄想。妄想又变成了笑料。于是他便将自己高速运转的头脑一次又一次毫不吝惜地浪费在妄想上。看到他的处事风格，想不折服都不行。

在大学时期，我从他身上受到了许多熏陶。我学会了拥有自尊心，学会了以自我为中心的同时又保持客观，学会了放飞妄想，学会了抵抗排山倒海而来的感伤主义并反过来利用它的“精神柔术”。他或许会说，我根本没想教你这种玩意儿，我也只是随便说说而已。

“我们明明在说这么愚蠢又有趣的话题，却只有我们自己在听。太浪费了。我们得把本钱赚回来啊。”

我曾经和他讨论过这个问题。

书写拙作《太阳之塔》的契机也正源于此。

留级的我和参加司法考试的他，一同度过了大五的苦闷日子。独自负担学费的他因为财政危机，最终还是放弃了留在大学。他从大学五年级的秋天就突然开始找工作，只有一家大银行肯招他，而他也顺利地入职。另一方面，我也总算考进了研究生院。从那年晚秋起，我开始断断续续地写《太阳之塔》。

在研究生院的第二年，《太阳之塔》得了奖，确定要出书的时候，我给他打了个电话。

“你那些羞耻的过去就要公之于众了，没问题吗？”我问。

“无所谓。我根本不觉得有什么可耻的。”他说。

如是这般，假如《太阳之塔》真的值得一读，那其中一半的趣味都归功于他这个人中英杰。

毕业典礼结束之后，我们莫名其妙地穿着典礼西装，拿着毕业证书就去了三得利的山崎蒸馏所。上学时好多次说着要去看看的，总是没能去成，所以这次怎么也得去一回。走出车站的时候，我们遭遇了倾盆的雷雨。特别害怕打雷的他死死护着肚脐[1]四处逃窜，淋成了落汤鸡，连毕业证书也遭了殃。我们在山崎蒸馏所买了小瓶的山崎威士忌，并约定在彼此迎来四十岁时再喝。到时候，我们会一边痛饮山崎酒，一边对“四十仍惑”的自己一笑了之。我们为人生埋下了如此雄壮的伏笔。

接着我们分别了。我回到了京都，而他去了大阪。

给予我决定性影响，又创造出独一无二之“我”的人究竟是谁呢？毋庸置疑，除了他就没有别人了。因此，可以说他就是“我的英雄”。

从那之后又过去了两年半，我从研究生院毕业后找了工作，继续住在京都，时不时会写些文章。那么他怎样了呢？他当了两年孤高的上班族之后，从银行辞职，如今又回到了校园，在法学研究生院如同恶鬼般地刻苦用功。所以我们现在依旧时常一起吃饭。

我也依旧能从他身上学到很多。

（《小说宝石》临时增刊 2005 年 10 月号）

[1] 日本有打雷时要护住肚脐的民间习俗。——译者注

致歉文

现今我人生的主战场就在书桌上。

离开书桌的日常事务都如同在客场作战。打扫房间、做饭洗涤、上班、恋爱、工作、酒桌礼节、与编辑磋商，一切都无法随心所欲。有一些人或许能在客场作战中取胜，并发现其中的意义，我却避之不及。一离开书桌，我的身体就变得僵硬，头脑无法正常运转，事务处理能力不知会消失到哪里去。因此我会发生各种故障现象。如果开始为这些小事一一道歉，那就没完没了了，最终一定会像伟大先贤所写的“生而为人，我很抱歉”一样，从此钻牛角尖。所以我不会为日常生活中那些芝麻绿豆大的小事道歉，反而要傲然处之。

那么在我的主战场——书桌上，就没有任何可道歉的事了吗？

非也。

我在书桌上也有许多该道歉的时候。其中最严重的应该就是“对不起，我说谎了”。写小说这种古怪书籍的人中，恐怕不存在敢于向天地神明发誓“我没干过”的。不过我却总是在书中撒谎。

因为我把陈腐大学生主角在陈腐大学时代的故事写成了小说，读者往往会产生误会：“书里那个古板妄想家兼纯情大学生应该就是森见登美彦本人吧？”我可以直截了当地说，没这回事。我非但不古板，还挺会变通的。我不会蔑视他人，也没那么沉溺于妄想。大学时期我只是窝在四叠半房间里而已，一次都没发过狂。我特别喜欢圣诞节，会数着手指头等着那一天。受不受异性欢迎对我来说根本就是小事。再说我早就不住四叠半房间了。我那铺着波斯绒毯的宽阔书斋中广罗古今名著，头顶上挂着掉下来立即能把我砸死的豪华大吊灯，令我每日心惊胆战。别以为我一年到头都不收拾床铺，其实我睡在日本老派成功人士那种三层的柔软床铺上。我一只手拿着每日源源不断收到的女读者来信，另一只手往嘴里送一口红酒，欣赏着京都的夜景。兴起之时，我会在平安夜跟黑发美女卿卿我我，像藤原道长一样穷奢极欲。正所谓“如月满无缺”[1]啊！著作才区区四册，他就已经忘光了初心。简直丢人现眼！

我想为自己落得这步田地而致歉。

而我还会在小说中继续撒谎。

我为什么成了这种人呢？起因恐怕是幼年时期的痛苦体验吧。在那个炎炎夏日，小学的我从学校回家的路上，装在书包里的酸奶爆炸了。那段惊恐的记忆扭曲了我的本性，最终让我沦落为大骗子。一定是这样没错。这是何等的悲哀啊。

在写下这些文字的时候，我又在这篇短文里撒谎了，我想为此而致歉。

而且，我还要为这段毫无诚意的致歉而致歉。

（《hon-nin》 2007年3月号）

---

[1] 藤原道长是日本平安时代的公卿，掌握了极大的权势，曾写下和歌“此世即吾世，如月满无缺”（茂吕美耶译）来形容自己的荣华富贵。——译者注

姑且写下去

先要有个截稿日，我会把过去写下的笔记都翻一遍，然后尝试写下新片段，接着无所适从。喝咖啡，抽烟，截稿日迫近，姑且先写一点。

一般都是这样开始的。

我写小说时，有条绝对不变的唯一方针，那就是“姑且写下去”。虽说这是理所当然的事，但我找不出别的方式来形容。由于世上有截稿日的规则存在，基本上都会自动发展到这一步。

当然，我也没法儿从零开始“姑且写下去”，只好依赖笔记。我会把浮现在脑海的碎片胡乱记下，双臂抱胸审视，思考如何高效率地将其写成故事。这就好比三题噺[1]，顺利的话就能找到连接碎片与碎片的丝线。主题未定，文笔先行。此时还不存在什么主旨。有时候写到最后都不存在主旨。

如果去思考文章的走向，心里就会没底，我只敢盯着眼前的文字，只考虑下一句怎么写。说得极端一点，相比故事将如何发展，我更关注眼前即将诞生的下一句话。隔天再动笔的时候，我会从头读一遍，

[1] 由落语家三笑亭可乐创造的一种落语，由观客出任意三个主题，落语家即兴编成一出落语。——译者注

对细微之处进行修改，然后去想下一句。我淡然地重复着如此机械化的工序。这种写法很耗时间，也没法儿保证能够在预定的地点着陆。可我就是没法儿一气呵成地写完。

有时不论事先备好了多少笔记也写不出文章来，这种事我想都不敢想。我一整天都躲在房间面对书桌并非因为精神有多么集中，而是因为不面对书桌动笔写字就无法集中精神。所以我很羡慕那些能在电车或咖啡厅写作与创作构思的人。我在电车里会睡着，在咖啡厅里光是喝咖啡抽烟，根本集中不了精神。

我愈发觉得能够绵密地组织构思的人都很厉害。严密地说，我是觉得在构思阶段能加上不少好点子的人很厉害。我写作的时候，基本上都是没想明白就写了起来。哪怕我想在构思上下点功夫，也写不出令人惊叹的创意、绚烂华丽的意象或是出人意表的故事情节。我是个平凡到极点的人，作为引子写下的笔记也不甚出彩。有趣的地方大多是写着写着发现的。

在书写的过程中，很多自己从未想过的点子会忽地冒出来，也会发现碎片与碎片之间意想不到的关系。有时输入法切换汉字出错都能给我启发。我会抓住它们来丰富行文。假如首尾不合逻辑就重写前面的部分，或是换上一段文字。在书写的过程中，原本作为参考来开启小说创作的笔记甚至也会弃用。

小说的优点就在于仅靠文章就能完成，况且体裁十分灵活。这是众所周知的，也是绝对重要的特点。所以我才可以这边改改，那边改改，添油加醋，删删减减，在进行各种摸索的同时，一点点靠近完成状态。

如果不这么做，我就没法儿创作出东西来了。

话是这么说，可当我写完之后，便会觉得故事在我的笔下必然会走向那样的结局，一切尽在预料之中。写的时候感觉一寸之外皆是黑暗，把文字一个个码上去让我费尽苦心。完成时倒也有一些“写完了”的满足感，但这份喜悦很快会化作茫然，搞不清文章究竟是否有趣。之后就交给编辑们来判断吧。

（《新刊 NEWS》2007 年 10 月号）

这篇文章不打草稿

这篇文章我要不打草稿地写完。

我如此下定决心。

池内纪先生的文章里提到了卡夫卡的笔记本。据说卡夫卡从不写小说构思笔记一类的东西，就躲在小小的工作室里，不打草稿地往笔记本上写文章。如果写了一些觉得不对劲，就立刻用线画掉，再写别的。如果有了“手感”，就会继续写下去。

这简直是帅过头了吧！

倒不是自诩神童，其实我也有那样一段时期。从小学到初中的那段时间，我根本不记得有过“组织构思”或是“思考登场角色”这种经历。当时我用的就是原稿纸或是大学笔记本，直接用铅笔沙沙地往上写。我的故事都是写着写着就会从后面几行生生地冒出来，我也从不重写，只要能写到最后，我就心满意足了。这么一形容，我仿佛成了真的神童。为了防止引起误会，我要重申一下——我并非神童。

写文章的人多多少少都会有这样的感受：时常会写着写着遇到新发现。有时登场角色会做出自己都未曾想过的事情，有时能够不经意地完成恰到好处的描写，有时随便写的词语却推动了新的情节发展。即便不是什么大不了的发现，也总是令人愉快的。接二连三的发现能将原本的自己向前推得更远。我认为这就是写文章的乐趣。假如不依靠写文章的这种机制，本就没什么深刻思想的我是不可能写出取悦读者的文章来的。我的脑袋能想出来的故事是很有限的，也许让文章自己想出来的故事比我动脑想的更有趣呢。

我经常会这么想。

对了，我的书桌下面囤了堆积如山的笔记本。大约两年前，我太过害怕写不出小说来，便兀自妄想“如果多买些笔记本，也许就能文思如泉涌了”，下班之后就老往文具店跑。结果，笔记本再多也没改变我灵感的产量，于是发现了“灵感守恒法则”。我终于意识到有空去买文具用品还不如多写几笔，可那时已经留下了够用十年的笔记本。

我要是也能像卡夫卡那样写作，该有多好啊。我心想，干脆我也带着小小的笔记本，钻进小小的工作室去吧。然后写什么都不打草稿，根本不去想故事的走向，信笔写下去吧，就像小时候一样！

那样一定开心极了。

就不必像商务精英一样到处捧着台电脑了。笔记本很轻，动笔也快，更不占地方，在哪儿都能写。在风和日丽的一天去鸭川河畔写小说，简直就是小说中的场景嘛！看到我这副英姿，正在跑步的美女一定会爱上我的。还能去咖啡厅写小说，这样也特别像个“小说家”呢。我自己都要爱上自己了。旅途中还能在列车座位上写作，然后把笔记本递给旅馆邂逅的黑发少女看。“后面怎么样了呢？”“我也不知道。谁知道明天的风朝哪边吹呢？”一定能够来上这段光想想就起鸡皮疙瘩的对话。

但那都是不可能的。

第一，我根本上缺乏在笔记本上写大量文字的体力。

就算是用中性笔或是钢笔，手写毕竟也是个体力劳动。为了敲键盘，我过度锻炼了第一关节，结果连笔都握不动了。自从高中改用键盘打字，我一次都没手写过小说。森见登美彦的卡夫卡化计划，必须从磨炼体力开始。这计划也太过远大了。

第二，手写时非常难推敲词句。

若是没有推敲，我写的文章必定不值一读。我认为真正擅长写作的人，就是不必在措辞上纠结太久的人。可是我呢，必须这也不是那也不是地把文章打磨好几遍，否则就难以达到满足的状态。我还会把同样的内容写两遍，把标点的位置改得怪异些，把主语改得怪异些，一直修改到极限为止。我没法儿行云流水地写作，正是因为没有掌握自己文章的节奏。正如上文中写到的“发现”那样，如果不经过“这也不是那也不是”的阶段，就很难写出来。

第三，有截稿日的问题。这是最可怕的。

我如果在鸭川河畔悠然地翻开笔记本，信笔书写，恐怕会华丽地错过截稿日。如果为了赶着截稿而在血淋淋的手中握上一支笔，发了疯地冲向书桌……就一点都不美好了。我一直想成为有气量说出“截稿日尽往矣，往者不追”的人，可如果气量大到了那种程度，也许就不再是森见登美彦了。

写到这里，我才明白截稿日就是万恶之源。

我没法儿“不写草稿”，总是在张罗筹备，也是因为一想到“万一到截稿时还写不完”就会心神不宁。所以我会提前思考故事走向，时常写下笔记。这就是我一切不安的来源。啊啊！好心烦！

有时准备了太多，反而会起反效果，不是吗？

完全不做准备，一边写一边摸索思考，不也是个好方法吗？

不正是这样才能写出更出人意料的文章来吗？

不就能写出更加胡作非为的文章，让大小姐高声叱责般说出“你这么写下去，到底要怎么收拾残局啊？”之类的话了吗？为了赶上截稿日，一般不都会编些中规中矩的故事情节吗？这一切不都仅仅是权宜之计吗？大家不如扪心自问一下！

于是，在这样的心境下，我没打草稿写完了这篇文章。

目前，我还正在扪心自问中。

（《yom yom》2008 年 7 月号）

漫画版《春宵苦短，少女前进吧！》寄语

第一卷

我一直以来写了不少邋遢的男人玩弄阴谋诡计的酸臭小说。再这样下去，我就要被男人味熏死了，于是我乾坤一掷，将自己内心中可爱的一面凝聚在一起，便写出了《春宵苦短，少女前进吧！》。不出我所料，这本书在我的作品中可谓是一骑绝尘，成了最可爱的小说，成功诓骗了多到难以置信的少女读者。太过成功反而让我很害怕。我用尽了气力，只得再次回到写臭男人的孤独道路上。正当此时，另一部书名相同又可爱得出奇的作品横空出世。当然了，这不是我的功劳，全都是琴音兰丸老师的功劳。读第一话的时候，我就想："这未免有点可爱过头了吧。"太可爱了，这是有问题的，然而可爱是一件好事。于是我决定暂且默默观望这部同名漫画会走向何方。在我固守于京都的时候，琴音兰丸老师已经毅然在"可爱之道"上突飞猛进了。连载次数越多，我就越觉得"画得有道理啊"。我随随便便写出的角色有了固定的形象并站稳脚跟，然后畅通无阻地行动了起来。不过，除了少女可爱得让人"呜哇"叫出声之外，其他部分仍旧足够蠢。刚开始

我害羞得只敢用被子蒙住脑袋才敢看，现在已经放下心来，可以睡前坐在被窝里读了。尤其是那些我没在原作中提及的部分，琴音兰丸老师会与登场角色们一起绞尽脑汁来完成创作，总让我非常期待。我身为原作者，有时反倒束缚了琴音兰丸老师的自由发挥，真想说声抱歉。如此愉快又幸福的漫画，必须躲在温暖的被窝中阅读才对。稍稍一读就能给读者带来一场美梦，而美梦会照亮人生，日后想必还能给日本带来和平。当然，我是很谦虚的，不会说“看过漫画后也请看看原作”这种煞风景的话。没必要用原作来对漫画多加注解。不过，我在搁笔之前要陈述一个不可动摇的事实：“除了漫画之外还有小说。同时享受这两种乐趣的人，不仅将福泽深厚，一定也是胸怀宽广、人格高贵、出类拔萃之人。”

原作者森见登美彦记

二〇〇八年二月二十八日

第二卷

少女啊少女，你将往何处去？前阵子刚出第一卷时，我还在想“可喜可贺呀”，没想到第二卷也快出了。虽说“光阴似箭”，也未免快过头了吧。不，我明明是站着说话不腰疼，琴音兰丸老师却是日夜苦思，将书中的少女成分与傻瓜成分催熟发酵，最终让努力在这本明朗愉快的第二卷中开花结果了。这本漫画的成分就是少女加傻瓜。过去，当我还愚不可及的时候，我以为少女与傻瓜就是两条平行线，并且永不会相交。这就是欧几里得几何。然而某一天，当我在四叠半房间中辗转思索的时候，我从草席缝中获得了天启。我发现原本绝不会相交的少女与傻瓜也有可能在无限远的尽头交会！这一定是非欧几里得几何。于是，本是相互平行的少女与傻瓜在一个梦幻的地点交会了——非欧几里得几何级的原作《春宵苦短，少女前进吧！》诞生了！在写这些胡说八道的东西时，我渐渐都不知自己在写些什么了。因为我的纯情表白已经在第一卷的寄语中都写完了，况且，写本文的时候，我个人的截稿日也有些紧张。人只要活着，就迟早会遇到这种悲哀。同为在书桌上战斗的人，琴音兰丸老师一定也体会着同样的苦楚，即便握着钢笔的手再疼痛，也得继续画这种明朗愉快的漫画啊。一想到这里，我不禁想说：“大家一起加油吧。”相比画漫画来说，我的手只需要敲敲键盘，一点都不疼。简直轻松极了。当然，我是很谦虚的，不会说“看过漫画后也请看看原作”这种煞风景的话。没必要用原作来对漫画多加注解。不过，如同上次那样，在搁笔之前，我要反复陈述一个不可动摇的事实：“除了漫画之外还有小说。同时享受这两种乐趣的人，不仅将福泽深厚，一定也是胸怀宽广、人格高贵、出类拔萃之人。”

原作者森见登美彦记

2008年5月26日

第五卷

身为原作者的我在京都的街角溜到东溜到西四处游玩的时候，琴音兰丸老师却风雨无阻，连肚子疼的日子都未颓丧，孜孜不倦地作画。她的努力终于化作了这璀璨的五卷漫画。当然了，也许有人还没集齐五卷，也许有人只是“偶然间买了第五卷而已”。我绝不会指责这样的读者。毕竟，从第五卷开始买漫画，这个人胆子得有多大，胸怀得有多么宽宏大量啊！一定是个值得爱的人。像这种理应得到全国人民祝福的人，要是未曾体会到集齐漫画《春宵苦短，少女前进吧！》全五卷的快乐就走完一生，也未免太过遗憾了。我可是等着这套漫画一卷一卷发行，早就期待着把它们摆放在桌面上了。就让我们盘腿坐在椅子上，一览面前这几本漫画的封面吧。琴音兰丸老师笔下那灿然闪烁的少女四季，简直像美妙回忆的定格汇总一样，展开成一幅五彩斑斓的全景绘卷。有机会欣赏到这幅全景绘卷的人，愿你们获得应有的幸福。而未尝体会到这幅全景绘卷，仅仅手握一卷就走完人生路的读者，我只能饱含哀愁地说声：“你好，再见！”不过，也愿他们获得应有的幸福。总而言之，愿所有人都能获得应有的幸福。说到底，原作《春宵苦短，少女前进吧！》这部作品，讲的就是冥冥之中走在冥冥道路上的少女与一个傻瓜抓住了他们应有的小小幸福。这是一个善良的傻瓜与善良的少女得偿所愿的世界。这么一形容，我那些莫名其妙的描写也算是有了个结论。对于将仅存在于一次元的文章转化成华美二次元世界的琴音兰丸老师，我要再次郑重表达谢意。当然，我是很谦虚的，不会说“看过漫画后也请看看原作”这种煞风景的话。没必要用原作来对漫画多加注解。不过，我要陈述一个不可动摇的事实：“除了漫画之外还有小说。同时享受这两种乐趣的人，不仅将福泽深厚，一定也是胸怀宽广、人格高贵、出类拔萃之人。”与此同时，我还要祈愿遍布全天下的善良傻瓜与善良少女都能有一场幸福的邂逅。这回是真的彻底搁笔了。

原作者森见登美彦记

2009 年 1 月 22 日

（原作・森见登美彦、漫画・琴音兰丸《春宵苦短，少女前进吧！》

第一卷 2008 年 3 月

第二卷 2008 年 6 月

第五卷 2009 年 2 月）

舞台剧版《春宵苦短，少女前进吧！》寄语

我的小说很古怪。古怪这个词，听上去有几分可爱，可说得难听一点，就是“破绽百出”。自打我开始写小说，就未尝写出过正儿八经的故事，不管我下多少功夫，总是能从各种位置找到破洞。这样下去可是不像话的。

那么该怎么办才好呢？要靠文章把破洞弥补起来。即使是不合理的情节、超现实的现象、明智读者的疑问，也要用千方百计来克服，无论如何都不能回头，抓紧时间向前赶。如果能一路冲到结局，就是我赢了。在御都合主义[1]的大旗下，我只靠文章的气势强行向前冲，道理逻辑被我推到一边，二者摩擦生热，于是小说也维持了莫名其妙的热度——这就是我在三天前左右为了自我正当化而构想出的“小说热力学理论”。

因为我的写法太过肆意，听说要搞舞台剧的时候，其实是挺担心的。因为《春宵苦短，少女前进吧！》有着无数的破洞。如果一个个揪出来说，一天一夜都讲不完。我是靠文章姑且将那些破洞填上了，

[1] 御都合主义指虚构作品中，作者为了创作需要，不顾叙事规律强行加入设定或情节的做法。——译者注

如果上了舞台，我的文章就无能为力了。数不清的矛盾与破绽，就要曝于白日之下了。危险啊，少女！你的画皮或许就要被扒下来了！

我一边心怀作家生涯即将终结的预感，一边在鸭川的堤坝上来来回回，终于收到了舞台剧的剧本。我乍一读，便发出了“哦呀！”的惊叹。我发现“破洞基本上都被填上了”。失去了我的文章来弥补的“少女”世界在即将彻底崩塌的千钧一发之际，从长串色彩斑斓的灯笼点缀的石砖小巷中跑出了一个东先生（剧本兼现场导演，东宪司），用千方百计，华丽地串联起那些软绵绵、亮晶晶、湿答答的要素，将“少女”世界从崩溃中拯救了回来。我总算懂了。原来小说中有小说的千方百计，舞台上也有舞台的“千方百计”。于是我便无比期待起来。

只存在于文章中的“少女”将如何呈现在舞台上呢？

我已经满心期待着开幕的那一刻了。

（舞台剧《春宵苦短，少女前进吧！》宣传册 2009 年 4 月）

被嘭嘭假面追逐的我

——写于连载小说《神圣懒汉的冒险》完结时

在《神圣懒汉的冒险》中，我究竟想写些什么呢？事到如今拿出来解释，就仿佛打麻将没能和牌，却在事后把牌摊开来说“只差一点点而已了”一样，实在丢人现眼，太像狡辩了。更何况，我最初的创作意图在半路上已经不知飞到哪里去了。所以这些事情我什么都说不出口。

我过分自信，心想“莫非我拥有每日都能即兴流畅写作，堪称现代传奇说书人的出色才能？”，我总会时不时像这样自高自傲起来，这是我的弱点。而到了紧要关头，才发现这只是我的妄想，只剩下“一寸之外的黑暗”，陷入一场苦战。

只因为我的一点点疏忽大意，吾之挚友小和田青年的周末冒险就彻底不对劲了。将近半年都没能从“星期六”逃出去，究竟是怎么搞的？我还曾想过，恐怕会永远逃离不了星期六，我和他都这样默默无闻而终。我真的是原本就定下了计划，打算花半年时间写三天里发生的事。这件事在连载开始前的预告中就留下了证据，只能老实招认了。我们就把它忘了吧。

不过报纸这个东西，会把每天发生在现实中的事情都告诉我们，而现实的一寸之外便是一片黑暗。刊登在报纸上的小说，说它是在“一寸之外的黑暗”精神下写出来的，又有什么好奇怪的呢？你瞧，我又给自己找借口了。

对于明明毫无责任，却不得不在“一寸之外的黑暗”状态下画插图的藤本胜老师，我深表歉意。正是因为有了藤本老师那细致入微的插图，小和田的冒险才变得热闹又立体。能每天在自己写的文章旁边看到美妙的插图一张张串联起来，是在别处绝对无法经历的奢侈体验。我见到藤本老师的插图登报时，经常会暗自信服：“啊，这个登场角色原来是这样一个人啊。”真的非常感谢。

我觉得在连载过程中，被嘭嘭假面追逐的或许并非小和田青年，而是我自己吧。还是快饶了我吧。即便从故事和连载的层面来说，能够让一切结束真是比什么都好的事。如果诸位读者还会回想起身穿黑斗篷的嘭嘭假面，认为“虽然是本不着调又胡来的小说，但每天看一看却也莫名其妙发觉有点意思”，便是我最大的荣幸了。

（《朝日新闻》晚报 2010 年 3 月 3 日）

为了与内心中的虎重逢

写小说的并不是我。

写小说的是我内心中的虎。这么写总有种装腔作势的感觉。而实际上，完成《神圣懒汉的冒险》全书那迂回曲折的过程，也可以说是我想尽办法与消失在内心森林深处的老虎重逢的过程。

《神圣懒汉的冒险》其实是以《朝日新闻》晚报连载小说的形式开始写的。

我认为对小说家来说，报刊连载就好像是歌手在红白歌会上一样。我会莫名其妙地用力去构思，却什么都想不出来。更何况当时的我又是忙着结婚，又是忙着从京都调动到东京，周遭的琐事简直混乱得不可开交，甚至让人想喊“这样还怎么写！”。虽然我知道找借口不好，但确实不得不在接近赶鸭子上架的状态下开始了连载。

结束了半年间忙乱的连载后，我才明确地肯定“这样下去不行”。说白了，我连载的小说根本就不符合《神圣懒汉的冒险》的书名。更大的问题是，我在连载中一次都没遇见过老虎的踪影。这还是第一次。要是从前，在写小说的过程中，老虎迟早会从森林深处现身，一定会助我一臂之力。

其实在那时，就应该发现是内心中的虎在助我写作。可是愚蠢的我又接着被其他工作逼得团团转，没能好好抚慰我的虎。所以我内心中的虎发怒了："这小子什么都不明白。我怎么能给这小子出力！"

那之后没多久，虎就消失在森林深处。

虎离去之后，我简直惨不忍睹。不管是吹笛还是打鼓，虎都不肯来。可截稿日却接二连三地来了。因为我的虎不在了，我只好靠自己来写。可我自己写的东西怎么都称不上小说。啊啊，即便如此，截稿日还是迎面而来。那段时期我接了太多并行的工作，同时进行着七部连载。

渐渐地，我丧失了改善现状的意志，面对行将到来的惨剧，也只是表情呆滞地坐以待毙。于是到了二〇一一年夏天，我精神上彻底崩溃，停止了全部连载。

几个月后，我从东京搬到了奈良。

那么我躲到奈良去究竟做了些什么呢？只能说是姑且苟活了下去。在这之前，我也曾经体验过复读生活、留级生活等种种吊在半空中的生活，可从来没有像这次一样，觉得"彻底脱离了社会范畴"。我眺望着奈良雄壮的美景，只见奈良盆地群山的另一边，太阳升起又落下。

因为所有的工作都中断了，我该做的事就只剩下了重写《神圣懒汉的冒险》。可是，我不知道该怎么重写了。我与责任编辑讨论了好几次，把故事一切可能的流程都创作出来又毁掉，把登场角色删除又复活。在讨论过程中产生的好几个故事在脑海中交相重叠，复杂到甚至搞不清在聊哪个故事。虽然强行写到了一半，但是没法儿再继续前进了。

“这似乎是个怎样才能和内心中的老虎再见一面的问题了。”

“没办法。尽量去找找看吧。”

我这么想着，为寻找老虎走进了森林。

我具体做了些什么呢？其实是把此前写过的小说都分析了一通。我心想，其中或许会有呼唤出老虎的诀窍。要是能够找到它的足迹，也许就有呼唤老虎的线索。如果能画出一张森林的地图，不就能找到头绪，发现“老虎就在这一带”了吗？

在森林中漫步确实是件饶有兴致的事。我细心地调查森林的角落，画下各处的地图。可老虎却不在那儿，它似乎还在森林的更深处。它一定在的。于是我又往前走了几步，我仰望树梢，我拨开脚下的杂草，查看都有些什么，也如出一辙地画下地图。

然而老虎就是找不到。“我已经到了这么深的密林中，为什么还找不到？那孽畜，平时都是生活在哪里啊？它藏在哪里？”

随着我亦步亦趋地寻虎，森林也变得阴森起来。树木的叶片遮蔽了天空，变得像夜晚一样暗。我能听见有走不出森林只得四处徘徊的旅人在说话，却看不见他们的身影。侧耳倾听他们的细语，才得知森林的最深处有个叫作“小说是什么”的地方，看来绝非我能安然无恙归来的地方。

“不妙。这样下去就要遇险了！”

我勉强逃出升天，捡了一条命。

来到森林外时，我沐浴着阳光松了口气。

正当我手捧着连载原稿，连连叹息“这可如何是好”的时候，踏破铁鞋无觅处的老虎却从森林中忽地露出一颗脑袋。我与它许久未见，简直不敢相信老虎就在不远处。

我战战兢兢地说："你也差不多该从森林出来了吧？"

"你那本小说是什么小说？"虎啸一声，"说出来听听。"

在那瞬间，我手中的连载原稿被熊熊火焰吞没，烧了起来。原稿彻底成了灰烬，只剩下《神圣懒汉的冒险》这个标题。我再怎么左思右想，线索也只剩下这个标题了。我迫不得已，只得这么回答："这本小说讲的是一个神圣的懒汉所经历的冒险。"

于是老虎"哼"地哂笑一声："你倒是写出来给我看看啊。"

当然了，接下来也吃了不少苦头，我已经没心力把整个过程都写下来了。准确地说，重要的部分都是多亏老虎的帮助，没法儿解释清楚。我现在刚刚从编辑那里收到成书的单行本《神圣懒汉的冒险》，可我内心中的虎已经不在了。

要写下一部小说的话，我还得再一次呼唤老虎。想必老虎又会从森林的入口处悄然现身，问我同样的问题："你那本小说是什么小说？"如果我的答案没法儿让它满意，它一定会再次消失在森林深处。

还真是个让人头疼的家伙。

（《一册书》2013 年 6 月号）

《诡辩 奔跑吧梅勒斯》舞台剧化寄语

在将太宰治的《奔跑吧梅勒斯》改写成发生在现代京都的故事时，首先出现在我念头里的就是太宰治的文章，也就是“作者自己写得愉快至极，也感染到了读者，令人目不暇接的文章”。该怎样才能写出这样的文章呢？

我便想，已经没空慢悠悠地写了，多少有些瑕疵也就睁一只眼闭一只眼吧。如果我停下来思索就输了。总而言之先向前冲吧，一边跑一边想。实际上，我狂奔的跑道就在书桌上，不过既然是写《奔跑吧梅勒斯》，我的着眼之处还算是相当不错的。剧中登场的京都学生们也好，他们扭曲的友情也好，晚秋的校园文化节上播放的《蓝色多瑙河》也好，不知羞耻到极点的桃色平角裤也好，一切都是我在书桌上狂奔时随手捡到的。

管他什么都好，我必须要奔跑。太宰治先生在书桌上跑，我也在书桌上跑。而现在我已经将接力棒递给了舞台上的奔跑者。他们必然会呈现出一场精彩纷呈的狂奔。我又怎能不期待呢？

（舞台剧《诡辩 奔跑吧梅勒斯》宣传册 2012 年 12 月）

《诡辩 奔跑吧梅勒斯》重演寄语

在昭和早已远去的现代，《奔跑吧梅勒斯》居然会变成这副模样，任太宰治怎么想也想不到吧。在写《新解 奔跑吧梅勒斯 他四篇》的时候，我也曾经有过一缕担心："这么写真的没问题吗？"而欣赏到第一回的舞台剧之后，我的担心愈发高涨了。而如今又迎来了重演，可说是恍惚与不安与我同在。我是不是借着太宰治的大名，把一个无法无天的傻瓜给放到外头去了呢？看来也只能将错就错了！

可是，我要借这个机会辩解几句。做出让《奔跑吧梅勒斯》在现代京都背景下复活这一愚蠢尝试的人的确是我，但给我撒下的种子注入过剩的能量，让它盛开成大朵鲜花的却是松村先生（剧本兼现场导演，松村武）他们。就像太宰治没法儿想象到《奔跑吧梅勒斯》的大变身一样，我也没法儿想象出京都版《奔跑吧梅勒斯》会有这样的变身。看完第一回舞台剧之后，我的感想一言以蔽之，就是："他们居然做到了这种地步！"有趣的作品必定是常看常新的，看完重演之后，我再次感叹："他们居然做到了这种地步！"

从太宰版《奔跑吧梅勒斯》到森见版《奔跑吧梅勒斯》，再到松村版《奔跑吧梅勒斯》，作品在盗用的过程中不断变身。其实，原版的《奔跑吧梅勒斯》也是有典故的。太宰治才是让传说故事脱胎换骨的圣手啊。他要是看到自己的作品被偷去做成了舞台剧，会说什么呢？我猜他恐怕会惊讶地笑着说：“他们居然做到了这种地步！”

（重演《诡辩 奔跑吧梅勒斯》宣传册 2016 年 4 月）

京都与伪京都

由于我总写以京都为背景的小说，所以常被人说“你还真够喜欢京都的”。这时候，我总会有种对不起人家的感觉。真是抱歉了。

要说喜欢倒也挺喜欢的，可很难说是正常的喜欢。我其实不太懂现实中的京都，更是离“京都通”差了十万八千里。我爱的是自己用妄想与言语创造出的京都，狸猫变身而成的伪京都才是属于我的京都。

“我写的其实是‘伪京都’啊。”

可是这句话怎么都说不出口。

一旦我说出口，对方就会问：“伪京都是什么呀？”我便不得不再次解释，以至必须说明我心目中的小说究竟为何。如果每次被问到京都的问题都讲上一遍的话，我的大脑和喉咙都要出血了。

于是我只能摆出模棱两可的表情，笑着蒙混过关。但我写的是伪京都这一事实无可动摇，只好满怀抱歉地胡扯几句。

当然了，就算小说只是我个人妄想的产物，也并非凭空生出来的，肯定需要现实中的材料，而京都这个城市又的确有许多东西可以充当妄想的素材。历史、风景、人的生活，这些要素交织在一起，想必会源源不断产生出素材来。

在开始写《神圣懒汉的冒险》这本小说前，我就住在四条乌丸旁边。

到了周末我就会在街上闲逛。我不想说那是“取材”。我只是一边走，一边心血来潮地拾起一两条用作妄想的素材。这些素材也不知哪天能用上，暂且先收集保存起来，也算是小说家的工作。

不论是“锦汤”还是“智能咖啡厅”，抑或是“柳小路与八兵卫明神”，都是像那样边走边捡的妄想素材。

让那些素材发芽，又施以我专属的肥料来养大，毛茸茸的伪京都就越长越大，成为《神圣懒汉的冒险》。

所以说，如果想要探访小说中故事发生的舞台，就应该前往梦幻中的伪京都。你所需要的就是妄想力。

《神圣懒汉的冒险》中，伪京都一再膨胀，已经到了没救的程度。为了收拾残局，我不得不祈求八兵卫明神出场。

如果没有柳小路这条巷子，如果没有八兵卫明神这位神明住在那里，小说就写不完了。即便如此，我为此擅自妄想出了八兵卫明神的真面目，还是觉得有些做得太过分了。我正在反省。要是遭了天谴长出一身的毛来，我也无话可说。

因此，我每次路过柳小路的时候，都会向“真正的”八兵卫明神道歉。

（《周刊朝日》2014 年 3 月 7 日号）

关于《有顶天家族》第二部刊行推迟的辩解

我为什么写了一个狸猫的故事呢?

说句实话，我自己都觉得是个谜。

距今十几年前，当我还是个学生，住在京都北白川的宿舍时，那一天我大概是去了深夜营业的牛肉盖饭馆子。回去的路上，穿过昏暗的住宅区时，眼前蹿过一只小兽，又钻进了路边的排水沟。“哦呀？”我满心狐疑地窥探了一下，只见一只毛茸茸的小生灵睁开圆溜溜的双眼，正仰望着我。“噢，原来狸猫是躲在这种地方的。”我心想。

这件事要说是《有顶天家族》诞生的契机倒也没错，可是细细想来，其实是件古怪的事。那天夜晚我见到狸猫时，也并没有经历什么温暖人心的交流。不同种族的我们并没有像这样客气地寒暄：“你好啊，小狸猫。”“你好啊，人类。”我们不曾亲近就蓦然道别了。这种毫无意义的契机是不可能催生出一部长篇小说的，否则我这辈子再长都不够用了。

然而，《有顶天家族》不仅仅诞生了，这回甚至连续集都生出来了。

不过我要急忙在这里添几句话——即便《有顶天家族》的世界正在向第二部的方向膨胀起来，续集当然也不是轻轻松松就能写出来的。一个无比雄伟的构想从天而降，之后只需要写就行了，哎呀哎呀，我的笔头都赶不上灵感呀——这种神明附体式的、莫扎特式的创作方式对我来说是遥不可及的梦。我从来未曾如此写过小说。其他作品也一样，都是磨磨蹭蹭写出来的。

回顾往日，《有顶天家族》第一部是在二〇〇七年秋天出版的。

而第二部出版已经是二〇一五年的二月。

在此期间，其实已经度过了七年的岁月。第一部出版时出生的孩子，如今都差不多该进小学，广交好友了。这又不是什么生涯巨著，我到底在卖什么关子呢？现在可不是把迷失创作方向说成“构思元年”然后沾沾自喜的时候啊。所以我只能坦白了。我纯粹只是迷失了创作方向。假如真的有人等待续篇长达七年，我只能向你们道歉：“实在是情非得已。”全都是我的无能所致。

其实，创作《有顶天家族》续篇这件事，我从本刊 *Papyrus* 创刊并获得连载专栏的时候就已经有了想法。从书中世界不断膨胀的状态来看，一部作品很难完全收尾。况且，我与当时的责任编辑讨论过故事的走向，还提到过“干脆写成三部曲如何”。人类可真是不负责任到极点了，净把工作丢给未来的自己。于是我轻率地允诺说：“好，三部曲也不错嘛。”

然而答应这三部曲绝非心里有什么底，只是觉得“恰如其分”而已。从恰如其分的角度出发来说，虽然也有“五部曲”的提议，但既然从第一部到第二部就耗费了七年岁月，等我写完五部曲的时候，恐怕已经是老头了。说不定真会成为生涯巨著呢，我可不想这样。我并不是说自己不愿沉浸在“有顶天”的世界中，而是觉得没有比“生涯巨著”

这种豪言壮语更死板的词了。小毛球们的小说必须以柔软可爱为宗旨。越是柔软，越是被风一吹就不知滚向何方，就越是美妙。为了写出柔软的小说，作者也必须拥有柔软的心。正是为了找回那颗柔软的心，我才背叛了诸位读者，花费了整整七年的岁月——不过，现在我写什么都是借口。

既然这篇原稿已经冲进了令人战栗的借口世界，就继续往借口的另一边而去吧。

我曾经含混地认为“响应读者的期待”是小说家的义务。而这种想法是很危险的。从根本来说，“读者”到底在哪里呢？我在写小说的时候，脑海中会浮现出读者的脸来吗？答案是否定的。至少浮现在我脑海中的都是作品中登场的狸猫、天狗和人类，还有他们眼中的世界。想要判断写得是否有趣，也只能依靠身为读者的自己。我内心中的读者就不要指望了，那么内心之外或许存在的读者如何呢？我一旦去依靠这些模棱两可的东西，就只会继续迷失方向。大众所追求的东西，我怎么可能知道呢？

于是，我将“不响应读者的期待”当成了座右铭，每当迎来新年之时就会把这句话默念十遍。我不受任何期待，世上连一个读者都不存在，我在小说界就是孑然一身，我不断如此规劝自己。不过，现实可没有嘴上说的那么简单。我时常会忍不住产生“自己是受期待的”这种不纯粹的臆想，乱了心神，面对读者那虚无缥缈的期待总想着八面玲珑去讨好，结果写出些牛头不对马嘴的文章。我这种无名小卒卖弄小聪明写出来的玩意儿，还能有什么意思呢？值得阅读的东西绝不是刻意能写出来的。那些费尽心思也写不出来的东西，才真正拥有阅读的价值。

接着在前年，我直面了最严重的逆境。

也就是《有顶天家族》的动画化。

确定会动画化时我就很开心了。不久之后，制作到一定阶段，我又结识了制片人、导演、幕后人员、配音演出者，更加喜上心头。我还时不时被请去参加与动画相关的活动，不论去到哪里都没有一次不是兴高采烈的。哪怕前面这些都不提，开播之后的动画也是一部众人用尽浑身解数的大作。

如此这般，我就有了许多机会听见种种人群对《有顶天家族》发表自己的想法或分析。就算我已经出版了好几本小说，还是很少有机会能像这样面对面直接听取关于自己作品中世界的意见。况且相关人员每一次都会提出很期待“续篇”。当时有续篇存在的情况已经众所周知，所以也非常正常。伴随着动画化的推广，我身处一场喧闹祭典的旋涡中央，度过了一段变身为波斯国王般的绚烂时光，彻底忘乎所以了。那份自我陶醉的感觉使我被“希望响应读者的期待”这个恶魔骗到了沙漠的另一边去。

这可怕的恶魔，就重重地趴在我的背上，听着我在书桌上呻吟。

结果是理所当然的，我的笔也变得更沉重了。

出版小说这件事听上去挺文雅的，可本质仍旧是一桩生意。《有顶天家族》好不容易实现了动画化，这个狸猫世界也变得广为人知，此刻无疑是让续篇问世的最佳时机，况且也是“响应读者期待”的最直接的形式。可是这种状况本身却令我可鄙的自我意识像魔物一样逐渐肥大，束缚住了我的自由。

最终，动画播出时续篇还未完成，播放结束后都未完成，连动画 DVD 全部发售之后都未完成。原本存在的商机也渐渐远去，因为动画了解到《有顶天家族》的新读者们也将注意力转移向下一个梦想。在动画化前就读过《有顶天家族》的读者们遍地哀号，快要死心的时候，恶魔又悄然从我的书桌上跑去了沙漠的尽头。

啊啊，我在小说界果然孑然一身。永别了，读者们难以捉摸的期待！

至此，《有顶天家族》的续篇才骤然复活，从我那妄图草率收尾的手中逃出，化作一匹烈马狂奔起来。在此之前你那垂头丧气、无精打采的模样是怎么了？你到底想跑到哪里去？不过，当我紧紧抱住烈马的背脊，遍体鳞伤地安抚它，哪怕有些许矛盾也要不容分说强行推向大团圆结局的时候，我那种妄图响应读者期待的卑鄙欲望也就云消雾散了。

我终于完成了《有顶天家族：二代目归来》。

我的本意是通过不响应读者的期待来响应读者的期待，而结果如何就只能任凭这世上不知身处何方的一个个读者来评判了。我是改变不了结果的。

（*Papyrus* 2015 年 4 月号）

作家字典之“始”

万事开头难。

我真的很讨厌开始做一件新的事情。我上学时，觉得没有比春季新学期更讨厌的事物了。开始上班后，我也很讨厌年度更换和人事调动的季节。成为专职小说家之后，从这些条条框框中解放出来倒也不错，但理所当然地，我与连载开始的这个“始”字便有了不解之缘。

万事的开头都很重要，但是太拘泥于开头，总会变得有些别扭，会让人变得过于一本正经。真正重要的仅仅在于“赶紧开始”，至于怎么开始，也许并不是那么重要。如果在出家门之前就想着“我要爬富士山”这么夸张的目标，恐怕连出门的气力都提不起来。如果想着“出门稍微散步一会儿”，起码还会愿意先迈出第一步。

因此，我打算以穿着拖鞋去附近逛逛的心态，随手开始一部新连载（《小说 BOC》上的连载《夏洛克·福尔摩斯的凯旋》），是凶是吉还一概未知。

（《小说 BOC》2016 年秋季号）

潜藏在旅途中的日常

学生时期，我每年都会利用一次或者两次长假，独自旅行。

不过并不是多么夸张的旅行，只是用“青春 18 车票”坐着火车去东北或者九州四处乱逛。我在路上有了更真切的感想：我其实真的不怎么喜欢旅行。有一次，我甚至觉得太过空虚，半路上就打道回府了。仔细回想一下，其实我从小就有点思乡病，几乎没有探索外在世界的冒险心。

与其在遥远的旅途中见识稀奇的事物，我宁可在自己家旁边寻找稀奇的玩意儿。这是我从小就不变的秉性，不论是住在奈良时的青春期、住在京都时的学生时代，还是住在东京时的上班族时代，都未曾改变。令我兴奋的事物就在我周遭。我的人生价值大概就是从日常中找出某种非日常的事物。

要从日常之中感受到非日常，最简单的方法就是夜晚出门散步。比如说白天的京都街道与夜晚的京都街道，就会给人截然不同的印象。当太阳落山，街灯开始闪烁时起，司空见惯的城镇景致就会呈现出不可思议的深度。学生时代，我就曾一边徘徊于夜晚的京都，一边沉迷在黑暗深处若隐若现的异世界气氛中。

仔细一想，其实“旅行”就是出门寻找非日常。而“夜晚”则是日常与非日常开始混淆的时间。那么在“旅途中的夜晚”，我们会见到些什么呢？在非日常的情景中，日常会不会以奇妙的形式显现呢？旅途中的夜晚，如果被平日里隐藏很深的另一个自己追上了会怎样呢？这就是我写《夜行》这本小说时用到的意象。

阅读小说也是前往另一个世界的“旅行”。它与做梦的感觉很像，可以说是“夜晚”的体验。如果有机会的话，我希望大家能在旅途中的夜晚阅读它。

（《东京新闻》早报 2016 年 11 月 21 日）

某四叠半主义者的回忆

前言

曾经的我是个四叠半主义者。

即便现在已经远离四叠半，我的心也还在四叠半中——如果说出这种话，就对四叠半太失礼了。我不想带着半吊子的心态来谈论它，其实我现在写小说的时候也爱躲在狭小的地方，总想在小说里使用这个兼具可爱与穷酸气质的美妙词语“四叠半”。我终究没法儿逃离它的诅咒。

如今，我已经住在了四叠半时代根本不敢想象的大宅子里。宽敞得足够蓝鲸宝宝在屋子里翻个身。我在大宅子的一角堆起许多书架，制造出一个狭小的空间，每天钻进去执笔写作。否则我就写不出。

为什么必须要足够狭小呢?

写小说必须用妄想让人脑处于饱和状态。不过，我的“妄想”是由臭男人、少女心、想象力与人类之爱组成的有机化合物，沸点非常高，在常温中总会呈现气态，容易扩散到空气中去。为了让妄想物质在大脑新皮质与外界之间自由来去，二者的浓度必须保持恒定（妄想平衡状态）。耽于妄想的男人挤在狭小房间中热烈讨论的时候，室内的妄想浓度就会激剧提升，也是这个道理。因此，要让脑内充满足够写小说的妄想，必须让房间尽量狭窄。

于是便能得出结论：我成为小说家也是多亏住在了四叠半房间中。

可不能小瞧了四叠半。

四叠半时代的开幕

我进入京都大学的农学部，是一九九八年四月的事。

距今十二年前。

由于我是奈良出身，刚开始还觉得往返奈良来上学也行得通。因为我并非那种迫不及待想离家的独立心旺盛的年轻人。

可是我的父亲却认为儿子必须去住宿舍。父亲上学时曾属于京大的工学部。当时父亲是从老家大阪往返于学校的。尽管研究生时代也住过宿舍，但当初只是“投靠亲戚”。他或许是不想让儿子也过那种生活，想让我体验一下“公寓生活”的乐趣吧。又或许是认为我太过散漫，一直待在家里会愈加丧失独立心。就像狮子会把孩子推下万丈深渊一样，我父亲也把孩子推进了四叠半中。

确定录取之后，我就和父亲两人一起去看房间。

父亲毫不犹豫地来到大学生协会，麻利地找到了两间宿舍。二者都是四叠半。说到底，我当时根本不知道宿舍长什么样，甚至连想住漂亮公寓的野心都没有，是个傻孩子，就全权交由父亲决定了。

协会介绍的宿舍，一间在净土寺，另一间在北白川的上池田町。

我们借了协会的自行车，迅速赶去勘探。

那时候，我们不知为何还翻过了吉田山。骑着自行车翻过吉田山真是累极了。回想起来，父亲本应该很熟悉那一带，为什么又偏偏要翻过吉田山呢？因为父亲是路盲。

最初造访的净土寺小公寓，我已经忘记是在哪里了，总之昏暗逼仄，让人倒抽凉气。“原来宿舍生活是这么痛苦的吗！”我想。那暗沉沉湿答答的房间，住在里面跟关禁闭似的，就连父亲也认为“这个不行”。

于是我们立即赶往下一间宿舍。

我与父亲从北白川别当町的十字路口向东沿着坡道而上。“真是好长一段坡啊。”正当我如此感叹的时候，就见到了一栋相当气派的钢筋建筑。我还以为那就是我们要找的楼，放下心来：“这楼够气派的，住这儿一定没问题。”其实那栋楼名叫“北白川学生 HEIGHTS”，而我们要找的“仕伏公寓”是另一栋。仕伏公寓就位于堂堂北白川学生 HEIGHTS 的阴影中，未曾辜负大家的期待，散发着浓郁的四叠半气息。如果说这不是四叠半，那什么才是四叠半呢？

房东就住在仕伏公寓旁边的漂亮大屋里，我们向那位老奶奶打过招呼，就去房间里面参观了下。相比那间让人想问“这是什么酷刑”的禁闭室，这个房间显得敞亮清洁多了。那纯粹就是比较的问题，既然比较的对象只有两间，那要选也只有这间了。

“就这儿吧。”我说。

“挺不错的。还有锁呢。”父亲说。

如今的大学生或许会震惊，其实对父亲来说，“房门能上锁”也是值得重视的一大因素。毕竟父亲那时候是寄人篱下，寄人篱下就是借用大房子的一个房间，房门不能上锁也是正常现象。也就是说，从当初只能投靠亲戚的父亲的眼中看来，能让儿子住进房门能上锁的公寓已经是切实的“进步”了。

于是我的四叠半时代就开始了。

四叠半开拓时代

你让我写关于那间四叠半房间的回忆，我也不知该写些什么才好。那些写出来会更有趣的小段子或者妄想情节，都被我添油加醋写成小说了。

刚开始，大学在我眼中只是个没什么意思的地方。后来我才明白，原来没有比春天时躁动的大学校园更令人不愉快、更令人手足无措的地方了。被怀揣梦想与希望的新生们环绕简直让人浑身泄气。没有人和我一起吃午饭，我只能去学生协会买个三明治，爬上吉田山，坐在宗像神社里的社务所檐廊上一个人吃。大学的课程也没什么意思，什么薛定谔方程简直不明所以，谈论薛定谔方程的教授就像个外星人。认真地听完不知是否有出席意义的讲座之后，我就有气无力地回到四叠半房间，翻来覆去地看押井守的动画光盘，看到光盘都要起毛了。我每天就这点乐趣。

再这样下去，我就快要变成一脸阴郁的男版天照大神，躲进四叠半房间再也不出门了。就在那时，步枪射击部拯救了我。关于步枪射击部的故事，我在别处已经写过了，并不打算在这里赘述。总而言之，我进了步枪射击部之后，四叠半房间的一角就经常摆着一个带锁的小箱子，里面装着我爱用的 Hammerli[1] 步枪。

我对步枪竞技运动很快就失去了兴趣，但在社团里结识了许多个性丰富的朋友，交情延续至今。

我在大学时期结识的有趣的人，除了研究生院的研究室成员，几乎全都来自射击部。当然了，如果将范围扩大到整个大学，一定有更多异想天开的怪人潜藏在夜色中猖狂跋扈，不过在平凡的我的眼中看来，聚在步枪射击部中的人已经足够怪了。有三个男生与我关系最好，再加上我，便自称“四天王”，整日游手好闲。

四天王中有个与我特别交好的人，名叫明石。

学生时期的他走了不少弯路，现在已经成为了律师，干得风生水起。他就是拙作《美女与竹林》中一边砍竹子一边找老婆的男人，可其实他比我此前的人生中遇到的任何人都聪明，比任何人都扭曲，也比任何人都有趣。如果我没有受到他的熏陶，恐怕就不会写出以《太阳之塔》为首的一连串古怪文章了吧。我文中那种故意假装沉着实则胡诌，随时等着对方吐槽的私立男子高中风格用语，就是靠观察明石的言行才牢牢掌握的。

我和明石经常钻进四叠半房间中，没完没了地聊些蠢事。两人

[1] 哈默利公司，一家枪械制造商。——译者注

都不怎么能喝酒，人生初次品尝威士忌也是在四叠半房间中。在四叠半房间中聊天时，我们会把对方所说的妄想再扩充一番然后丢回去，就像传接球一样。两个男人在烟雾缭绕的四叠半房间天花板上架起了没有丝毫意义又异想天开的妄想之桥。我心中总有一个小小的疑问：那些妄想究竟是只有我们觉得有趣呢，还是说别人听了也会觉得有趣呢？这也是几年之后我写出《太阳之塔》的一大要因。我其实并没有多强的妄想能力，可听了他的高谈阔论，甚至连我也能摆出一副妄想家的模样。我展开妄想的方式也是与他在四叠半房间中度过漫漫长夜时学到的。就像《太阳之塔》中所写的那样，我们的日常有 90% 都是在脑海中发生的。到底哪里有趣了呢？事到如今已经彻底不得而知。总而言之一切都理所当然般地有趣极了。

我总觉得，如果没有遇到他，我的四叠半生活想必会无聊许多，乃至令我的人生都变成无聊之物吧。按照《四叠半神话大系》的逻辑来想，我们迟早会在某处相遇的，这究竟是真的吗？

步枪射击部还有一个令我很感兴趣，观察了许久的人物。

他特立独行，与“四天王”分别行动。他的脸色差到了不祥的地步，还把爱用的枪涂成了漆黑色，命名为“黑蝎”，总是在房间的一角露出阴郁的笑容。他与号称“四天王”的我们画出了明确的界线，从不掩藏他那怪诞的自尊心：“我和你们是不一样的。没错，来欣赏一下我的品位吧。”他看似轻薄又并非轻薄，看似阴郁又并非阴郁，看似社交障碍却完全没障碍。《四叠半神话大系》中有个叫“小津”的诡异角色，能就着别人的不幸吃下三大碗饭，这个形象其实就源于他。

他能够精准地掌握社团成员身边的各种流言蜚语，有事没事都会“叽嘻嘻”地笑。我还是有生以来第一次遇到会“叽嘻嘻”笑的人。

“谁要跟你搅和在一块儿啊。你别过来，会污染我灵魂的。”我说。

“森见啊，都到这份儿上了，你也太见外了。一起把灵魂弄脏吧。”黑蝎氏说。

我们互相轻蔑、划清界线的行为渐渐地升华为一种游戏，构建起了一种“明明时常一起行动，在日常会话中却互相谩骂”的特殊关系。我们越是互相谩骂，社团成员就越觉得有趣。

有一段时期，他制作了一个射击部的“地下主页”，我接受了他的委托，在主页上刊登了一系列连载，专门揭露他那微不足道的恶行。学弟学妹们看得目瞪口呆：“学长们明明关系挺好的，背地里却这样互相贬损啊。”

于是，与明石不同形式的另一种扭曲而古怪的友情出现了。

“小津”纯粹是一个架空世界的角色，他的恶行全都是虚构的，不过要是深究小津的行为动机，我应该是受了黑蝎氏很大的影响。

那么——

除了和这些稍显诡异的男生厮混的时候，我到底在做些什么呢？

要是在此重读一下日记，一定能弄明白不少事情，不过精密地重现过去又有什么意义呢？更何况我现在拥有的时间也是有限的。很遗憾，我正在写的并不是自传，在此追求精确性对谁都没好处。

刚开始四叠半生活的时候，我十分眷恋一直生活到高中时代的郊外。我之所以喜欢冈崎的京都市劝业馆和琵琶湖疏水纪念馆，就是因为可以远离人造建筑物扎堆的京都氛围，好体验一番郊外的氛围。回想当初的心态，很难相信我现在一个劲儿地写“京都”小说，都快写烂了。我并不是因为憧憬“京都风情”而来到京都的。

我会用电暖锅烤鱼肉汉堡，去北白川别当的“朱尼斯”喝咖啡，去北白川天神旁的“天神汤”泡澡。我骑着自行车逛遍旧书店，又去二十四小时营业的丸山书店买书，用书本填满了四叠半公寓的墙壁。我的乐趣就是这些了。我读陀思妥耶夫斯基，读内田百闲，也读《托马的心脏》。从现在的眼光来看，当初本应该多读些书的，可当时的我只是懒洋洋地躺在四叠半房间中，漫不经心地随意翻动书本。不过，恐怕没有比四叠半房间更适合读书的地方了。我从未感受过比倚靠在四叠半房间满墙书架上读书时更有阅读感的体验。

当时因特网早已普及，我却觉得付电话费太浪费了，从来没想过要把电脑联网。在四叠半这个与现代社会脱离的孤岛上读书的时候，社会上已经有了种种发展。

家里定期给我打生活费，房租也每月只要二万日元，非常便宜，所以没有金钱上的困扰。也正因此，直到四年级进入放浪时代之前，我几乎从未做过持续性的兼职。这也是很让我后悔的一件事，我认为多去些地方打工会更有意思。

在这种自由散漫的日子中，我切实地开拓出了一个四叠半世界。

在三年级之前，我对“京都”或者“四叠半”都没有明确的意识。因为我只被赋予了那样一个世界，便不觉得有什么好与坏。日后回顾才感慨：“那的确是一段愉快的日子啊。”

当时的我怀抱着一个不切实际的妄想，也就是学生时期就出道当作家。

我下定决心，一上大学就开始写长篇小说。一年级春天时就开始写一篇讲述郊外故事的小说《吉赛尔》。那篇小说只能说是一桩浪费了一千多张原稿纸的大蠢事。由于作品太过气壮山河，写完的时候我都上三年级了。尽管那部作品是毋庸置疑的失败之作，但我怀着挽回那场败北的意志，日后执笔写出了《企鹅公路》。

我几乎就没写过其他小说。

因为我尚未发现“京都”。

四叠半放浪时代

就这样，连我自己都不知在干些什么的时候，四叠半的日子一天天过去了。

“我不适合上农学部”的感受缓缓膨胀，到三年级时便没头没脑地考虑起转专业。可我连转专业需要做些什么都不明白，磨磨蹭蹭的时候已经升上四年级，被分配进了研究室。

在此事无巨细地描写全过程就太没劲了，更何况我毫无动力去重读日记，就胡乱地概括一下吧。

进入研究室之后，我就觉得每日的生活越来越烦躁，甚至连看到白色实验服都快抑郁了。我思来想去，觉得这种日子持续一年实在受不了，就以黄金周假期为界，往后再也没去过研究室。我拒绝上学。

从那时起，我的放浪时代就开始了。尽管此前也净是些莫名其妙的日子，但往后就愈加不明所以了。

我在那篇长达千页的郊外主题低劣小说《吉赛尔》前茫然自顾，早已丧失了要当小说家的不切实际的自信。我当不成小说家，回不了大学，也不想找工作。我什么都不想成为，却必须成为什么才行。我躲在四叠半房间中，深夜里盯着天花板，满心焦躁，几乎要“哇啊！”地大喊出声。我化当时的痛苦为动力，日后写出了《新解 奔跑吧梅勒斯 他四篇》。

我这一筹莫展的模样让父亲实在看不下去了，他利用丰富的人生经验，给了我一针见血的建议。

“总之你先去趟外国吧。”

没什么道理。

走投无路的人就逃去外国吧，就这么简单。

我用尽最后的气力，去了学生协会，申请了为期一个月的英国伦敦语言学研修。两个月后我已经身处伦敦。我并不是特别想去外国的那种人，非常害怕坐飞机。即便如此我还是去了伦敦，是因为我想通了——哪怕因飞机坠落而死也不在乎了。

身处伦敦的那段时间，我上半天语言学校，剩下半天就瞎转悠。我在公园里无所事事地阅读夏洛克·福尔摩斯，我去大英博物馆参观，我还不知为何劲头十足地上了迪斯科舞船，体验过了令人想跳进泰晤士河的忧愁。

我倒也没做什么大不了的事，给脑袋通了通风就回国了。

非常单纯。

那个夏天之后，我休学了一年，过了段闲散的日子。我开始在寿司店打工，一门心思送寿司外卖。就是那阵子看了太多 ZENRIN[1] 的住宅区地图，看到双眼充血，我才染上了把京都的具体地名写进小说的怪癖。不送寿司的时候，我就备考公务员，或者找明石闲聊胡扯。明石同样在司法考试中落榜而陷入了人生迷途，我们俩骑着女式自行车绕琵琶湖一周，品尝到累得半死的苦楚，也是那阵子的事。

我所居住的四叠半公寓“仕伏公寓”的新住客越来越少，来自中国的留学生比例越来越高。房租降到了一万四千日元。同一栋楼里有个半夜里会冷不丁尖叫起来的学生，我从他身上看到了自己的末路，终日提心吊胆。最后，他老家来人把他领走了，只留下霉迹斑斑的四叠半房间。

那年秋天，我写了日后收录在《狐狸的故事》中的短篇《果实中的龙》。那是我首次以京都为背景，描写以大学生为主角的小说。当时写的原稿比现在大家所见的更加令人感伤，虽然并不是足以拿上台面给人读的东西，但我在写它的时候，产生了“以京都为背景或许能让小说更有说服力”的想法。

然而，我对“京都”的感悟还尚未觉醒。

从冬天到次年春天的那段时间，我写了以郊外为背景的第二篇小说，给日本幻想小说大奖投了稿。我用“森见登美彦”这个笔名也是

[1] 日本一家地图信息公司。——译者注

从那时开始的。我还记得投稿就快截止的那天早晨，我才在四叠半房间中来回翻阅《古事记》，终于找出了“登美彦”这个名字。那篇作品我自己并不怎么中意，也只能说是失败之作。不过它通过了初选，也算给了我一点勇气。

还有另一件让我鼓起勇气的事。

步枪射击部的老生欢送会上，我把往日射击部生活中写在活动室笔记本、比赛宣传册与内部主页上的傻瓜文章收集起来，印成了二十多册复印本，送给了同一届的学友。

“多了几本，想要的人自己来拿吧。”

我的话音刚落，前辈与后辈们一拥而上，从我手中把复印本抢了个精光。某个后辈对我说：“我父亲总是津津有味地看你的文章，有这本册子可太棒了。”看到自己的文章为人所需求的景象还历历在目，我喜不自胜，甚至觉得“也许现在就是我人生的顶峰了”。当时那“胜利”的记忆一直留在我脑海中。

于是，又过了一年，我成了五年级学生。

春夏之交，我在公务员考试中一一落榜，工作也没定下来。不过，父亲叮嘱“必须要考上”的研究生院考试倒是及格了。我也没别处可去了。

“就研究一下竹子吧。如果不行的话，就真的不行了。”

我这么想着，决定重返大学。

我解除了休学状态，目标是半年内取得毕业所需的学分。因为农学部有条美妙的规定：不写毕业论文，只要攒够学分也能毕业。就算我的研究生院考试合格了，学分不够，毕不了业可就前功尽弃了。

《太阳之塔》时代

我是在那年的秋天开始写处女作《太阳之塔》的。

《太阳之塔》的诞生有好几个要因。

在写《果实中的龙》时，我意识到以京都为故事背景写起来可能会更轻松，这是其一。学生时期与朋友们聊过的愚蠢话题就这么忘却也太可惜了，必须以某种形式保留下来，这是其二。想写一写与我分手的女孩，这是其三。最后一点，就是老生欢送会上，好几名后辈与前辈聚拢而来，抢着要我那自制文集的光景。

我决定以京都为故事背景。

我决定写自己真正有自信写好的、我周遭的大学生生活。

昔日我自以为“这种文章不应该用来写小说”，后来却不再考虑耍帅或是别出心裁，只是顺着文章的节奏，释放妄想，摆出一副唯我独尊的面貌，等着对方来吐槽我。我受过盟友明石的熏陶，又整日与黑蝎氏斗嘴，便考虑使用由此练就的表达方式。

在派送寿司的日子里，我在四叠半房间的书架前摆开一张小桌子，断断续续地写起《太阳之塔》。我也曾经在中途丧失信心而搁置过，但重读之后仍旧觉得有趣，又继续写了下去。

我费尽心思想装进《太阳之塔》，最终却因为故事的关系不得不删除的素材有两个。

其一就是步枪射击部的损友——以他人的不幸为乐的黑蝎氏。我与他那怪异的关系没能收入《太阳之塔》，只得死心。这种奇妙又扭曲的友情形式日后在《四叠半神话大系》中实现了复活。

其二就是每夜造访主人公家的狸猫。我骑自行车经过北白川的街道时，曾见到过狸猫逃进排水沟的景象。以此为契机，《太阳之塔》的雏形到中途都有狸猫登场。大概情节就是狸猫变成男主角心爱的女孩，每夜造访他家之类的。结果写下后，导致故事没了条理，我只得把狸猫彻底删除了。然而我对狸猫那种超凡脱俗的存在始终难以忘怀，日后也驱使我写了“有关狸猫的故事”。

《太阳之塔》写着写着，冬天就过去了，虽说延迟了一年，但我总算毕业了。

从四月起，我进入了新的研究室。那里比过去的研究室要舒适一些，就连我也能咬咬牙留下来，总算松了口气。在进入研究室之前，我就坚决主张“要研究竹子”，没有任何人反对过，于是研究主题便定为竹子。

我后来在那研究室度过了两年的时光，先别管我糟糕的学业了，至少还挺愉快的。研究室成员个个都魅力十足、个性鲜明，我在研究室的经历还稍稍使用在了《恋文的技术》上。理科研究室的生活氛围很像社团，尤其是为了做实验而在研究室逗留到深夜的时候，大家吃着方便面，总让人有种不可思议的感慨，仿佛“青春”在这一刻才姗姗来迟。

只不过，研究竹子这件事本身是真没什么意思。我痛彻心扉地领悟到，其实我只是喜欢竹林，而不是想把竹子拆解之后提取它的蛋白质。我将那段记忆留在心中，在成为社会人之后积极投身到竹林采伐的行业中，又写了《美女与竹林》。

日本幻想小说大奖的投稿截止于四月末，我一边缓缓在研究室站稳脚跟，一边继续书写《太阳之塔》。

我非常少见地在截稿日之前就早早完成了《太阳之塔》。我忽然想起自己有过《果实中的龙》这个短篇，产生了新想法：如果把它与另一部作品组合起来写成长篇会如何呢？我盘算着，如果这两部作品能通过初选，就怀揣希望继续写下去。于是我写出的作品便是《狐狸的故事》的雏形。

四月末，我去邮局寄出了两个信封。

我还清晰地记得，在寄出《太阳之塔》时，心里想着：只能写出这种离谱的玩意儿，我肯定一辈子都不行了。我一方面认为《太阳之塔》非常有趣，另一方面又认为这种趣味只属于我们的小圈子，也许根本就算不上小说。就算我把书写完又读了一遍，也搞不清自己到底有没有抽中这支签。我还是有生以来第一次有这种感觉。

如今再回头想想，才明白那是人生中初次感受到正中目标的“手感”。由于是第一次，我连那是“手感”都无法辨别。

于是我又回到了研究室的生活中去。

六月份，新潮社打来了电话，告诉我《太阳之塔》留在了最终候选名单中。尽管获奖的时候觉得“这可不得了”，但也许是这通电话更让我喜悦。

接着，七月份办了选拔会，确定《太阳之塔》获奖。

我刚巧没接到那通电话，还是从留言录音中得知获奖消息的。一听到这个消息，我立即冲出四叠半房间，奔向夜晚的研究室。后辈们正在哐啷哐啷地练吉他，我把得奖的消息告诉了他们。接着又给一同度过大学生活的明石打了通电话。

“你那些羞耻的过去就要公之于众了，没问题吗？”我问。

“无所谓。”他回答，“我根本不觉得有什么可耻的。”

四叠半时代终焉

尽管事到如今早已无所谓，但我姑且还是获得了“在校生得奖”这个不知有没有价值的称号。说是在校生得奖，其实不过是个多次复读留级的研究生，年龄上早已是社会人，可以说几乎是耍诈。况且同一年，芥川奖那边还有更加光彩夺目的两名获奖者，他们才是引发了热议，我身边静悄悄的。总不见得写了一本《太阳之塔》这样的书，路边的少女们就会叽叽喳喳围到身边来吧。对我这样的人来说，是件大好事。

无论如何，我已经准备好了下一本书的题材，于是一边去研究室，一边陆续写起日后收录在《狐狸的故事》中的怪谈风格故事。我能利用学生时期回忆写出来的东西全部都装进了《太阳之塔》，况且我害怕再写《太阳之塔》这样的文章，会被人说“他就只会写这种玩意儿”。

那真是过剩的恐惧。

就在这时候，读过《太阳之塔》的太田出版的喜多男先生找到了我。

我们约在百万遍十字路口的柏青哥店“摩纳哥”门口见面，我一去，第一眼就见到个样貌极具感染力的可疑人士站在那里，我一边想着“如果他就是喜多男，那就太糟了”一边朝他走去，他果真是喜多男先生。接着我们就去了今出川路的咖啡厅“进进堂”聊天。我已经记不清聊了些什么，但应该登在了过去出版的*QUICK JAPAN*上面。我还以为是商讨作品呢，不知不觉却变成了一场专访。不过，在专访的同时，也算是商讨了作品。

我深切希望可以把《太阳之塔》中删除的狸猫平八郎重新用起来，并告诉他想写一个“关于狸猫的故事”。可是我缺乏将没写出来的作品描述得够有趣的能力，喜多男先生对我毫无反应。

喜多男先生自信十足地主张道：

“虽然《太阳之塔》挺有趣的，但是只靠一部作品是到达不了大众视野的。写好几部才会被大众注意到。你应该再多写写那种学生题材的。”

我被他的花言巧语哄骗住了。

那么我究竟该写什么好呢？

如果像《太阳之塔》那样纯粹描写沉溺于幻想的大学生，就会变成如出一辙的故事。必须加一些新的元素进去才行。于是我想到了过去写到一半又因为太艰难而早早死心的、以昭和史为题材的平行世界的故事。那个设想太过气吞山河，我根本无法拿捏，可如果是以陈腐大学生为主角，我应该还能有点办法。

然后我开始了构思。

二〇〇四年初春，我居住了六年的四叠半公寓“仕伏公寓”因为要改造成某大学的宿舍，便不得不搬出去。又因为有《太阳之塔》获奖的奖金，我决定搬家。

从住了六年的四叠半公寓里搬出的行李多得让人瞠目结舌。除了大学入学那年从老家搬来那次后，我还是第一次搬家，简直大吃一惊。当所有东西都搬出来之后，四叠半公寓显得惊人地狭小，让人不禁想问：为什么如此狭小的空间能让人觉得那样广阔？

搬家的目的地是河原町今出川旁的一座混凝土公寓。

我为什么选择那里呢？是因为我此前的行动范围都严重局限在了鸭川以东，我想通过住在鸭川以西来改变一下生活的气氛。

于是我便逃脱了四叠半世界，成了个住在六叠间里的人。

那个公寓里有专用的厕所和专用的浴室。对我这个在没浴室且用公共厕所的四叠半公寓里住了六年的人来说，这已经是无比奢侈的享受。我实在太开心了，一个劲儿地泡澡，一个劲儿往厕所跑。

我每天早晨都骑自行车穿过贺茂大桥去研究室。

从贺茂大桥上眺望所见的景致，是我最喜爱的京都风景之一，也是源自当初的记忆。每天都从贺茂大桥上骑过，森林、山峦、天空的颜色都会一点点地变化，给人季节流转的感觉。之前我都住在东面靠山的地方，所以傍河的生活又让我觉得很新鲜。

《四叠半神话大系》的诞生

接着，在我长达六年的四叠半生活结束后，我开始执笔书写《四叠半神话大系》。

当我在白纸上胡乱涂鸦的时候，我产生了一个想法，要给“四叠半”这个穷酸的单词搭配上一些宏伟华丽的词来做标题。正因为写的是陈腐大学生抱头乱窜的灰色故事，要是标题都不够鲜明惹眼，就没人会来看了。在寻找华丽辞藻的过程中，我想起了洛夫克拉夫特的“克苏鲁神话大系”[1]，觉得“神话大系”这个词够华丽够帅气，《四叠半神话大系》这个标题就诞生了。内容上不是“神话”也没有“大系”都无所谓，我从最初就是这个打算。虽然确定了要写“平行世界”，但我怎么也想不出让平行世界互相关联的方式。后来，我又回忆起曾经构思过一篇以“无限增殖的四叠半”为主题的小说，将其与平行世界组合起来时，我才感到“啊，用这个或许能行”。

只在脑海里胡思乱想是不会有进展的，我决定姑且先写写看。刚开始写的时候，就连书中会发生什么事件都几乎没确定。

至于这本小说最终会变成什么形态，连我也只知道个大概，只能说是“有四个故事在平行展开，发生了各种情况，最后会合而为一”。因此，就连太田出版的喜多男先生在初稿完成之前也压根儿不知道是

[1] 日本将“克苏鲁神话体系”译为“克苏鲁神话大系”。——译者注

怎样的小说。这太正常了，因为原作者也不知道啊。直到今天，我的基本写作方式也没怎么变——向来是一个人随意发挥。

我开始同时写四个故事。第一话要是写不下去，就推进第二话，如果不行就写第三话。到后半程的时候，事件越来越繁复，时间表之类的东西倒也做了一个，可我本来就不擅长那种拼图似的谜题，只能边写边想，然后把这边那边联系起来，或是触发同一个事件，是一种摸着石头过河的写法。

当我如上文所写那样创作《四叠半神话大系》的时候，又忽然有一些编辑来京都找我。我紧张兮兮地把他们请到咖啡厅“进进堂”、高仓路的酒馆、石塀小路，或是今出川路的咖啡厅“COLLECTION”展开迎击。

首先来的是中央公论的人。他现在已经转去出版社工作，也是劝我开始写博客“入此门者请抛弃一切奢望”的人。真是很感谢他。然而我费尽心思的“有关狸猫的故事”草案却被驳回了。我只得写起长篇怪谈故事，可惜写到现在也才完成了三分之一，后面写不下去了，直到今天都折磨着我，也成为折磨编辑的噩梦级烂尾楼。

接下来是角川书店的编辑来了，我费尽心思的“有关狸猫的故事”再度被驳回。完成《四叠半神话大系》之后，我开始得意忘形，产生了莫名其妙的确信，认为“还能靠陈腐大学生的题材混下去”，便开始写《春宵苦短，少女前进吧！》。

然后是幻冬舍的编辑来了，我们谈东谈西一番之后，对方提到有本新杂志要创刊，希望我能写些什么，我总算巧妙地把“有关狸猫的故事”成功推销了出去。

它就成了日后的《有顶天家族》。

后来是祥传社的编辑来了，我们在寺町路地下的咖啡厅聊天。就是当时得到了“要不要试着把过去的名作置换成现代背景”的提议。日后成为《新解 奔跑吧梅勒斯 他四篇》。

当初结识的那些编辑，都是好不容易才将默默无闻的我挖掘了出来，努力创造机会让我至少写些什么，我对他们只有满腔的谢意。正是有了与他们的闲聊，才为我埋下了数年后开花结果的伏笔。当然了，“埋下伏笔”这种说法都是成功之后回首才能说的，我当时可没有资格像个谋略家一样运筹帷幄，说出“为将来埋下伏笔吧”这种话。我更多时候是忐忑不安地想：“他们难得跑来一趟，不写点什么也不行啊。可是我真的能做到吗？也许能吧，可要是做不到该怎么办？”

我当初还打算找工作，一直到八月初的时间里都忙于公务员考试和研究室的事情，《四叠半神话大系》也没什么进展。我曾经这么想过：如果没合格，就只能泄气地躲在研究室的一角，自欺欺人地写小说了。所幸我通过了考试，松了一口气。时不时有人问我“你为什么还想找工作？”，可我的胆子还没有大到坚信靠一本《太阳之塔》就能当小说家混饭吃了。如果可以就职，我还是会选择就职的，这才是理所当然的想法。

工作顺利定下来之后，我后面的生活全部都被《四叠半神话大系》占满了。

写小说的时候，哪怕存着一些断断续续的笔记，也很难在事后回顾整体是如何诞生的。像我这种所谓的“摸索型”创作者，是没法儿提前制订周密计划的，在写作的过程中，会不断地冒出新想法。到了最后回顾的时刻，我连在哪里想到了什么、小说的世界观从何处开始拓展都搞不清楚。说到《四叠半神话大系》，其实我只记得从初稿到完成前夕，“图书馆警察”这角色根本就没登场过。

到了九月，我先给喜多男先生送了一稿，在京都站 GRANVIA 的咖啡厅商量了一次，接着开始改稿。之后基本上都是以同样的流程在继续。总而言之，我如果不试着写写就什么都想不出，不写到最后连该从哪里改起都不知道。

到了将近完成的那阵子，我几乎都不去研究室了，亏他们还让我毕业了。真是好过分。然而我们研究室的教授却认为《太阳之塔》的出版也是研究室的功绩之一，甚至大肆张贴到走廊上，因此对我睁一只眼闭一只眼。这对我来说是求之不得的好事。

终于，把研究生活彻底抛到脑后才得以完成的《四叠半神话大系》受到了喜多男先生的盛赞，总算是能集结成一本书了。

《四叠半神话大系》在十二月出版了。

当初河原町那家 BOOK FIRST 的店长还很热情地为我声援，提议说“要不要搞签名会”。我却很担心：才出第二本书，恐怕根本就无人知晓吧？搞签名会真的会有人来吗？看到我犹豫的样子，店长还特地用上了《太阳之塔》的典故，提议“特意在圣诞前夜办签名会”。于是我也涌现出了少有的干劲：“如果连这都拒绝，还算什么男人？”

那年的圣诞前夜是我人生中第一次签名会，至今回想起来都感慨良多。虽然非常紧张，但给每一个人都各写下了一句话，如此周到的应对也只有那一次签名会了。在签名会之前，我还去附近的书店兜了一圈，特别是河原町的丸善书店还很热情地迎接了我，给我带来许多勇气。

河原町 BOOK FIRST 与河原町丸善书店，现在都不在了。

想到这件事，就会觉得“时光飞逝”，令人寂寥。曾经声援过我的两家书店如今都已不存在，让我悲从中来。

在 BOOK FIRST 出席人生第一次签名会前，我紧张羞愧到了无以复加的地步。我甚至觉得自己这样的人能办签名会简直是对不起大家，自己谴责自己：“你算哪根葱？这么不可一世？”万一签名会一个人都没来该怎么办？

然而，还真的有人来排队了。

虽说是获得日本幻想小说大奖而顺利出道，但我只写了两本书，鲜有人知。可我的签名会居然真的会有读者来，到现在都觉得难以置信。直到那一刻，我才总算切身感受到：我并不是面向步枪射击部那样的小圈子在写，而是在外面的世界真正拥有了“读者”。

我实在太开心了，就好像步枪射击部的老生欢送会时那样，觉得“今天也许就是我人生的巅峰了”。

在写完《太阳之塔》后，我曾经为是否要继续写大学生题材而犹豫过，最终的结果证明太田出版的喜多男先生提出的意见很对。的确，有人提意见说这本书的内容不过是《太阳之塔》的老调重提，是翻来覆去写同一篇文章的放水作品，那也只好承认。

可对我自己来说，曾以为已经耗尽一切心血的题材还能创造出新的东西就足够震惊了，也让我萌生了自信。因为《太阳之塔》是一部纯粹胡乱发挥的作品，能够整合成一本书就近乎是奇迹了，而《四叠半神话大系》是有意识地写作出来的，也是我人生中第一次接受委托而写出的长篇小说。

于是，我就继续厚着脸皮写着陈腐大学生的小说。

后记

来谈谈之后的事情吧。

二〇〇五年三月，我总算离开了徘徊七年之久的大学校园，成为社会人。河原町今出川那套六叠公寓由于我的拖延症而没续签成合同，只得再次搬家。

新的房间在御灵神社旁边，有十叠那么大。我终于完全从四叠半世界成功逃脱了。不过，这房间就算白天也暗得像地下室。我为什么会挑这种地方呢？因为房间够大，租金却便宜，况且日照越差或许就越能集中精神。实际住下来，果然能随时在如同半夜的环境中执笔写作，没有比这更让人集中精神的房间了。相对地，我只要待在房间里，连当天是晴是雨都搞不清。真是鸦雀无声。要是这还不能让人冷静就见鬼了。

只要稍走几步就能到达鸭川的堤坝，夏天还能去御灵神社喝波子汽水，还能步行到出町商店街买东西。

这样的生活安定下来后，我平日里早晨七点半起床去上班，晚上和休息日就写小说。

入职开始工作的同一时间，我在《野性时代》开始连载《春宵苦短，少女前进吧！》，在《小说 NON》开始连载《新解・奔跑吧梅勒斯・他四篇》，在 *Papyrus* 开始连载《有顶天家族》。上班的同时还开了三个连载，我也真是有点乱来。初入社会必须要努力适应生活，同时又必须要严守截稿期限。我尚未习惯有截稿期限的日子，就连一个月后的截稿日也让我心惊胆战。

大约一年半后的秋天，《狐狸的故事》与《春宵苦短，少女前进吧！》才得以出版。在那之前，我与截稿日的殊死决斗都不为人所知，大家还以为我“接连写了两本陈腐大学生的小说，走火入魔，从出版界彻底销声匿迹，真是个可怜的孩子”。谁知我何止是走火入魔，就连沉默的期间也不死心地继续写着陈腐大学生小说呢。我真是一点都不可怜。对获得新人奖的作家来说，第二部作品确实是最紧要的关头，可就算我写出了《四叠半神话大系》也没有任何理由去放松自己，我当时总觉得：接下来还有更多更多的紧要关头，真是头疼啊。

不过现在回想起来，那段时间我确实能集中精力写作，截稿日的时间也恰到好处。

日后，周遭的琐事逐渐让我手忙脚乱起来，这是发生在更远的将来的故事了。

我并不打算大言不惭地说“虽然远离了四叠半，心仍在四叠半中”

这种话。居住的地方变了，心也会变。

我并不是在夸耀四叠半，也从未主张每个人都必须去住四叠半。我选择四叠半纯粹是听从了父亲的意见。不过，我总觉得这一切都是我走了大运。虽说在四叠半时代曾经历过种种痛苦，但一切的理由都归咎于我自身的怠惰。四叠半是无罪的。

如果我没有住过四叠半，就不会有《太阳之塔》，不会有《四叠半神话大系》，更不会有《春宵苦短，少女前进吧！》。不管怎么苦思冥想，我都没发现人生中还有除了四叠半之外的突破口。如今，《四叠半神话大系》已经在许多人的辛勤劳动下，成为让人足以鼻血狂飙的美妙动画，原作的地位因此而拔升，就连对动画制作没有任何建设性贡献的我也跟着沾了光。假如枯荣盛衰乃世间常事，那我一定应该趁现在赞颂这段逢春的际遇。

就让我再次对四叠半献上感谢之情，就此搁笔吧。

（森见登美彦与四叠半神话研究会《四叠半神话大系官方读本》2010 年 6 月）

4 登美彦四处闲逛

这里收集了一些有关漫步、铁道与旅行的文章。

坦白地说，相比“旅途”我是更喜欢“近邻”的，比起“富士山”更爱“生驹山”。我始终坚信要写文章就该写周遭的事物。因为我是个与全球化精神无缘的四叠半主义者。即便如此，偶尔出个远门也挺不错。

四叠半乃身处异乡而怀念之物。

治愈人心的粗食

我住在京都。从普通的定义来探讨“治愈”这个词语的话，京都可谓遍地都是“治愈景点”，只要走在路上就会碰上治愈人的事物，喘一口气的当儿，人就被治愈了，一不留神就没了阴暗颓废的理由。肯定有人是这么想的。尤其是以大学生身份赖在这儿不走的人，更是如此。

如今，伤痕累累的现代人为了追求治愈纷纷奔向古都，能在古都悠闲度日的确是一种奢侈。西阵也好，金阁寺也好，下鸭神社也好，鸭川也好，南禅寺也好，想要去就能立即前往。《今昔物语集》《源氏物语》《平氏物语》这些听上去很唬人的昔日物语，哪怕你根本不爱读，一提起来也是近在咫尺的故事。站在历史遗产前面追忆往昔是个不错的选择，去时尚的咖啡厅小憩片刻也少不了。能品尝到美味佳肴的店铺更是多到逛不完。

就像在颜料上再叠一层颜料那样，我在治愈之上再叠一层治愈，义无反顾地挑战人类所能承受的治愈之极限，终于到达了至臻境界，或许应该叫它“治愈人心的粗食”。我在源远流长的神社佛阁之间的细缝里穿行，在每一条有着细致名称的小巷中纵情奔跑，每一个街角都有它的来历典故，而在这静谧的街道中，会有无数快餐店、牛肉盖饭店、便利商店、录像租赁店、自动贩卖机如同梦魔般悄然显现。我会全身心投入去感受它们的美妙，并把它们称作治愈人心的粗食。

如果仅仅用快餐店加牛肉盖饭店加便利商店加录像租赁店加自动贩卖机来创造天地万物的话，想必会是一个噩梦般的迷宫世界。然而，在浓缩了整个日本史的古都中徜徉，偶然邂逅到这些白晃晃的荧光灯，总让人觉得很亲近。就好像定格在历史中某一刻的时间旅行者在怀念未来的景象一样。

明明居住在古都，我却偏偏要进出那些白晃晃的连锁店，偏偏要给身体吃些垃圾食品，看一些内容不值得一写的录像。明明身在古都，偏偏要让生活从古都中抽离出来，享受自甘堕落的空白时光。我觉得没有比这更奢侈、更不健康、更美妙的生活了。一言以蔽之——彻底沉浸在古都的氛围中简直让人喘不过气。

我就是这样体验着与古都彻底无关、仿佛静止的当下，让自己好喘口气。养精蓄锐之后，我会再次信步走上街头，眼前依然是覆盖着一千二百年历史的静谧街区。这种享受简直奢侈到必须向全世界道歉，再怎么道歉都不够。

（《别册文艺春秋》2005 年 5 月号）

读了这篇文章也不会想爬富士山

曾有个姓竹桃的编辑打电话来问我："要不要去爬富士山？"那是二〇〇七年的事了。根据她的证言所说，我在电话里回答说："今年不行。但是二〇〇九年的夏天应该能去爬。"我当初是在期待两年后的自己能成为配得上富士山的日本第一好男儿吗？我的坏毛病就是会把一切麻烦抛给未来的自己，就当我快把这笔账忘记的时候，又被揪出来，只得不情不愿地去爬日本第一峰了。

"——您一定会这么写的吧，森见先生！您要是还一个劲儿地这么写，没讲到富士山篇幅就都用完了，头疼的可是我啊！"

从东京站前往三岛站的新干线上，竹桃小姐揪着我叮嘱了一番。从三岛站前往五合目富士宫口的巴士上，又被揪着叮嘱了一番。所以我就不弯弯绕地卖关子了。

八月十五日下午一点半，我在富士山的五合目，吃了一碗味道跟大学生协会里差不多的拉面。一起吃午餐的有竹桃小姐，有据说爬过好几次富士山的长村先生，还有年轻的摄影师大木先生等新潮社的人员。

环顾那个摆满长桌的简陋食堂，有精神百倍的一家老小，也有刚下山不久，像昆布一样软绵绵趴在餐桌上的年轻人。上山者与下山者，亢奋者与低落者，都混成一团。看到有些人像昏倒一样瘫在旁边，我仿佛已经看到了明天的自己。

竹桃小姐说：“没关系的，我还准备了这个。”接着笑嘻嘻地取出了氧气罐。

“那种玩具似的东西，真的能对抗富士山吗？”

“别太勉强，慢慢爬就好。”长村先生说。

我们来到食堂外的瞭望台做了套体操。那里的海拔已经有二千四百米了。周围被一片雾霭包裹，什么都看不清。都搞不清自己做的是不是体操了。然后，我站在“富士山表口五合目”[1]的大标牌前面，让大木先生拍摄下了我的雄姿，我们的登山就此开始。

我是在关西长大的，所以不太熟悉富士山。一直到高中毕业，我都是仰望着生驹山生活，进大学之后就是仰望着大文字山生活。二者都是雅致且名声在外的山，我都爬过好几次。我对富士山的印象发生变化，还是因为今年三月外出旅行，在江之岛一带游览时的一段经历。我从沿海的公路望见了与江之岛并排的富士山，在万里无云的晴空下，它泛着白光，呈现出完美的姿态。我有生以来第一次觉得“富士山原来这么雄伟”。

当我走在富士山道上时，眼前的景色丝毫没有从江之岛望见的富士山美。斜坡上四散着黑乎乎的石块，只有稀稀拉拉的高山植物，而

[1] 登富士山分为十个阶段，每个阶段为一个“合目”，半山腰为五合目，山顶为十合目。——译者注

更远处都被浓雾遮蔽了。这片景象中只有看着脚底默默行走的登山者行列，荒凉的程度仿佛一脚踏进了大灵界[1]，总有种上当受骗的感觉。

我精心挑选的登山靴恰巧合脚，时尚的条纹登山杖用起来很轻松，阴天的气温也刚刚好。边走边休息倒也没有想象中那么累。即便如此，风景依旧是灰色的。“新”七合目后面接着一个“元祖”七合目，也让人觉得摸不着头脑。

“我至少有胜过森见先生的自信。”竹桃小姐大摆架子。她就像一个蹦蹦跳跳的弹力球一样，总是充满了活力。我毫无胜算。

“这么争强好胜，小心自取灭亡。”我说。

如果没有长村先生这个冷静沉着的向导，我和竹桃小姐一定会争个你死我活，早早地耗尽体力，为抢夺氧气罐而打得血肉模糊，最后滚下斜坡吧。

开始向八合目攀登的时候，雾气也开始散去了。

眼见着云层露出一条缝隙，转瞬间就打开了一片蓝天。俯瞰下去的景色不出意料地很雄壮。

我略微有点头疼，在路旁坐下尝了口氧气，那味道实在太过细腻微妙，难以形容。正发着呆，一位从我身旁路过的可爱女孩突然像结冰了一样定住脚步，盯着我的脸打量了一会儿。“您是森见先生吗？！”

[1] 灵异研究家、演员丹波哲郎拍摄的电影《丹波哲郎的大灵界》，讲述了人死后的世界。——译者注

直到她开口，我才回答说：“是的！”原来是读者，我给她签了个名。能在富士山八合目附近给人签名，应该够稀奇了吧。这足以让我引以为荣。

第一天的目的地就是位于八合目的山间小屋“池田馆”。

木屋正面的瞭望台可以欣赏到一片气势磅礴的云海。与那壮阔的景色正相反，山间小屋里装满了双层床，狭窄得令人窒息。当听说五个人只有两条被子盖的时候，我是当真开始想家了。可这时竹桃小姐说了句“我就看着森见先生一下子蔫了”，我就莫名其妙笑个不停。被叫到食堂吃完咖喱之后，为备战明晨便早早地熄灯了。“想洗个舒服澡”简直是做梦，想翻个身都是岂有此理，氧气稀少，头疼。就在我心烦意乱的时候，睡在大木先生对面的一对年轻男女登山爱好者说着“头疼又犯恶心”就下山去了。多亏了他们，床铺空间宽敞了许多。

深夜一点半，我还没睡着，山间小屋里就亮起了灯。

收拾一下走到外面一瞧，登山者已经人头攒动。俯瞰下去是富士山那暗沉沉的斜坡，戴着头灯的队列三三两两地向下绵延，就像要包围整个山麓似的，化作一片夜景。我向来喜爱从大文字山上俯瞰夜景，但从富士山所见的夜景自然更加细腻、悠远、虚幻、凄凉。

继续向上的山路也愈加险峻。我们用头灯照亮已经没有植物生长、到处只有石块的斜坡，画着锯齿线向上走。抬头一看，灯光一路连到了山顶。因为想到山顶一览日出的人全都在爬着呢。过了九合目那一带，登山的队伍开始堵塞，哪怕精气十足的人也没法儿一口气冲上去。我不明白为什么有这么多人想登上富士山山顶，当然我自己也是毫无目的地在爬，说不出什么大言不惭的话来。

四点四十分，我们到达了山顶。上面有个卖纪念品和食物的“顶上富士馆”，还有神社，不过终究是个荒凉萧瑟的地方。周遭只是明晃晃的，想要观看日出的人们已经爬上岩石在等待了。特别冷。我不经意瞧了眼旁边，见到一个穿西装打领带的男人，不禁目瞪口呆。他真的打着领带。穿成这样到底是怎么登上凌晨五点的富士山山顶的呢？我正歪着脑袋思索的时候，云隙间射出一道火红的光芒，染红了一切。实在是让人佩服得五体投地。不过我当时头又疼身体又累，只觉得“该看的都看见了”。我的下个目标就是去吃食堂里的方便面。

顶上富士馆这座令人扫兴的建筑里排起了长龙，方便面一碗接一碗卖出去。富士山山顶的方便面定价高达八百日元。我心想，在出发点的食堂不也吃过拉面吗？可是在富士山山顶吃方便面的诱惑太令人难以抵抗了。我朝食堂里面的厨房窥视了一眼，只见一群身强力壮的挑山大汉正从头到尾往摆满一桌的方便面里注热水，此等景象实属离奇。迫不及待接过方便面之后，我就着餐桌吃完了。这美味简直沁入五脏六腑，不用说，绝对有超越八百日元的价值。

我穿上雨衣御寒，在山顶的邮筒投下寄给妻子的登顶纪念信之后，就朝火山口方向走。巨大到令人不敢窥视的火山口周围竟是些碎石头，到处有累坏了的登山者瘫坐着，还时不时见到神秘生物的白骨横在一旁。我心想：“变身英雄和坏人战斗的场景好像总在这种地方呢。”

我气喘吁吁地爬上被称作马背的一道斜坡，站在海拔三千七百六十六米的山巅，在石碑前拍了纪念照。

接下来，只要能成功下山，我的任务就结束了。为了避免鞋里进沙子，我穿上踏脚裤，又给登山包套了外罩。尽管头疼很严重，却保存了不少体力，这令我感到意外。平日里我都是面对着书桌，也未曾有过锻炼体力的运动，我得意扬扬地想：该有的就是少不了。如此天真的我还未曾想到“上山容易下山难”和“阳光晒人”这两句话。

我们从七点半开始往御殿场口下山道走，正当我们离开那片红石裸露的骇人景致时，阳光也越变越强。雨衣已经不管用了，连下面穿着的保暖服都脱了。天空澄澈，没有任何遮挡阳光之物。到此我才明白，上山那么轻松全都是靠阴天。下到七合目左右的时候，山面上再度出现了植物，看着它们熠熠生辉的样子，令人耳目一新。风也吹得呼呼作响。

过了一会儿，我们来到了“大砂走”的入口。

所谓的大砂走，就是一片沉积着柔软灰色沙土的漫长斜坡。通常来说，下山的时候必须一步一步脚踏实地。然而，大砂走可以让沙土彻底没过脚掌，也就能放空头脑随意迈步行走。刚走上去我就觉得这比以前走过的任何下坡都轻松得多。要是精神好，甚至能跑起来。实际上，当我在半路累瘫下的时候，就见到活泼的孩子们卷起沙尘往下奔跑。

随着下坡路越走越久，热浪与阳光也越来越强烈，几乎没法儿向前迈步。由于重复同样的动作太多遍，脚腕和腰都在作痛。我止不住地头疼，不知是因为氧气浓度低，还是太过疲劳，或是睡眠不足，浑身汗如雨下，意识变得朦胧。大木先生和长村先生神采奕奕地走在前面，竹桃小姐与我跟他们逐渐拉开距离。我们一路无言，皱着眉头行走。我们满身沙尘，就好像在没有梦想与希望的漫长旅途中竭尽全力的旅人。

我不由得停下脚步环顾四周，只见到漫无尽头的灰色沙漠，这景色让人犹如身处另一个天体。如果我在这儿得了热射病倒下，谁都救不了。我和竹桃小姐两人隔一会儿就坐在沙地上小憩片刻。自从学生时代骑着女士自行车绕琵琶湖一周以来，我还从来没像那样筋疲力尽过。

于是，在花费两小时越过大砂走的时候，我已经疲劳困顿到了一句话都说不出的程度。表情依然游刃有余的长村先生与大木先生在那里迎接了晃晃悠悠的我与竹桃小姐。大木先生还举起了相机，可我已经没气力表现成就感，在镜头前垂头丧气，就像个长柄葫芦。在山麓茶屋终于吃到的柠檬味刨冰实在太美味，几乎滋润了我干枯的全身。

之后，我们又去御殿场泡了温泉。放松的感觉让我全身的气力都散走了。我现在已经是登上过富士山的男人了，是征服了日本第一峰的男人啊。我如此想着，还泡在温泉里就忍不住笑了。也就是说，已经没必要第二次登富士山了，面对还没爬过富士山的人，就能大肆挖苦了："咦？你还没爬过富士山吗？还算是日本人吗？哎哟！真不像话啊！"

据说我爬富士山的那两天是富士登山季天气最好的日子。还听说运气不好的人，费心费力爬到八合目就遭遇了雷雨。想一想那种寒冷与恐惧就让人感谢老天爷，不过攀登富士山就是那样严酷。想爬的话还是建议做好万全的准备，锻炼好身体再去挑战。

写到收尾的地方，才发现没有比这篇更打击富士山登山热情的文章了。不过近年来，富士山的登山客好像多得有些过分了，凡事走极端都不好。为了给那些脑袋一热就想去挑战的登山者泼一盆冷水，写篇让人不想爬山的文章或许更有好处。

（《yom yom》2009 年 10 月号）

东京短途之旅，漫步于废车站

森见登美彦出生、成长于关西，但去年春天起因为工作调动到东京。

从那以后，由于喜好纸上谈兵与截稿日的作祟，总是垂着脑袋在自宅与职场间两点一线，持续消极度日，过了一年半都完全没了解过东京。

“难得住在东京，应该来一场东京探险！”

心里这么想，坐着的屁股却抬不起来。

因为犯懒，今年夏天又特别热。

“天气凉一点就去吧。”

正当我这样磨磨蹭蹭的时候，一名姓矢玉的女编辑来到我这里，用大嗓门说服我必须组织一个“东京探险队”。

“森见先生您到底想见到什么？在追求些什么呢？”

“对地铁之类的有点兴趣呢。废车站探险之类的……不过也说不上特别有兴趣，请不要放在心上。”

登美彦还在絮絮叨叨卖弄不置可否的回答时，她仿佛已经回到制作《有顶天家族》的时候，露出小狸猫一般闪闪发光的少女眼神，大喊着“地铁！废车站！”不知奔向了何处。当登美彦还趴在桌上发愣的时候，她已经请到了“废车站专家”出山，将东京城区尚存的废弃火车站通通调查了一番，制订了毫无实际意义却令人颇感兴趣的探险计划，还寄来了手工版的“探险指南”。因为她已经深知，如果一味地尊重登美彦的自主能动性，就什么事都办不成。

于是东京探险队就成立了。队长是矢玉小姐，队员有姓毛谷的男编辑和登美彦本人。登美彦的任务就是将这场探险的始末都记录下来。

八月某日，探险队全员在JR御茶之水站盛桥口集合了。天空微阴，却依旧闷热。在堪称猛暑的二〇一〇年夏天，假如此日晴空万里，探险队恐怕在到达最终目的地浅草之前就要全军覆没了。

当矢玉队长陈述完探险队计划（“最终要在浅草泡个爽快的澡，再吃顿美食。啤酒万岁！”等）之后，他们便眺望着对岸的汤岛圣堂，一边下坡往神田方向走。很快，就看见了红砖造的古旧桥台耸立在左手边。在那上面飞驰的是中央本线。

“这就是第一个废车站。”矢玉队长得意扬扬地说。

乍看一眼会让人以为这里面开了家餐厅之类的，只觉得“这楼好古旧啊”。其实，在明治时期，这里是名叫“昌平桥”的车站，据说还是中央本线的始发站。京都各处也有不少明治时期就留下的建筑物，譬如南禅寺的水路阁就很出名，而这里也散发出类似的气味。登美彦曾经还从这栋楼前面路过了一次呢。“怪不得我觉得很奇怪。”他嘀咕道。只不过，这终究只是“车站遗址”，也只能仰望着红砖墙，体味一番难以名状的车站气氛，想象一下明治时期的绅士淑女们排着长队乘坐列车的景象。这就是所谓的浪漫。

“赶快自由畅想一下！自由畅想！”矢玉队长下了命令。

队员们遵从队长的指示进行了自由畅想。

之后，众人穿过高架，来到了昌平桥上。

从桥上顺着御茶之水站的方向眺望，只见神田川上游架着一条圣桥，它的前面是川流不息的丸之内线。就在此刻，架在右首的铁桥上，总武线开了过来，还来不及喘一口气，左首的红砖桥台上又驶过了中央本线。光是站在昌平桥上发一会儿呆，就能欣赏到三种电车线路错综而过的世界奇观。

假如登美彦是个含铁量过高的人，也许已经因为过于亢奋而喷出鼻血，染红了神田川的水面。毕竟他是来自地形平坦的京都，这种层层叠叠的城市街景让登美彦饶有兴致。

沿着中央本线继续往神田方向走，出现了一片被白栅栏包围的大楼建造工地。矢玉队长大喊：“这里面也有车站，车站！”探险队成员各显神通朝里面窥探，只见被夷平的广场对面有一栋红砖建筑，甚至连看似正面入口的大拱门和楼梯都清晰可见！那是曾经被称作“万世桥站”的地方，由于此前建在这儿的交通博物馆被拆除了，再度重见天日。在建筑瓦砾的另一边忽然出现了废车站的入口，这也相当浪漫。可惜工地的栅栏把我们挡住了，没法儿去到车站的旁边。

探险队继续往万世桥方向走，中央本线的高架下面出现了一块写着“收音机花园”的招牌。定睛一看，各种电器商店的招牌一直排到了小巷深处，招牌下还垂着“电木”“亚克力”之类的神秘黄色纸片。

这里一定是出售古怪零件的秘密商店街了。很遗憾，店铺的卷帘门紧闭着，还在营业的只有“万世肉铺”的直营店。

尽管从御茶之水站出发才过了不足半小时，探险队在酷暑下已经疲乏不已。众人擦着汗在“收音机花园”的自动贩卖机一角稍事休息。这里作为东京探险的休息点真是无可挑剔，一抬头还见到了昔日万世桥站前的风景照。在那荣耀的时代，万世桥站不愧为中央本线的始发站，显得气派十足。如果万世桥站还留存至今，这家“收音机花园”一定也会生意兴隆吧。

过了万世桥，前面是秋叶原，街区的整体氛围骤然变化。“这里也有废车站。”矢玉队长边走边说，而队员们则将信将疑。

她忽地在秋叶原中央大道停下脚步，指着路面上的铁丝网说：“就是这里。”

队长终究还是中暑热晕了，这里哪儿有什么车站啊？

队员们慌忙寻找医生的时候，只感觉到一阵清凉的风从铁丝网下面吹来，原来是银座线电车从地下驶过。矢玉队长站在铁丝网之上，衣裳在风中翻飞，摆出玛丽莲·梦露一样的危险姿势开始解释。据说在昭和初期，这里的地下一度有过名叫“万世桥临时站”的珍稀地铁站存在。

他们蹲在地面上，做出窥探铁丝网缝隙之类明显可疑的行为，却什么都没看见。

据说万世桥临时站位于地铁银座线从神田往上野方向的左首，于是他们改了主意，从地下进行探索，便从神田进站坐上了银座线。矢玉队长在电车中再一次打头阵，说：“就在前进方向的左首。来自由畅想吧！”

可惜就算坐上银座线，也不可能见到万世桥临时站的。

到达上野站的时候，由于气温与兴奋度双双高涨，矢玉队长已经患上了见到什么楼都能看成车站的病，就连看到公共厕所也开始兴冲冲地说：“莫非这也是车站？”队员实在拿她没辙。

于是他们决定再休息片刻。在队员毛谷的提议下，众人进入了上野公园一家名叫“韵松亭”的日式餐馆。餐馆旁的树丛间传来蝉鸣声，整个世界都进入了八月。矢玉队长喝了些啤酒，总算恢复了一些神志。另一边，登美彦被从未品尝过的美味豆子饭迷得神魂颠倒。

恢复体力之后，他们从京成上野的地下站台乘坐电车去往日暮里站。

“从电车的车窗可以看到一个‘博物馆动物园站’。”矢玉队长说。

队员们扒在车窗上拼命观察，也只见到无边无际的单调黑墙。“真的假的？”就当登美彦掉以轻心的时候，不经意间，一座看似有着黄色纹样、亮着暗淡灯光的无人地下站台浮现在眼前，又悄无声息地消失了。昏暗的站台深处，还依稀能看见昔日通往检票口的阶梯。这光景真是太适合夏天了，让人背脊发凉。若是未知情就单独见到，恐怕会被吓坏。据说墙壁上还画着企鹅的图片，一闪而过的瞬间根本不够用来寻找。

众人又从日暮里站向上野站折返，再从上野站步行去确认“博物馆动物园站”的地表部分是怎样的。国立博物馆与国际儿童图书馆周边是片宁静的街区，与令人毛骨悚然的地下世界彻底相反，这栋楼就像明治时代的儿童银行总店一样可爱。

“那么接下来去哪儿？”

“等一下。稍微等一下。”矢玉队长盯着地图说。

之后，探险队踏上了寻找“宽永寺坂站遗址”的伟大征程，可这时候的矢玉队长已经完全丢失了方向感，回过神来甚至来到了莺谷站前。酷暑让他们走投无路，只得乘坐出租车。那位看似含铁量不怎么多的司机根本没可能了解战后不久就废除的车站在哪里。

正当陷入绝望之时，队员毛谷看着地图指出了前进的方向，晃晃悠悠一阵小跑才总算找到了。话又说回来，宽永寺坂站怎么看都只是间普通仓库，也难怪刚才找不着。因为它真的成了仓库公司。假如有人偶然从这栋楼前路过，当即就能看穿它曾经是一座车站，只能说他拥有前途无量的敏锐眼力。那栋楼旁边的停车场一角还残留着一座写有“国威宣扬”“纪元二千六百年纪念”[1]字样的国旗升旗台。登美彦倍感历史之厚重。

造访过数座令人饶有兴致的废车站之后，他们去了浅草。

为了给在酷暑中跑得力倦神疲的队员们鼓劲，矢玉队长带头进入了商店街一家名叫“食之祭典·东洋”、散发着昭和芬芳的餐厅。招牌上写着“祭典”，实际上根本没有哪里是和祭典沾边的，不过店堂

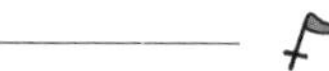

[1] 昭和十五年（1940年）为日本神武天皇即位（皇纪）2600年，曾举办过一系列纪念活动。——译者注

倒是让人很有好感。门口很窄，进深却别有洞天，不论是灯光色调、播放着夏季高中棒球赛的电视机还是座位的布置，都令人怀想往昔。登美彦喝了蜜瓜苏打水，而矢玉队长他们喝了啤酒。仔细一想，矢玉队长好像总在喝啤酒。

浅草非常热闹，四下都飘着昭和的气氛。他们就此误入了浅草地下商店街，被昏暗地道中令人目不暇接的电光招牌晃花了眼，不过探险队的目的地终究还是废车站。本日最后的目的地乃是东武铁道的废车站“隅田公园站”，据说在一座“枕桥”的脚下。

从吾妻桥上欣赏过隅田川美景后，他们一边遥望着晴空塔，一边漫步寻找枕桥。浅草的喧嚣越来越远，街道又归于平静。他们总算找到了疑似枕桥的地方，却压根儿没弄明白废车站究竟在哪儿。

至此，登美彦忽然意识到——枕桥周边一切的矮小建筑物，看起来都像是一座座车站。“整个世界都充斥着车站！”如此的妄想占据了登美彦的头脑。这是因为寻找废车站一整天的疲劳再加上酷暑已经令他意识模糊。这种可怕的病蔓延到了探险队全员的身上。他们像僵尸一样在枕桥周边来回徘徊，最终，在东武伊势崎线的高架下，一间临时板房的背阴处，他们找到了一扇古色古香的玻璃窗，才确定那里曾有一座车站。

“原来是这里。”登美彦说。

这么一来，探险队也就实现了最初的目标。

之后，探险队去参观了已经建造到四百一十八米的晴空塔。就算这座塔完全竣工，患有恐高症的登美彦也上不去，更何况原本就对它没什么兴趣，所以此处省略。

从东武伊势崎线业平桥站返回浅草，在宽阔的商店街转悠过一圈，又去名叫“蛇骨汤”的温泉蒸出一身汗后，探险队进入了一家名叫“驹形泥鳅”的店。在挂着天狗面具的和式大厅一角，众人为庆祝达成一日探险计划而干杯。矢玉队长心满意足地喝着啤酒说出了“啊！走那么多路就是为了这一刻”之类的话，却巧妙地避开了去哪儿都没少了啤酒的事实。

品尝过泥鳅锅、川柳锅、毛豆、盐烤鲇鱼、煎蛋、鲸鱼培根与刺身、油炸泥鳅等众多美味佳肴后，他们又移步到著名的神谷酒吧喝了电气白兰。那时的登美彦已在疲劳与醉意的双重打击下昏昏欲睡，做了个数不清的废车站将东京城区彻底覆盖的梦。

（《小说 Tripper》2010 年秋季号）

围绕着坡道的东京“山之手”漫步

“漫步”究竟为何？

森见登美彦并不擅长漫步。而他的人生信条又是尽量不做不擅长的事，所以尽管搬来东京已经一年，仍未去东京各处游览过。

为什么不擅长漫步呢？因为登美彦很不适应漫无目的地行走。除非有了不得不出门的急事，他就闭门不出。总而言之，这跟不到截稿日没心情写文章是同一种心理。

登美彦喜好“顺道瞎逛”。譬如说，从职场回家的路上，走在近车站到自宅的半路上时，总会不由自主地往岔路上拐。在这种探索的过程中，有时会发现被茂密的树木所包围的神秘豪宅，有时会找到售卖旧地图的古色古香的旧书店。这一场场小冒险能给予他足以熬过下一个截稿日的灵感。然而，根据他个人的定义，这并不是“漫步”，充其量是“顺道瞎逛”。

在星期天的过午时分，他的嘴巴里也从不会冒出“出去稍微溜达几步吧！”这种话。登美彦从不出门溜达。他仅仅是顺道瞎逛一下。

然而就是这位顺道瞎逛主义者——森见登美彦，也决定正儿八经地来一次漫步了。“既然是工作需要，散个步有什么大不了的！”登美彦如此宣言。如果没有这样的好机会，登美彦的世界只会越缩越小。

既然要出门漫步，就不得不展开某些妄想。而妄想又会成为文章的原材料。

○

那是一个好似八月艳阳普照全城的星期六。

登美彦最初造访的是小石川的“蒟蒻阎魔”。寺名是源觉寺。各种物品都挤在称不上宽敞的寺院中，呈现出一种箱庭般的趣味。精心打理的林木显得郁郁葱葱，阳光透过树梢照出斑驳的光影，美不胜收。在供奉着单眼阎魔的御堂前，供奉着装满酸浆果的盘子与袋装蒟蒻。据说有位曾被阎魔大人治好眼疾的老奶奶永无间歇地在此供奉蒟蒻，登美彦想起小时候也在绘本上读到过。

单眼阎魔与蒟蒻的奇妙组合甚是有趣，那么寺庙一角的“盐地藏”又如何呢？登美彦深深地爱着京都大原三千院的“童子地藏”，那里的小地藏们被柔软的青苔温和地包裹了起来，而这里的地藏却被盐埋没了，让人实在不敢恭维。盐巴堆积如山，而偏下一点的地方已经像积雪几天后被扫到道路两旁的残雪一样泛黑。地藏反倒是被夸张的盐堆抢了风头，让人甚至不敢相信那些是盐。为什么地藏大人非得像腌咸菜一样被盐埋起来呢？原因暂且不论，总之的确从未见过如此古怪的地藏。

看到这些令人惊叹的事物，登美彦就展开了各种妄想。比如说：不小心给盐地藏撒了砂糖的男人遭遇了一系列恐怖故事。也不知这能不能写成小说呢。

寺院里还有一口钟。也不知是不是出征塞班岛的时候被子弹贯穿过，上面开了个孔。敲钟祈祷和平之后，登美彦坐在可爱的盐地藏身旁，阅读跟绘马一起买来的神签。恋爱运的一栏中写着“先防身，后哭泣”，于是先决定以防身为重。生意运一栏中还写着“卖出必得利”。一起前来漫步的编辑抽到了“买入”的签，也就是说登美彦把股票之类的卖给编辑就皆大欢喜了，可惜手头根本没有能卖的。抽签可真有趣。

蒟蒻阎魔的隔壁有一家面朝大路的旧书店，名叫“大亚堂”。它显得气派十足，一看就已经在这儿开了很久。店主正在将装满旧书的木箱搬到店门口，他的上衣已经被汗水沾湿。一大早就热成了这样。

登美彦扫视了一番摆在店头的书本。漫步途中能在旧书店驻足一番是一桩乐事。

二楼的窗户上挂着竹帘，里面看似有怀揣某些秘密的人在居住。自打住在京都时起，“二楼的竹帘”总让登美彦感到某种凶险的气息。因为总觉得竹帘后面有人在偷偷窥视自己。一楼那充满旧书气味的阴暗气氛令人饶有兴致，但遮盖起二楼窗户的珠帘也同样让人兴味盎然。

不小心给盐地藏撒了砂糖的男人兴许就租住在这旧书店的二楼呢，倒也不无可能。

思索这些问题让登美彦乐不可支。他就是这样一边走一边收集故事碎片的。这个习惯从小学起就没变过。

登美彦怀着那样的思绪从旧书店前走过。

○

言归正传，回到坡道的话题。这条坡名叫善光寺坂。

向北穿过商店街再向西转，登美彦见到一条令人感觉美妙的坡道。沿着缓坡向上，到善光寺的围墙处便向左弯折。半坡上还有豆腐店。坡道两边零散地插着写有“朝颜鬼灯市集”[1]的艳红色幡旗，在强风吹拂下哗啦啦地摇晃。登美彦悠闲地爬上坡道。

登美彦很喜欢坡道。也许是因为京都几乎没有这种融入街景的坡道，而他又在京都住了太久。要说以坡道而闻名遐迩的城市，长崎当仁不让。与其说城中遍布坡道，不如说是在坡道上建了座城市。

前文中已经提过登美彦喜爱“顺道瞎逛”。“顺道瞎逛”的乐趣所在便是意想不到的岔路。平日里径直路过的小小岔路在某一天会不经意间呼唤登美彦，让他驻足窥探，心生疑念：“走上这条路会有什么？”那种妄想能让登美彦极度愉悦。是岔路口促使登美彦写小说的。

仰望坡道的上方或是俯瞰坡道的下方，会因为自己所站的位置差异而迥然不同。岔路所诱发的妄想在坡道上会变得立体化。登美彦觉得一道坡的另一边就是另一个世界，所以每当发现坡道就会兴奋起来。

因为坡道会诱人进入未知的世界，所以中途弯弯曲曲见不到尽头才好。要是不那么煞风景，别有一番怀旧风情就更好。如果它还位于

[1] 朝颜即牵牛花，鬼灯即酸浆果。——译者注

安静的城镇中，是条行车行人不太多的坡道，就再好不过了。

因此，善光寺坂是条好坡道。

坡道最高处是泽藏司稻荷神社。

“坡道上的稻荷神社”这个词本身就有点让人发怵，而泽藏司稻荷神社实际上也昏暗逼仄，令人毛骨悚然。老树枝头传来叽叽喳喳的鸟叫声。往神社深处走，红色鸟居旁有一片湿漉漉的洼地，满是羽虱在飞舞。茂密的树叶间透出一丝阳光，落在鸟居之间。

太阳下山之后，稻荷神社中就会出现一个身穿和服的女人，沿着善光寺坂往下走。

——光是如此妄想就已经是怪谈的开头了。

之后，登美彦还走下了三百坂，爬上了吹上坂，接着走下了庚申坂，又爬上了切支丹坂。登美彦上上下下地享受坡道的快乐。每一条坡道都有各自的面貌，很难说哪条是最好的，但登美彦最中意的终究还是善光寺坂。

东京有很多坡道。无数细小的坡道悄无声息地融入到城市之中，也是东京城的美妙之处。这也代表着，你的身旁就有许许多多通往未知世界的入口。

登美彦在播磨坂半道上的意大利餐厅吃了午餐。

播磨坂是一条夹道种满了樱花树的宽阔坡道。坡道中央有一条水路流过，坡道两侧坐落着好几栋昭和风格的高级公寓。看着阳光透过樱树林洒下斑驳光影，总有一种身处外国街道的感觉。

稍稍恢复了一点精神后，登美彦再次往前走。

○

下了播磨坂能见到一起刷漆的一栋楼，里面大得仿佛能建造一个“铁人 28 号”机器人。穿过住宅区还有小石川植物园。长长的围墙另一边都是茂密生长的树木。

虽说登美彦是农学部出身的，但其实根本不懂植物，因此也从不主动踏进植物园这种地方，不过小石川植物园是真的非常有意思。它的门票要到正门对面的米店里去买，单是这不可思议的售票方式就已经有趣得没边。

一进大门，登美彦立即被巨大的芭蕉树震慑到了。大得能一口气包裹住四个婴儿的叶片沐浴着阳光，熠熠生辉。再怎么踮脚伸手也够不着，人的身高真是和它没得比，简直能体会自己成为克鲁波克鲁[1]的感觉。

喷过驱虫喷雾后，沿着南面的围墙走，随处可见数不清的有趣景观：树根像火星人的腿一样从池塘里冒出来、丛生的热带伞菇组成瘆人的集合体、乌龟悠闲地漂在老池塘中等等。因为天气炎热，园中漫步的人也很少。没想到东京的正中央还有能够畅享自然生机的地方，也让登美彦很惊讶。

穿过和风的庭园，就能看见对面有曾经的医学院。站在绿意浓稠

[1] 北海道原住民阿伊努族语，是阿伊努族传说中的小矮人，生活在蜂斗菜叶片下。——译者注

到让人喘不过气的草丛与树林中，远处那红白分明、和洋折中的建筑物反倒显得异样。在午后毒辣辣的阳光暴晒下，就好似曾做过的某个噩梦中出现的景象。让人不由得想，那栋洋馆中正在发生某种神秘事件吧。

登美彦感到一阵目眩。

一起漫步的编辑们也在酷暑中显得昏昏沉沉。

话说回来，这么热到底是怎么一回事啊？昨天明明才下过大雨，难道是一群晴男晴女凑到一起了吗？连云朵都看不见。

登美彦光在小石川植物园兜了一圈就热坏了，体力消耗了不少，于是进了播磨坂岔路上的一家小点心店。接着一边吹着空调一边痛饮果汁。漫步与登山一样，必须仔细估摸过自己的体力才能实行下去。

玻璃窗外是一片恬静的住宅街区，头顶恰是一片“暑假”般的天空。

○

说白了，如果事先就有明确的目的，就体会不到“漫步”的滋味了。所以临时起意走上岔路才是最重要的。

沿着汤立坂而上，前往茗荷谷车站的路上，有个叫“教育之森公园”的地方，登美彦毫无来由地进去瞧了瞧。据说那里曾经有个东京教育大学。供孩子们游玩的广场显得有些破旧，既有文京体育中心那种混凝土建筑的粗陋感，也有一种昭和的怀旧感。登美彦固然喜爱善光寺坂那种别具风情的地方，也喜欢“教育之森公园”里陈旧的昭和氛围。不知为何，长椅上还安置着两个漂亮女孩的铜像，这种装饰也让人很有好感。

最近已经很少能见到这种塑像了，所以登美彦坐在女孩们（菲欧娜与艾琳）之间拍了张纪念照。出乎意料地心跳个不停。

在地藏通商店街逛过玩具店，买了鲷鱼烧吃之后，登美彦来到了一个叫永青文库的地方。

据说永青文库是保管并展示细川家族藏品的地方。那是一栋坐落在晦暗林荫深处的西洋建筑，总有点像从战前就持续进行某种秘密研究的地方，洋溢着神秘的气氛。一脚踏进它的领地中，周遭的喧嚣登时就彻底远去了。

登美彦穿过摆放着书架的狭窄走廊，登上散发出秘密气息的陈旧楼梯。透过一扇小窗能够见到包围整栋楼的树丛。楼梯平台处的书架上摆满了装帧精美的外国书。登美彦开始思考：假如我在这大屋里长大，会被培养成一个怎样的人呢?

登美彦不太熟悉旧书与古董一类的，见到各类展示品也只能说声“原来如此”。对他来说，被郁郁葱葱的宁静树林所包围的建筑物本身所营造的氛围更让他感兴趣。

楼里还有间禁止外部人士进入的会议室，会不会有人围绕着那漆光锃亮的木桌，举行某种秘密集会呢?似乎能写出个故事来。

○

从永青文库出来，迎面就是一条叫胸突坂的陡坡。狭窄的陡坡本身就魅力十足，而更让登美彦欢喜的是围墙后隐约可见的竹林。登美彦很喜欢竹林。

下了胸突坂，永青文库的幽静氛围顿时被新目白路的喧嚣所取代。

登美彦从新目白路的早稻田站第一次乘坐都电荒川线前往鬼子母神前。不知不觉中，太阳已经西斜，逐渐被黄昏笼罩的神社中有蚊子在嗡嗡叫。登美彦第一次参拜了鬼子母神，又在神社内的粗点心店买了波子汽水喝。粗点心店中有一股小时候奶奶家的气味。

登美彦喝着波子汽水，远远望着孩子们往篮中装零食。

登美彦的东京漫步到此就结束了。

在夕阳西下的鬼子母神旁发了一会儿呆，这场漫步中见识的种种景象便生出了种种妄想。登美彦会把这些思绪小心翼翼地带回家，在书桌上铺展开来。写着写着，下一轮的工作又来了。漫步催生妄想，妄想催生工作。大致就是这样的循环往复。

（*CREA* 2010 年 9 月号）

孤单的铁道

乘坐单行列车穿越阴阳的脊梁 [姬新线 · 艺备线 · 三江线 · 山阴本线]

在与《旅行与铁道》编辑部的朋友进行过一次商讨后，他们给我送来了车票。

出发地点是姬路，目的地是益田。计划是乘坐单行列车，途经姬新线、艺备线、三江线、山阴本线。顺带一提，我是个懒人，从各种意义上来说，都不配称作铁道爱好者。所以别把我太当回事反倒乐得轻松。

前一夜的新闻里说“会下雪”，但在姬路站前，一群像乐敦制药广告里的鸽子正掠过百货商店屋顶来回飞舞，丝毫没有要下雪的迹象，天空很是晴朗。与我同行的有朝日新闻出版的责任编辑矢玉小姐与铁道摄影师目白先生。

我们先在姬路站的站台上吃了“车站荞麦面”。

十几年前，当我用“青春 18 车票”行至九州的时候，就曾中途在姬路站下车，吃了这里的荞麦面。它释放出一种独立于“荞麦面”“乌冬面”，堪称“第三种面”的诡异存在感，让人觉得不吃才是亏大了。

可是我压根儿尝不出那是用什么做的面。甚至让人怀疑是用姬路站内栽培的某种未知谷物做的，而车站员们连夜用石臼磨粉来做成面条。即便站厅的布局已经与当年截然不同，“车站荞麦面”的味道却未曾改变，依旧是分辨不出为何种面条的神秘口感。

我们乘坐姬新线的单行列车，十点二十四分从姬路站出发。

窗外是此起彼伏的低矮山丘，遍布着闲适的城镇街道。我挺喜欢坐列车的，因为可以放空头脑，有种飘飘然的感觉，不过放空头脑飘飘然的就会犯困。我一直忍耐到了播磨新宫站换乘的时候，之后就一路昏昏欲睡。

十二点，我们到达了佐用站。目白先生说过“我必须得拍一张烤大肠乌冬面的照片”，于是大家前去寻找当地特产烤大肠乌冬面。在半阴的天空下走了一阵子，发现镇公所的屋顶上悬挂了一块巨大的标语幕布，上面写着：挑战三百万人次，姬新线等你来乘坐！如此坦率的请求真是难得一见。既然这么想求我们坐车，就满足你们吧。

我们想去的店搬走了，只好边打电话询问，边穿过佐用的镇区，走过一条桥，总算在出云街道边上找到了那栋小楼。深蓝色的门帘上写着“一力”二字。进门没几步就摆放着一块巨大的铁板，据说是从母亲手中继承店铺的大婶就面对面给我们烤起来了。把扁乌冬面与烤大肠混在一起做铁板烧，然后趁热从铁板直接装盘，拌上浓郁的酱汁吃。这可真是美味极了。

“矢玉小姐，你肯定想喝啤酒吧？”

“现在能喝吗？”矢玉小姐违心地推辞，反倒让目白先生来了劲头：“那就喝呗！反正我已经拍到好照片了，都够做扉页图了。妥妥的！”

站在铁板对面的大婶温和地挖苦道：“喝完酒还要工作吗？”话虽如此，这浓郁的烤大肠乌冬面与啤酒就是天造地设的一对，啤酒是注定要被喝下肚的。

回到佐用站再乘坐津山方向的列车时，已经是一点三十八分。

在津山站，我们参观了扇形火车头的车库。在鸦雀无声的后巷走个十分钟左右，就能隔着围栏观看车库。我想起小时候跟着母亲去王寺站参观列车的经历，很是怀念。

三点半从津山站出发，五点四十二分到达新见站。

我们的肚子是撑不到三次站了，就在站前的土特产店买了啤酒和青花鱼寿司。

然而，六点二十分从新见站出发时起，列车中就挤满了当地的高中生。我们死死盯着青花鱼寿司与啤酒，苦苦等待高中生们下车的瞬间，可有多少高中生下车，就有多少穿着不同制服的高中生同时上车。高中生们上上下下，此消彼长，就当我们以为会无限延续下去而陷入绝望之时，所有人都在“野驰”这一站走光了，车厢又变得空荡荡。我们在小包厢坐下，终于能用青花鱼寿司与啤酒抚慰一下心灵。

随着列车的前行，铁轨两旁的积雪悄无声息地越变越多了。乘客们一个接一个下了车，七点三十五分到达备后落合站的时候就只剩下我们几个。站台的对面，开往三次的单行列车正孤零零地等待我们。

就像交接货物一样，我们从明晃晃的大箱子转移到了另一个大箱子里。

“如果我们不坐上来会是什么样子呢？”

“就算我们不在，也会准时发车的。”矢玉小姐说，“无人乘坐的列车开过来，站台另一边也有一辆无人乘坐的列车会出发，仅此而已吧。”

“那可真美啊。”我说。

到达三次的时候已经快晚上九点了。

被积雪覆盖的站前广场空荡荡的，只有圣诞节的灯饰在闪烁。为了消解旅途劳顿，我们打算去一家炉端烧的店，可没搞明白店在哪儿，只好满身雪花地顾影彷徨。暗沉的天空洒下雪花，街道鸦雀无声，仿佛日本老电影中的某个场景。

当我们总算找到红灯笼，踏进店堂时，矢玉小姐以迅雷不及掩耳之势点好了单。接二连三端上来的菜式摆了一整桌。

当地特产鳄鱼肉也端了上来，说是“鳄鱼”，其实是鲨鱼肉。

目白先生给“鳄鱼肉”拍照片的时候，一个喝醉了坐在柜台上的男顾客说着“要拍照不如把这个也拍了”，便打开脚下的一个箱子。里面装着只怪物似的甲鱼。不，甲鱼的事先放到一边，来谈谈最关键的“鳄鱼肉”口味吧。那简直就像躺在柔软被窝中养大的一块鸡胸肉，有点令人难以捉摸，也算是与姬路站荞麦面有着异曲同工之妙的神秘食物。

目白先生嘴上说着“森见你多吃点”，自己却什么都不吃，发出品烧酒的咂嘴声喝红酒，越喝越醉。之前想让我们拍甲鱼的男顾客频频送来秋波，像是在不服气地说：“这么棒的甲鱼，为什么就是不拍照？”酒足饭饱，醉意袭人，我们三个都瘫软在席位上，回过神已是半夜。

目白先生说道：“良宵啊！今晚真是良宵！”

走到屋外，雪依旧下个不停，气温也骤降。只因在降雪之夜到达了陌生的城镇，所以我们连自己身处何方都不明不白。

出租车颠簸着驶过暗沉沉的街道，开往“α-1 酒店”。“雪下得真大。”矢玉小姐开口了，“明天铁路该不会停运吧？”

出租车司机笑了：“没事的啦。你们去广岛吧？”

“不，我们要坐三江线。”

“三……三……三江线？！”

司机稍稍沉默了一会儿才说：“那我倒真不知会怎样呢。”

这段小插曲过后，雪一直下到天亮还没停。

“接下来一天可要辛苦了！”我一个人莫名其妙亢奋起来，去食堂连吃两碗生鸡蛋盖饭，结果难受极了。正当我后悔不迭的时候，矢玉小姐跑来说：“三江线停了。”

我们来到三次站，只见目白先生就站在检票口前。

据他解释说，三江线有一部分因为大雪而停止运行，现在派出了代运客车。坐上面包车的有面容坚毅的女高中生、前往有福温泉的半老夫妇、优雅的中年女性，还有我们。

面包车驶出市区，不停往山里开。一切事物都被雪所包裹，森林就像被浇上了一层砂糖加生奶油。三江线的铁路彻底被雪掩埋，只有雪白的土墩上还立着道口的警报机。在一座被雪埋没得甚至难以辨别是否存在的车站，女高中生下了车。大雪中，她神情毅然地走远了。她一个人究竟要走到哪里去呢?

车窗因为我们的温度而起了白雾，朝外面望也只有雪。渐渐地，意识化作一片朦胧。这难道不是《旅行与铁道》杂志的取材吗?为什么我们会坐在面包车里?不过转念一想，虽说“脱轨”这个词在铁道上是禁词，但旅途中的“脱出常轨”却再平常不过。倒不如说，在计划外的微妙时刻邂逅到未知事物才称得上真正的旅行。写小说也好，坐火车也好，如果一切都按照事先预计的情况发展，会有什么旅行的意义吗?并不会有。既然如此，现在的情况才称得上真正的旅行，啊，可是我们不在铁道上啊……我苦苦思索着，只觉得越来越困。过了一小会儿，有什么东西“咚”地砸在我脑袋上，把我吓醒了。原来是身旁睡着的矢玉小姐与我来了次撞头。矢玉小姐因为撞击的反冲而倒向了另一边，可仍旧顽强地熟睡着。真是太了不起了。

我们被关在面包车里，迷迷糊糊就被拖入雪景之中，等到达石见川本站的时候，已经过了三小时。车站周边银装素裹，就连NTT[1]的电波塔也积了雪。只听见站前人道上播放着长渕刚的老歌，却不见行人的踪影。

在站前的店里吃过乌冬面和油豆腐寿司后，我们来到了石见川本站内，站台上已经停靠着前往江津的单行列车。不一会儿，就看见前

[1] 日本电报电话公司。——译者注

往三次的列车驶入对面的站台。车头上被一大团紧实的雪块所覆盖，真是威风凛凛，好似“从鏖战中归来的勇者”。驾驶员下到站台上，伸脚把贴在车头上的巨大雪块踢了下来。然后，我们所乘坐的江津方向列车后退了一小段，重整旗鼓之后，一路推开积雪，奔驰起来。乘客除了我们之外，还有去有福温泉的夫妇、一个男人和两个孩子。

单行列车在皑皑大雪覆盖的山间行驶。竹林被沉重的积雪压得弯了腰，像是趴在江之川两侧，延绵开来。满身大雪的竹子将铁轨遮蔽，而列车则把它们推向两边，一往直前。那一瞬间无比爽快，飘舞的雪花如暴风雪般掠过列车两侧，让车窗外变为一片纯白。当有倒塌的竹子在铁轨上缠绕的时候，驾驶员就只好停下列车，穿上长筒靴，单手提一把锯子下车。乘客们关心地凝视，而驾驶员则踏着沙沙作响的雪地走向前，锯断竹子开路。在这样反反复复的过程中，车厢内萌生了一种奇异的默契。每当列车速度放慢，大家就会露出“怎么回事？”的样子，去前方一探究竟。目白先生去了前方就再也没回来。有福温泉夫妇中的丈夫手持摄像机，在车厢里生龙活虎地来回跑。问题一解决，丈夫就会从列车前方回来，向太太报告具体情况。当列车再次停下，丈夫又兴冲冲地跑向前，而太太自始至终都安稳地坐在椅子上笑呵呵的。

多亏了驾驶员披荆斩棘，我们平安到达了江津。

我们又从江津站乘坐山阴本线前往温泉津站。出租车沿着入江行驶十分钟左右，就进入了两侧建满旅馆的温泉街。那里有针灸院与药局，还有雄伟的寺院，庙宇背后的巨大悬崖连同森林都被白雪包裹，显得无比壮丽。古董店的玻璃窗前摆放着大小不一的信乐烧狸猫。据说温泉津的温泉就是狸猫发现的。在温泉旅馆的茶水间休息了一小会儿，温暖让脑袋再次变得迷迷糊糊。矢玉小姐确认了一下日程表："明天要去参观石见银山[1]吗？"

"事到如今我才注意到，其实我很害怕又窄又暗的地方。所以石见银山就算了吧。"

"可那是世界文化遗产哦。"

"也没必要非得找罪受吧。"

喝着咖啡的时候，窗外的温泉街已是一派黄昏景象。

来到屋外，只见目白先生正在拍摄温泉街。"这张不错，就用在扉页上了。"他说。每当目白先生拍到中意的照片，就会说"用在扉页上"。接着他说了句"明天见"就匆匆消失在黄昏中。

那天晚上我们住进了名叫"野川屋"的温泉旅馆。雪一直到晚上都没停，漂亮的中庭都被雪埋没了。泡过澡之后，我回房间钻进被炉取暖，又跟矢玉小姐喝起酒，只听见远处的大厅中传来热闹非凡的宴会声。不知是谁在高唱美空云雀的歌，让人觉得遥远缥缈。

第二天早晨，我们踩着积雪来到附近一家叫"药师汤"的公共浴场。木结构的洋馆据说是在大正时期建造的，正门处带有玻璃窗的收银台

---

[1] 石见银山是日本江户时代前期最大的银矿。——译者注

非常可爱。椭圆形的棕色大浴池位于正中央，里边的玻璃窗透入淡淡的阳光。一个中年男人浸泡在温泉水中，还有个光屁股坐在淋浴处的地板上。老人自言自语：“这里面能泡几个人呢？”我用温泉水洗了把脸，咸乎乎的，还有点辣舌头。老人问矢玉小姐：“你从哪里来的？”她便回答：“从东京来。”老人讲了一会儿往事之后，又问了一遍：“你从哪里来的？”

泡完温泉，我们去二楼休息室就着炉子取暖，发了会儿呆。

“啊，又在下了。”矢玉小姐说。

我们两人踩着刚落地的新雪回到旅馆，浑身都沾满了雪。乘坐列车的时间追近，我们慌忙整理行李，年轻的老板娘送我们出了旅社。关于温泉津的回忆虽然都是漫天的雪，但据老板娘说“像这样的积雪可是难得一见”。坐汽车去车站的路上，我们还听旅馆员工聊了夜神乐与石见银山的话题。

“咱们什么都没看就走了，真对不起人家。”矢玉小姐嘀咕。

“我已经把这种愧疚彻底抛到脑后了。”我说。

到了车站，正当我欣赏过激分子通缉令的时候，浑身是雪的目白先生忽然冒出来，吓人一跳。

“你们好呀！”他说。

神出鬼没啊，都不知道他之前都躲在哪里。

前往益田的列车因为大雪延误了。

为了消磨时间，我们来到了站台上。一点声音都听不见。被雪埋没的站台尽头直接融入了远方的雪景。雪花静悄悄地飘落在空无一人的站台上。“真有旅途上的感觉呢。”我说着回头一瞧，矢玉小姐正在站台一角投入地堆雪人。

过了一会儿，列车来了，我们离开了温泉津。单行列车朝着益田飞驰起来。我嘴里含着矢玉小姐给的佐久间硬糖，向车窗外眺望，很快便见识到了日本海的绝景。凹凸起伏的岩块堆积在岸边，灰色的云层与浪涛翻滚的大海之间是飘舞的雪花。看上去冷得让人发颤。在寒空之下的海面上似乎还有什么漂浮着，我本以为是座岛，但怎么看都像是冲浪者。

“矢玉小姐，那该不会是个在冲浪的人吧？”

“简直难以置信，看上去好冷。”

近海的洋面上会冷不丁冒出几块险峻的岩石，被激烈的波浪冲刷着。

“矢玉小姐，要是把你丢在那里不管，会怎么样？”

“您别乱想那种事情好吗？光是想一想就觉得快死了。”矢玉小姐往嘴里丢了一颗佐久间硬糖说，“到了益田之后，找点好吃的吧。还是想吃海鲜啊。”

此刻，正在拍照的目白先生也放下相机说：“拍到一张不错的照片。可以用在扉页上了。”

总而言之，我们从姬路出发，不断换乘单行列车，终于到达了日本海，就让我宣告旅途至此告一段落吧。

（《旅行与铁道》2012年5月号）

文学主题的京都漫步

有时候，故事发生的场景越有趣，阅读小说时就越有乐趣。反过来说，有时候正因为读过小说才能更愉快地享受眼前的风景。就算景致变了，我们也还有“地名”这个可靠的伙伴。实际上，我认为只要地名还在，就总能放下心来。就好像落语段子里那个酒鬼说“只要有盐就喝得下酒”，但再怎么说也太夸张了。

举个例子吧，我曾经对赛马几乎一无所知。

我之所以能把织田作之助的《赛马》这部短篇顺畅地读下去，都是因为主角的妻子在四条木屋町一家名叫“交润社”的地下室酒馆工作。“四条木屋町”这个地名成为了我进入故事的入口。当然，不必我说，大家也知道并非只有地名就够了，让我持续不断往后读的动力依旧是织田作之助的文笔。《赛马》是一篇仿佛在最后几行突然收紧，拥有独特紧张感的小说。

于是我就去实地考察了一番。

我与编辑小林川先生，还有摄影师一起在四条木屋町一带走了走。“四条木屋町”这个地名不可能搞错，就在那儿跑不了，可小说《赛马》中出现的“交润社”却很难找到与其形象一致的原型。“这可如何是好啊！”小林川先生说。

像这样的时候，我每每会施展出魔法。我会把某栋毫无关系的建筑物用想象力粉饰一番，然后不容分说地把它抓过来用。总之就是耍赖。四条大桥对面有家“菊水餐厅”，那古色古香的小楼与小说中的氛围恰巧相符。我把菊水餐厅挪了个窝，走过四条大桥，一路搬到了四条木屋町边上。“这样就行了。”我说。

“还是有点太乱来了吧？”

“不，这样才好呢。毕竟是一场文学主题的漫步呢。”

“哈哈……”

“只要有地名在就说得通。”

我自己在写小说的时候也非常依赖地名。对小说来讲，专有名词是很重要的，而其中的地名尤其可靠。“只要有地名就能放心”不仅在阅读时有效，创作时也一样屡试不爽。说实话，小说与我们日常所说的“现实”丝毫没有关系，是很模棱两可的东西。“小说”这东西，不知何时就会飘上广阔无垠的天空，能把它维系在地面上的只有场所或者地名。想一想《今昔物语集》或者《平氏物语》吧，就连这样的书里也会写上具体的地名。虽说不知当初是什么人在读《今昔物语集》，但他们一定也是以地名为线索进入故事世界的。这种“骗人的伎俩”从平安时代延续至今，都没什么大区别。

之后我们前往的地点是伏见稻荷大社。

坂口安吾有篇叫《古都》的文章，非常有趣。

这篇文章的标题连作者自己都说“不喜欢”，正如他所说，文中丝毫没有那种观光胜地的华美之感，而是一些腥臭的内容。反倒更有趣了。坂口安吾把自己当初住的地方描写得惨不忍睹："我就窝在一间下水道终年堵塞、不见天日的昏暗屋子里。"京坂电车的车站前，似乎就有如书中所写的一角。相比当初，如今自然是变了模样，不过那坑坑洼洼的死胡同还留有当初的余韵。

"据说那阵子，坂口安吾走投无路了。"小林川先生站在死胡同口说，"所以才离开东京，蛰居在了京都南面。然后写出了长篇小说。"

"跟我离开东京，蛰居在奈良那阵子很像呢。"

"是啊，感觉如何？"小林川先生得意扬扬的，"正因为有蛰居，《古都》才那么出色啊。不觉得有一点共鸣吗？"

"这个嘛……没有吧。"

坂口安吾的蛰居跟我自己的蛰居，用语言很难解释，总之规模是不同的。把二者联系在一起往自己脸上贴金就太难为情了。就连蛰居也是因人而异。

坂口安吾的《古都》是篇有趣的文章，可实地是否有趣就另当别论了。从车站的地点来看，他当初居住的地方与伏见稻荷大社的方向正相反，他所关注的对象仅限身边蠢蠢攒动的人。文章中几乎没有提及伏见稻荷。即便如此，不去逛一逛伏见稻荷就走也太可惜了。

于是我前往伏见稻荷，欣赏了千本鸟居。小学时，我经常被祖父母带来伏见稻荷，还曾经踏着长长的石阶上山，所以"伏见稻荷"这个地名是与我对祖父母的回忆联结在一起的。更进一步地说，它是与这些事物联结在一起的：祖父母在大阪府茨木市曾经居住过的昏暗小屋、可怕的旱厕、祖母每晚念诵的般若心经与线香的气味、祖母做晚饭买菜去的那个市场的气氛等等。伏见稻荷的千本鸟居本就充满了幻想元素，而我却从幻想的另一侧嗅到了浓郁的昭和气息。

“那完全就是个人经历了。”小林川先生说。

“但你不觉得坂口安吾的《古都》里也有那样的气息吗？”我说。

伏见稻荷的大门前有着形形色色的店铺，像达摩不倒翁、信乐烧、狸猫、招财猫、狐狸面具这些经常出现在我小说里的玩意儿，全都能在这里买到。我买了大小不同的两只信乐烧狸猫，打算回家装点在玄关口。

之后我们去了南禅寺。

松本清张的《球形的荒野》中，有个在南禅寺三门下等人的场景。书中的角色收到了神秘人寄来的信，从东京来到了京都。

来到实际的地点并代入书中角色的感受，就会发现这里作为“与神秘人碰头的地点”是多么充满悬疑色彩。除了四面八方有观光客来往之外，院中的松树林也让人影变得若隐若现。况且还分外安静。肯定比在街角或是咖啡厅碰头紧张多了。

在体验过一番幻想的悬疑氛围后，我们登至三门之上。“大家怎么都那么快就下去了？”正当我为此而讶异的时候，才发现自己走在有生以来最冷的一条露天走廊上。甚至寒冷过度，腿上都生疼。南禅寺本就建在高地上，而三门之上是俯瞰冬日京都城区的绝佳处，可两腿疼得像被烤了一样，也就没心情欣赏这绝景了。

小林川先生喊着：“好疼啊，疼死人了！”步伐都东倒西歪了。

松本清张的小说就总是冷飕飕的。因为他描写的总是极度荒凉的世界。一次读太久，人也会变得阴郁。一点幽默元素都没有。哪怕是描写社会的黑暗面，也得给人一点喘息的机会啊。就比如此刻站在南禅寺三门上面冷得惨叫不迭的我们，晚上也会去先斗町吃顿野鸭火锅啊。

"'这不容分说让脚底生疼的寒冷，仿佛与松本清张作品中的世界是共通的。'这么写的话，是不是就很有文学漫步的感觉了？"

我忍耐着脚底的疼痛说出这两句话，小林川先生皱紧了眉头。

"别提这个了，快下去吧。我脚底板都快结冰了。"他说。

于是我们逃也似的下了三门。

"挨了冻之后，还是用华美一点的主题来收尾吧。"小林川先生说，"谷崎润一郎的《细雪》怎么样？"

"确实很有文学漫步的感觉。"

于是我们在最后前往了平安神宫。

谷崎润一郎在《细雪》中描写了平安神宫神苑的垂枝樱。书中的姐妹们每年春天都会从芦屋去京都游玩，欣赏垂枝樱。

学生时期，我经常骑自行车在冈崎一带瞎转悠，去过琵琶湖疏水纪念馆、京都市美术馆、京都国立近代美术馆、京都市劝业馆，但平安神宫只从外边遥望过，今天还是第一次进去。我都在京都住了十年，真是让人目瞪口呆。

当然了，现在是冬天，哪怕绕神苑走一圈，樱花树也只有萧瑟的裸枝，一点都没有情趣。神苑中几乎没有行人的踪影，突兀地展示在外的老式有轨电车也显得孤零零的。

我不怎么喜欢樱花。《细雪》中也一样，当幸子与妹妹雪子一同在神苑赏樱的时候说:“像这样一起来赏樱，今年恐怕是最后一次了。”整个场景让人沉浸在感伤中。樱花总是像这样强逼人多愁善感，所以我才觉得难对付。我原本就是个多愁善感的人，要是稍微见着几朵樱花，转眼间就会从多愁善感的斜坡上滚下去。

我希望幻视到的对象不是樱花，而是《细雪》中的雪子。

“‘是吗？那可一点都不好笑，我刚才真的吓坏了。’

“雪子仍旧呼呼喘着气，在苍白的脸上勉强挤出笑容说。透过乔其纱的上衣，能看见她那纤弱的心脏在怦怦直跳。”

这可让人如何是好啊！“透过乔其纱的上衣，能看见她那纤弱的心脏在怦怦直跳。”大家来鉴赏一下这句话里包含的信息密度吧！实在太色情了。乔其纱是一种极其纤薄的布料，由于质地清凉，常用来制作夏装，以上是我查到的。雪子不喜欢洋装，平时只穿和服，只有在仲夏时节酷热难当的几天里才穿洋装。她是那么瘦削白皙，甚至让相亲对象怀疑是不是病了，所以穿着洋装就会更显孱弱。而这才是精华所在。“透过”了“乔其纱”看到“纤弱的心脏”，从这段文字中呈现出的这种……

“那么森见先生，你看见雪子了吗？”小林川先生问。

“嗯……还没看见。也没看见樱花。”

“那你哪怕眼睛瞪出血来也要加油看啊。”

“‘不经意间，神苑的垂枝樱在我眼前一一绽开，在被花瓣染成浅桃色的光芒下，我见到了雪子那白皙到仿佛立刻会消融的侧颜。’

这么写是不是很有文学漫步的感觉？”我说，“怎么样啊？”

“那你见到了没？”小林川先生问。

“看不见啊。唯独想见的时候就看不见。”

“那么……”小林川先生接着说，“差不多也该走了。真是太冷了。”

（《小说 野性时代》2013 年 4 月号）

穿过漫长的商店街有什么？

商店街是通往异世界的隧道。

我从很久以前就一直有这种想法，然而尚未有过“穿过国境上的漫长商店街就到了雪国”这种真正意义上的魔幻体验。

前几天我和熟人相约去吃烤肉，久违地造访了鹤桥。

近铁的鹤桥站可是个厉害的车站，刚从列车下到站台，就能闻到高架下飘来的烤肉味。尽管那一刻已经萦绕着独特的氛围，但走下楼梯穿过检票口之后，异世界的气息就愈发强烈了。明明已经离开车站到了外面，却依旧像地底世界一样昏暗，全都是因为鹤桥商店街的大拱顶把阳光齐齐地遮蔽了。看到检票口前的站席荞麦面店和小书店，我心中就浮现出“昭和”二字。我默念着“昭和渐远”[1]，穿行在热闹的商店街，路旁有泡菜店、烤肉店、咖啡厅与洋货店。逼仄的小路错综复杂。能听见有人说韩语。还有拱顶没遮盖到的地方，有阳光洒下来。总觉得自己走在黑市之中。啊，这座迷宫究竟要通向何方呢？莫非，穿过了这条商店街之后，前面等着我的是一片幻想中的昭和草

[1] 化用自中村草田男咏叹年号更迭的俳句“降る雪や 明治は遠くなりにけり（雪落而明治渐远）”。——译者注

原，有油菜花在春风中摇曳——当然这都是我的妄想，商店街到头之后就是现代的鹤桥城区。

回首一想，我已经在许许多多商店街穿行过。在奈良读高中的时候，我几乎每天都会穿过东向商店街，再穿过中央街和下御门商店街去学校。复读的那年我上了难波的预备校，翘课去附近溜达的时候，也会去千日前、心斋桥筋或者道具屋筋。进大学后，我搬到了京都，有新京极、寺町通、锦市场、三条、出柳町这些商店街。调动去东京工作时住在了千驮木，附近有谷中银座。在福山、尾道、仓敷旅游的时候，误打误撞走进的商店街也记忆犹新。

商店街很有一种庙会的感觉，也许就是这种感觉营造出了“通往异世界的隧道”这种气氛。就好比神社的夜市上，各种小贩都出来摆摊一样。上学的时候，我走在夜路上闲逛，偶遇到那样的情景总会兴奋不已，踏足陌生商店街时的兴奋感就与它非常相似。有这么多商店，有这么多人来来往往，就不禁让人联想起之后会发生些什么。引用吉卜力电影《千与千寻》的宣传语，就是“隧道的另一边，是不可思议的城镇”。

从这层意义上来说，令我印象最深刻的就是天理的商店街。

我很喜欢天理町的独特气氛，曾经造访过好几次。从我家出发，坐电车大约只要半小时。两年前左右，我与妻子一起去“奈良健康乐园”游玩之后，在天理的本通商店街散步闲逛，还吃了乌冬面。天理市是天理教的中心，城镇上到处都缭绕着天理教那独特又浓郁的气息。商店街也不例外。书店里摆放着天理教的书籍，橱窗里站着身穿天理教服饰的模特，还有身披天理教黑色法袍的年轻人在行走。乍看与普通的商店街没什么两样，但只要多走几步路就会明白，这里果真是天理教昌盛的城镇。平日里司空见惯的景象，在内涵上稍稍有点变化就很有意思。而穿过漫长的商店街之后，出现了一座天理教神殿，真叫一个动人心魄。“穿过长长的商店街之后，我们居然来到了天理教的城镇！”我被这种冲击力打动了。

于是，天理的商店街就成为我难以忘怀的商店街之一。

（《月刊 J-novel》2015 年 8 月号）

去那亦近亦远的地方

全世界我最喜爱的地方就是自己家。并非因为我现在已经住上了舒适的大宅子，就连住在四叠半公寓中的大学时代、住在父母身边的少年时代也一样。我是一个高呼“自宅万岁！”的懒汉。

即便如此，我在上学时也被年轻人的焦虑所驱使，心想着“这样下去可不妙”，用青春 18 车票环游了九州、四国与东北。虽说是我自己决定出行的，但一外出又觉得麻烦极了。明明窝在四叠半房间里阅读儒勒·凡尔纳更愉快，为什么大家偏偏要出门旅行呢……这种疑虑折磨着我，甚至让我在周游四国的时候泄了气，半路就折返了。我被“学生就必须穷游”这种强迫观念害惨了。而要接受“自己是一个没志气迈向广阔世界的懒汉”这一事实真的很痛苦，如今过了三十五岁都觉得痛苦。

对于陌生的土地，我并没有好奇心。所以即便要旅行，也只会反复去自己喜欢的地方。我觉得尾道、长崎、有马、松本、野边山、吉野、飞驒高山这些地方可以每年去一回。上学时我曾经去英国进行语言学研修，当时也只是在伦敦极其小的范围内来来去去。像我这种人的烦恼源泉就是不知该如何发现自己喜爱的土地。不论是哪片土地，最初都是未知的土地，不去一趟就不知道会不会喜欢上。然而我却不怎么想出门。真是一种矛盾的困境。

既然如此就挑个身边的地方来凑合一下吧，去那亦近亦远的地方旅行吧。

有了这种想法之后，我去年就盯上了生驹山。生驹山位于大阪与奈良的县境处，山顶上有生驹山上游乐场。天气晴朗的日子，从游乐园的自助餐厅眺望大阪方向，别说大阪湾了，就连淡路岛和神户都能一眼望到。乘坐缆车登上生驹山，遥望着大阪湾畅饮蜜瓜汽水，然后再回家。尽管只需要三小时左右，却犹如去了远方旅行又归来，有一种奇异的充实感。

食髓知味，我探查了一下周遭，发现了好几个亦近亦远的地方。穿过那座神社森林的单行道到底通向何方？那辆公共汽车的终点站是什么地方？穿过那片瘆人的住宅区会遇见什么？小时候住过的镇区如今是什么模样？于是我总在进行着一场场极其微小的旅行，只为在不远处探索未知。恐怕到这些旅行宣告终结的时候，我才能成为一个真正的旅人吧。

顺带一提，世界上我第二喜爱的地方就是京都木屋顶某河豚料理店里面的小包厢。我觉得这样的微小空间也能当作亦近亦远之旅的目的地。

（《一刻》2016 年 4 月号）

奈良细道

第一回・生驹山

二○一一年初夏，我原本是住在东京的，因为截稿期太紧张而搞坏了身子，暂时回奈良生驹市的父母家休养了一阵子。

我一大早就躺在席子上阅读海外推理小说，和母亲一起吃乌冬面，下午就在宁静的住宅区散步。我那时想必是一脸阴郁。成为专职作家还不到一年就遭遇“连载全停止”的事态，陷入绝望也是理所当然的。

“那我接下来的人生该怎么办呢？”

我思索着这个问题，从高地上的新兴住宅区出发，沿着富雄川旁一条穿过老镇区的细道行走。两旁有油绿的农田，四下寂静无声。

初高中的时候，我骑着自行车经过这里无数次，附近的地图全都装进了脑袋。走在熟悉的细道上，总觉得不论是度过大学生活的京都时代，还是在永田町上班的东京时代，都如幻象般消逝而去，时空好似直接与初高中的那时候联结了起来。“奈良”→“京都”→“东京”→“？”这样的图景浮现在我脑海中。

就在那时，远方的生驹山进入了我的眼帘。

它的身姿分毫没有险峻之感，就好像悠然地横躺在奈良盆地之中，却令人感到很可靠。我不禁想小声叹一句：“东京无山。”“要不干脆回来吧？”我仿佛听见生驹山在对我低语。

于是我便决定从东京战略性撤退，回到了能见到生驹山的奈良。刚回的那几天总觉得是“回到起点”了，也感到很落寞。不过如今已经莫名其妙住了整整五年，那份落寞也早已过了保质期。

不论如何，能随时看到生驹山的生活确实还不赖。

“奈良”的范围其实很大，对生活在奈良南边的人来说，他们对生驹山的印象恐怕很片面。而对我这种住在奈良北端，在京都、大阪与县境毗连地带长大的人来说，生驹山就有着格外强烈的存在感。

从小时候起，只要望向西面就必定能看到生驹山。况且它的山顶还有“生驹山上游乐园”，在盛夏的夜晚，游乐园的灯火有如宝石般闪烁着，勾起孩子的好奇心。山的另一边还有个叫“大阪”的地方，是个与奈良截然不同的世界，也令生驹山的存在感更强了。我高考失败选择复读的那阵子，每天早晨都会坐着晃荡的满员电车，穿过生驹山长长的隧道，去难波的“代代木研修班”上课。

因此我很难将生驹山从“奈良”分离出去。朝阳从若草山的另一边升起，夕阳又在生驹山的另一边落下，这就是我心目中的奈良。

喜欢生驹山还有另一个理由，那就是生驹山并不太高。我查了一下，它的海拔大约有六百四十米。尽管比京都的如意岳还要高一点，却并不是特地穿戴一身登山用品才能爬的山。况且近铁的生驹缆车从山麓直通到山顶，中间还有好几个站点。不管在哪儿，走累了就能去依靠文明的力量。这可是大文字山没有的优势。再说了，我终究是一介懒汉，对“散步顺道”爬不上去的山就没什么好感。

据说人心情郁闷了就会想爬山。

一九九七年，我在大阪读预备校。从预备校坐近铁电车回家的路上，我有过好几次从大阪那边的车站下来，步行翻越生驹山进入奈良盆地。我为什么要这么做已经记不清了，但心情一定挺郁闷的。我所记得的，就只有在山上感觉到了像是野猪的气息，还有黄昏时的生驹山上游乐园有一种乔治·德·基里科画中的哀伤情调。

再让我回忆的话，大概是二〇〇一年住在京都那阵子了。我从大学分配的研究室逃了出来，处于失魂落魄的状态，而好友也因为司法考试失利而失魂落魄。我们不知为何频频结伴攀登大文字山。甚至还在丑时三刻上山，在山里玩了个通宵。我不明白自己当时究竟想干什么，但我们俩心情一定挺郁闷的。

又到了二〇一六年的春天，我开始频频攀登生驹山。因为《夜行》这本小说实在写不下去，心情很是郁结。

以下是我常走的生驹山攀登路线。

首先从生驹站乘坐缆车到达中腹的宝山寺站。坐在站内的长椅上发一会儿呆，接着穿过冷落的门前町进入宝山寺院内。参拜过生驹圣天之后，我会穿过幽暗杉树林前那一整排地藏菩萨，前往里院。在那里的长椅上第二次享受发呆的乐趣后，我会绕至前往山顶的缆车线路旁，沿着羊肠小道向上爬。从宝山寺到山顶的路程大约半小时。

对小说家来说，发呆是很重要的。像我这样欠缺知识与经验，只能仰仗一己妄想的野路子小说家就更是如此了。根据我的经验，比起自家与工作室来说，找一个稍稍远离日常的地方来发呆，效果会更好。从这层意义上来讲，生驹山是个恰到好处的地方。

就拿我前面提到的两个发呆胜地来举例吧，如果你能实地体验一下，一定会认同我的说法："原来如此。确实必须在这里发呆。"

缆车线路上的宝山寺站是个很老的站点，恐怕从建造至今已将近半个世纪。坐在站厅内的长椅上，便会不明就里地被昭和风格勾起旅情。明明距离近铁生驹站只有短短几分钟的路程，却好像来到了铁路支线的终点站。这真是唾手可得的旅情。在我的记忆中，那个空荡荡的站厅总有风吹过。

宝山寺的里院也吹穿堂风，是个夏季也很凉爽的地方。我还记得在穿过幽暗的杉树林时，地藏菩萨身上的风车被吹得滚滚转动。坐在里院的长椅上，就能听见森林随风晃动的声响。穿过宝山寺院内的风摇晃着生驹山的整片森林。

我不由得想，这就是奈良的风。

爬生驹山的最后一个发呆胜地大概就是生驹山上游乐园的自助餐厅了。那里与其说是游乐园的自助餐厅，更像大学生协会的样子，平日的下午几乎没有人影，有时甚至连员工的脸都见不着，反倒让我很中意。我曾有过躲在这儿写半天小说的想法，暂时还未实行。在那个自助餐厅喝杯蜜瓜苏打水，或是吃一碗老味道的拉面，就是我爬生驹山的收尾仪式。

假如是天清气朗的日子，从自助餐厅的露台一眼望去，可以从东大阪的城区看到大阪湾，甚至连神户和淡路岛都尽收眼底。眼下有无数的工厂、高楼大厦，还有大海与岛屿，总觉得是在望着一个异世界。看够风景再下山，奈良就更添了几分味道。

在爬生驹山的时候，我经常如此空想——

创造出“山”的恐怕也是人。

山是自然形成的，这一点理所当然，就算人类不复存在，它在物理上仍旧耸立于此。不过试想一下，假如没有奈良这个城市与它的历史，现在的我也就不会像这样仰望生驹山了。我是带上个人见解来欣赏生驹山的，而我的见解不仅源自个人经历，也基于奈良的城镇与历史。我只能通过那样的见解来看生驹山。建造一座令人对山产生独特认识的城镇，也就等同于创造出了“山”的本质——我曾经有过这种想法。站在生驹山的立场上，它一定会说：“谁管你们怎么想呢！”

最后再说一件有点奇妙的经历吧。

二〇一三年春天，也就是《神圣懒汉的冒险》这本小说刚出版的时候。

那一天，我依然在父母家附近溜达，从新兴住宅区向富雄川那边往下走。那也正是两年前——二〇一一年，我步伐踉跄时听见生驹山的细语，并下决心从东京回到奈良时的同一条细道。

我漫不经心地仰望生驹山时，见到了一种不可思议的现象。那是一道从山顶到山麓，沿着中心画出一道直线的银色光芒。似乎是因为太阳升到了特定角度时，我从特定角度仰望生驹山，缆车轨道反光才形成了一条直线。我还是第一次见到那样的情景。仿佛就是一根雄伟的茶叶梗[1]站了起来。

“这看上去是个好兆头！”我心想。

实际上却没遇到多好的事。

在那以后，我从未见过生驹山的“茶叶杆”。

第二回・大和西大寺站

从近铁“大和西大寺站”可以去向四面八方。

我在京都有个工作室，与编辑会面也基本上都在京都，所以坐近铁电车去京都的次数挺频繁的。一般都会乘坐从西大寺站到京都的特快。

去年初秋，我与妻子一同去伊势参拜，当时也是从西大寺站乘坐伊势志摩专线。去“奈良健康乐园”的时候，坐了天理方向的特快。与小说家仁木英之先生等人在大和八木站前聚餐时乘坐过橿原神宫前方向的特快。当然了，从西大寺站还能去奈良方向，对面站台有前往难波的列车。京都也好，难波也好，奈良也好，天理也好，橿原神宫

[1] 日本人认为泡茶时，有茶叶梗在水面上直立是幸运的兆头。——译者注

前也好，只要在西大寺站换乘，要去哪里都畅通无阻。

西大寺站俨然是世界的中心。

对我这种在近畿日本铁道手掌心里成长的人来说，近铁的线路图就好比世界的骨骼。因此说西大寺站是世界的中心也一点都不为过。每次在近铁的西大寺站换乘，“西大寺”这一名称堪为世界中心的印象就被强化一遍，最终在我心中骄傲地屹立不倒——

另一方面，西大寺这座寺庙的存在感却日渐稀薄。

实在难以启齿，我高中时每天都坐电车去奈良市内上学，却当真以为“西大寺早在很久之前荒废，如今只剩地名了”。这种无稽之谈到底是从哪儿钻进我脑袋的呢？明明翻开地图就一目了然的事，愚蠢的高中生却懒得动一下，长期自以为“西大寺不存在”。直到最近亲自走访一遍之前，我都觉得西大寺是座介于存在与不存在之间的模棱两可的寺庙。当然，不必多说，真正模棱两可的是我这颗脑袋。

要怪就怪近铁电车的大和西大寺站太过惹人注目了。它的正式名称是“大和西大寺站”，我却故意把“大和”跟“站”字都省略了，直呼“西大寺”。对我来说，“西大寺”这个词首先是站名，其次才是寺名。

高中时，我上学会在近铁奈良站下车，几乎没从西大寺站下过。

我已经记不清当初的西大寺站是什么模样了，站内的装潢应该有过很大的改变。从“Time’s Place 西大寺”建成之后，西大寺站就变得明亮又热闹。我记得过去曾是个暗沉又冷清的车站。不过，我也不确定这段记忆是否客观。因为我个人的西大寺站回忆总是凉飕飕的。

高中一年级时，我因为单相思而闷闷不乐。

重读当时的日记就不难发现，我的文字日渐丧失了具体性与客观性。她会在西大寺站换乘。因此我为了抓住与她搭话的机会，故意在没必要下车的西大寺站下车。

现在想来实在莫名其妙，其实我跟她在学校里都没怎么说过话。我几乎不了解她的性格，只是一见钟情，盲目冒进。“应该再迂回一点的。”我如此反省已经是在很久之后。

顺带一提，我曾经送过她一次礼物。

给她打电话的时候真是心脏都快停跳了，她生日那天早晨，我们约在西大寺站的站台上见面。因为比平时的上学时间早了一些，站台上还没有学生的身影，六月早晨的空气凉飕飕的。我把生日礼物交到了她手上，却压根儿不知道接下来该做什么。我为了完成眼前的任务已经耗尽了全力。我们两人单独聊天也只有当天早晨从西大寺站前往奈良站的车厢中那一次。

把这件事的始末写出来仿佛是“一笑而过的回忆”，实际的滋味却相去甚远。诚然这是一份珍贵的回忆，里面却掺杂了羞耻、惨痛与内疚，整体上总有些寒碜，让人有点泄气。

再怎么说也是二十多年前的事了，初恋早已逝去。

西大寺这座寺庙是个怎样的地方呢？

我带着这样的疑问，在正月某日清晨独自前去探访。从大和西大寺站的南口出发，步行几分钟就能到达西大寺。明明近在咫尺，却活了快四十年才第一次造访。

西大寺有个著名的仪式叫作“大茶盛”，新春时节的电视新闻和报纸上都能见到。盛装打扮的女子捧起比自己脑袋还大的茶碗，我记得看过好几次这种搞笑视频。可我对最关键的西大寺却一无所知。

话说回来，为什么要用那么大个的茶碗呢？莫非西大寺是一座什么都大到超出规格的寺庙吗？超大的本尊、超大的正殿、超大的钟楼、超大的住持……

说实话，我连西大寺具体在哪儿都不太清楚。出了西大寺站南口稍走几步，就能看见宽阔的停车场对面有长长的围墙与一排松树。“大概就是那个吧。”我敷衍了事地下了结论，迈步向前。

奈良有座叫“东大寺”的寺庙。就是那座以“奈良大佛”而闻名遐迩的东大寺。只差一个字让人以为东大寺和西大寺是成对的，实际上似乎并非作为一对来建造的。就连“大茶盛”的由来也并非用大茶碗来对抗大佛像。

从东门入寺后，我走在松影斑驳的石砖路上。

西大寺的确是一座大庙，可松林中并未散落巨大的茶碗碎片，东塔的火灾废墟中也没有巨大的住持躺卧，全无幻想般的情景，不过是奈良风情的闲静庙宇。在万里无云的青空下，空荡荡的院子无限绵延，有斑鸠的闲适鸣叫声在回响。

走了一会儿，我来到雄伟的正殿前。

一位中年妇女正在参拜，她气力十足地敲响鳄嘴铃，直到她离开之后都能听见鳄嘴铃在“咣咣咣”地鸣响。领着一对幼儿园年纪姐妹的夫妇闻声，吃惊地朝正殿看，令人忍俊不禁。还有一位老人丝毫不理会响个不停的鳄嘴铃，拄着拐杖缓缓穿过石子路。

真是一派悠然的“奈良清晨”景象。

那天早晨，我在宁静的西大寺中一边漫步，一边“呜呃”地想起了在西大寺站无疾而终的那场初恋，尴尬得面红耳赤。

我平常是不会想起这件事的。那是当然，假如我每次在西大寺站换乘都因为“初恋的回忆”而痛不欲生，那不管去哪儿都得遭罪一次。隔三岔五就受一次打击，还不得折寿吗?

正如西大寺站变了模样，我与西大寺站的关系也变了。

它曾经只是上学路上途经的车站，现今却要通过它前往京都，再从京都前往东京。不仅如此，我对西大寺站的周边也熟悉多了。我曾与妻子一起去过“奈良之家”商场。也曾去过平城宫遗址散心。还在站前居民区的“慕尼黑”餐厅吃过牛排、米饭和味噌汤。再加上清晨在西大寺漫步的记忆，相比高中时期，我心目中的西大寺站形象已经丰满了许多。

西大寺站已非昔日的西大寺站。

不过，西大寺站依然是我身边屈指可数的换乘大站，清晨傍晚有熙熙攘攘的学生在上下学。其中恐怕也有与昔日的我一样为寻找意中人而茫然自失的学生吧。从西大寺站的确可以通往四面八方，但那仅限于换乘成功的时候。少不了那群没能找到换乘车次而饱尝凄凉回忆的笨拙学生。当一想到我在西大寺院内漫步的时候，西大寺站中也有小心翼翼的恋情化作泡影，便觉得既欣慰又哀怜。哪怕这一切终将化作回忆。

我在正殿前双手合十，衷心祈祷在西大寺站月台上淡淡消逝的单恋慕情都能早日成佛升天。

第三回・大和文华馆与中野美术馆

我有一根爱用的“手杖”。

有位名叫本多静六的林业学博士，据说他每次去海外考察时，都会带上一根印有刻度的手杖。用它就能迅速测量一切物体的大小并写进笔记本，回国之后，那些数据就在学问与事业上大放异彩。阅读博士的书籍时，“印有刻度的手杖”这一充满专业精神的发明令我心驰神往。

我倒是没什么专业精神，但切实感受到了随身携带这根手杖的重要性。

是否让我想写小说——便是我这根手杖测量的标准。

读书时也好，出门走走也好，外出旅行也好，与人见面聊天也好，脑海中的手杖随时与我同在。这是我从初中时就养成的习惯，与我身为“专业小说家”的职业意识并无关系。于是我从过去就用自己的手杖测量过一切事物，将森罗万象归类为“想写成小说的东西”和“写不了小说的东西”。

在欣赏绘画等艺术作品时也会用同一根手杖。把艺术价值放到一边，“想不想写成小说？”对我来说才是最有用的判断基准。

对我这种人来说，比起作品本身来，邂逅作品时的情状才是最重要的。

譬如说去年我去了萨尔瓦多·达利的展览，前年去了勒内·马格里特的展览，很遗憾，二者都没让我兴奋起来。马格里特本是我喜爱的画家，我获得幻想小说大奖的小说《太阳之塔》的参赛原稿标题就曾是《太阳之塔/比利牛斯城堡》，而“比利牛斯城堡”就是借用了马格里特的作品名。即便如此，展览还是让我大失所望。展品太多了，而参观者也太多了。我心里明白这是无可奈何的事，可被人潮推挤着参观作品还是太难受了。我被“不得不看”的义务感强推着，到最后，展品在我眼中都仿佛成了赝品。这种状态下，根本就刺激不了我的妄想力，我的手杖毫无用武之地。

于是我只得低声抱怨：

“啊，好想去大和文华馆。”

大和文华馆坐落于近铁电车学园前站步行约十分钟的闲静住宅区内。据说是在昭和三十五年（1960年），为纪念近铁创设五十周年而建造的。

美术馆由吉田五十八设计。馆区内有梅林，还有四季的各色花卉。到“梅花该开了”的时节，我便会与妻子一同去观赏，到“紫阳花该开了”的时节，我们会再去一趟。从美术馆的露台还能俯瞰馆区东面的“蛙股池”。有一种学说认为这个池塘就是《日本书纪》中所记载的“日本最古老的贮水池”。这种夸大其词的传说很有奈良的风格，真伪难辨，不过坐在展厅的沙发上眺望池塘对面云雾朦胧的若草山，会让人信以为真。

大和文华馆是“让我想写小说”的美术馆。

走在正门通往展厅的走廊上，总觉得误闯了某个神秘场所。很少有人在平日午后造访此地，会安静得让人出神。为那份寂静更添几分色彩的就是正方形展厅中央的小小中庭。难以形容那是多么不可思议。那是一片酷似玻璃水缸的空间，淡淡的光柱从天而降，照射在稀疏的青竹丛上。仿佛是把“奈良的静寂”都凝缩在了这片空间中。

正方形展厅的四边是展示空间，展品不怎么多。可是对我这种人来说是件大好事。我不必被“这个那个都必须看”的义务感所驱使，能够一件一件地细细凝视，探究“这到底是什么”。每当有新主题，展品就会变一次，不光有山水画挂轴与屏风图，还有来自中国或朝鲜半岛的陶瓷器、金属工艺品等等，不少都是平日难得一见之物。它们都犹如“天狗的道具”一样精致华美。

我想起曾独自参观过富冈铁斋的展览。

我不太熟悉铁斋这个人，但不影响它成为一场令我心潮澎湃的展览。铁斋作品不论是文章还是绘画都黑魆魆的，就像一块块粗糙的岩石，反倒平添了几分可爱。其中有大腹便便的钟馗像、作为礼品收到的伊势虾简笔图、粗犷岩山耸立的山水画，都像是从天狗的橱柜里偷来的珍品。让我印象尤深的是一幅“宝珠图”。他像一笔画一样勾出一个个小圈，在旁边还添了句“请君一赏，弁财天赐，日增福德，如意宝珠”。画的本应是尊贵的宝物，可看多久都不觉得尊贵，倒是有些猫腻，这才是最棒的。

去年春天我与妻子一同来赏梅，停在梅枝上的莺儿吱吱鸣叫，俨然是花札上的情景。当天见到了一件有趣的展品，是清朝时期的台湾征讨图。那是一幅有着山水画技法的铜版画。射击城塞的大炮冒着滚滚浓烟，图中的台湾犹如中世纪欧洲的一角。

如此这般，大和文华馆成了我近几年时常光顾的地方。每次去必定能捡拾到故事的只鳞片爪回家。那些只鳞片爪是否要写出来已经是小问题，故事碎片能让我欢欣雀跃才是至关重要的。展出的艺术品价值固然很高，但我更愿意归功于“大和文华馆”的独特空间，里面一定蕴含着某种魔力。

对了，大和文华馆旁边不远处还有个叫“中野博物馆”的小楼。

我从很早以前就注意到它了，在大和文华馆中散步时，就能看到它坐落于池塘对面。然而它的开馆时间有限，搞不懂是什么美术馆。我是个懒人，不急着解决这个谜团。从东京搬回奈良五年多以后，才漫不经心地从它门前路过。

然而就在去年的十月六日——

那天上午，我做完了《夜行》这本小说的校样最终确认，刚发出快递。这种情形下，身边总洋溢着难以言喻的如释重负。

恰巧又是秋高气爽的日子，我与妻子一起去了大和文华馆，可惜碰到了休馆。正当我心想“该怎么办”的时候，脑海中浮现出了一次都没进过的中野美术馆。我们从住宅区的一角转弯，往美术馆走去，恰巧在办秋季展。

中野美术馆是一栋独具大正、昭和风情的建筑物，二楼有西洋画的展厅，地下有日本画的展厅。通往地下室的楼梯直面着一扇明亮的大窗户，能够望见池塘对面大和文华馆的松林。看画的时候，来客只有我们夫妻俩，在这里也能感受到奈良的静寂。

在馆内欣赏了一圈之后，我打心底感到了惊讶。

《夜行》这本小说里有个叫岸田道生的画家，画了一系列题为“夜行”的铜版画。“岸田”的姓氏来自岸田刘生，而铜版画《夜行》的意象基于长谷川洁的作品。因为学生时期我曾在京都的国立近代美术馆欣赏过长谷川洁的作品，留下了深刻印象。再多说几句吧，《夜行》之前出版的《有顶天家族：二代目归来》中有个叫菖蒲池画伯的角色，他是以熊谷守一为原型的。

那日的探访才让我第一次知晓，中野美术馆的藏品主要是以大正时代为中心的近代画家作品，连岸田刘生、长谷川洁、熊谷守一的作品也都包括在内。

这几年来，我写着《有顶天家族》与《夜行》这两本小说，多次路过中野美术馆门前，却压根儿没想到馆中收藏有他们的作品。若说纯粹是我无知也就算了，偏偏是在《夜行》最终确认结束的当天下午发现的，就犹如发现了一条连接日常世界与故事世界的“秘密通道”。这座美术馆中或许也蕴藏着某种魔力。

于是，中野美术馆与大和文华馆一同成为我心仪的美术馆。

要是你来到了奈良，请务必去逛逛。

第四回·志贺直哉故居

小学时，我梦想建造一栋照自己喜好设计的房子。

我在方格纸笔记本上唰唰地画下大宅邸的平面图，还对一旁观看的妹妹们说“这个房间给你”，企图卖她们一个人情。不必多说，那只是我的妄想。房屋的建造地点不知为何设定在“瑞士”。那份向往如今都时不时会想起。

不过现在我向往的对象已经有了些变化，成为“理想中的工作室”。翻阅松原隆一郎、堀部安嗣的《建造书库》或是《艺术新潮》杂志上的菲利普·约翰逊特辑时，我就会发病，想找个地方买块小小的地皮，建个小工作室。由书库、工作室、休息室组建成的神秘塔状建筑怎么样？还是说买下旧的独户，按照个人喜好来改建比较好呢？有朝一日引退不做小说家的时候，就只要挂上一块“森见登美彦纪念馆”的招牌，自己就任馆长就行了……老一套的妄想戏码再次上演。

就如同上文所写，正因为它是妄想才令人愉悦，而这么懒的我是不可能有什么实际行动的。不过万一有那一天呢？为了为那天的到来做好准备，先去值得参考的房子探查一下才万无一失。这么说来，不正有一位在奈良打造出了“理想工作室”的小说家吗？

怀着这种想法，我决定去志贺直哉故居看一看。

刚巧是黄金周，近铁奈良站周围满是闹哄哄的观光客。我初高中在奈良市内溜达了整整六年，却记不清当初是否有这么拥挤了。人流密集到走在商店街上都倍感烦闷。我甚至想在“天下一品”吃碗拉面就打道回府，但还是忍住走了下去。

不过穿过下御门商店街向东转，往高畑町走了一阵后，观光客便稀稀拉拉起来。走热了，我脱下上衣擦了擦汗。初夏般的阳光照射在土墙上，奈良的静寂笼罩着整片街区。

走在高畑町寻访志贺直哉故居的路上，我回忆起了初中时候。当初虽然在离家很近的学校上课，但只要有教师、家长三方面谈，与母亲一起回家的路上就会绕道至高畑町。我一直很期待在名叫“鹿之子”的店里吃天妇罗盖饭。高畑町的氛围与当初别无二致。“鹿之子”也只是重新装修了，依旧在营业。奈良有着《古事记》规模的雄伟时间维度，二十五年也没什么大不了的。

说到三方面谈，只记得班主任老师对着本就不起眼的我当面说出了“没有闪光点”。母亲听到这句话，怒气冲冲地念叨了好久：“哪里有那样说话的！”毕竟在母亲的眼中，自家的孩子一定都是闪闪发光的。在赞美母亲的同时，我也倍感“班主任老师”这份工作是多么不易。只因为一句失言就留下了祸根，没头没脑就被写进了别人的随笔中。

如此胡思乱想的时候，我已经到达了志贺直哉故居。

大正十四年（1925 年），志贺直哉从京都的山科搬迁至奈良。他先是居住在幸町，又于昭和四年（1929 年）建造了亲自设计的这栋房子。直到昭和十三年（1938 年）转居东京之前，有大约十年时间都住在此地。现在由学校法人奈良学园管理。尽管经历过修复，这栋近百年前建造的房屋仍旧留在原地就很不可思议了。我穿过的这扇外门，小林秀雄也穿过，武者小路实笃也穿过，藤枝静男也穿过，小林多喜二也穿过，想到这些，总觉得有种文学名家保驾护航的意思。

车站前那样拥挤的观光客人潮已经不见踪影，在鸦雀无声的大宅子里参观的只有我一人。一位西装革履的男工作人员跟随我进行解说。我初中时应该也来过一次，但当初根本没读过志贺直哉的小说，当然什么都不记得。

志贺直哉故居被一个敞亮的中庭隔开，分为两大区域。北侧是“工作室”区域，南侧是“家庭空间”区域。精准的南北分割也很符合志贺直哉的作风。“工作室”有两层楼，一楼是书斋、茶室与书生用的小房间，二楼是第二书斋与来客用的房间。另一边，“家庭空间”是栋平房，有西洋餐室、明亮的阳光房、孩子和妻子的房间。两片区域由南北朝向的走廊相连，沿走廊还修建了浴室与卫生间。工作与私生活区域被分隔开来，还为方便招待来客下了许多苦功，功能很明确。

北侧一楼的志贺直哉书斋是一个凉快的木板间。它与家庭区域之间隔了中庭与茶室，应该能微微听见家庭起居的声响吧。北面的窗户外种植了马醉木，还有个小池塘，面朝书桌就能看见春日的森林。朝北的房间夏季凉快，因为不必在意阳光，一定能更好地集中精力。想换个心情的话，去二楼的第二书斋就好。那里是面朝中庭的南向草席间，与一楼书斋的氛围截然不同。按照当日的心情来决定去一楼还是二楼写作，想必也很愉快。顺带一提以上皆为我个人妄想，志贺直哉实际是如何利用书斋的就不得而知了。

中庭很宽敞，南侧的庭院也很宽敞，不论身处房屋的何处都有庭院的绿意入眼。打开窗户，即便是夏季也有凉风穿过。简而言之，房屋的每个角落都功能明确，整洁、干净。我脑海中笼统的白桦派[1]形象大概如此。

大致参观过一遍之后，我一个人来到了南面的庭院，坐在长椅上喝着罐装咖啡，凝视了一会儿茂盛的草地与树木。庭院一角还有个供儿童玩耍的小水池。除了偶尔有摩托车路过的声响，这一带独有的奈良寂静与志贺直哉生活过的时候恐怕也没什么区别。

“的确是一栋理想的房屋。”我想。

不过能不能在这里写出小说就另当别论了。要是身处如此至臻完善的美妙系统之中，一切烦恼都会蒸发，什么都不会留下。

“无烦恼不小说。”

这是源自非白桦派精神的死鸭子嘴硬吗？难道说将小说认作烦恼的产物是一种邪魔外道吗？可就算是志贺直哉也在昭和十三年离开了这栋房子，搬去了东京，他或许也是产生了同一种危机感。

于是，我想起了尾道的志贺直哉故居。

那是志贺直哉离开东京后曾一时逗留的大杂院，就在俯瞰尾道水道的高地上。《暗夜行路》中时任谦作居住的房子就是以它为原型。

[1] 白桦派指大正时期围绕同人杂志《白桦》进行创作的文学家派别。——译者注

去年春天，我去尾道取材时就曾偶然造访，那草席间酷似我在四叠半时代的住处，一看就是烦恼满屋，必定能写出小说来。它与高畑町的完美住所是两码事。

离开大杂院后，我在公园的长椅上坐定，一只猫就慢吞吞地走了过来。那只猫威风凛凛，气派十足，我暗自把它唤作“尾道的志贺老师”。志贺老师在我身旁蜷曲身子，晒起了太阳，丝毫没有害怕我的姿态。真不愧是志贺老师。于是我就在亲人似的志贺老师身旁发了好一会儿呆。

当我在高畑町的志贺直哉故居品尝奈良的静寂时，尾道志贺直哉故居那只“尾道的志贺老师”大概正悠闲地晒着阳光浴吧。假如同样有猫在此时路过，我打算给它起名叫“奈良的志贺老师”，我等待了一会儿，看来是白费劲。高畑町的猫咪似乎不会在城镇中到处闲逛。

不一会儿，我的罐装咖啡喝完了。

“理想中的工作室还是别建的好。”

我心怀如上结论，离开了志贺直哉故居。

高畑町的北面是春日大社的一大片森林。穿过森林的小径叫作“下之弥宜道”，据说是昔日居住在高畑的神官们前往春日大社的必经之路。这儿看来也是一片会令烦恼蒸发的森林。我在心中默念着：“无烦恼不小说！”在春天的森林中穿行时，见到了一头在斑驳树影中超然伫立的鹿。

我当即决定称呼它为“奈良的志贺老师”。

第五回·高山竹林园

我将至今以来的个人奈良细道之旅都追溯了一遍。

在这一系列或许更该叫《2017年近邻之旅》的文章即将收尾之际，我并没有准备什么厉害的隐藏地点，遵照我一贯飘忽不定的作风，我选择向大家介绍“高山竹林园”。

从近铁京阪奈线的学研北生驹站出发，乘坐出租车沿着富雄川上行约三公里，就能到达“茶筅[1]之乡”高山。沿河是一片片水田，还散布着一些上了年纪的瓦片顶房屋。高山这片土地是连接大阪、京都、奈良的交通要害，据说古时候还建了城池。

这里制作茶筅的历史据说可以追溯到距今五百年前。相传当时的高山城主之弟宗砌受一位爱好茶道的和尚村田珠光所托，才创始出了茶筅的制作工艺，后来此地的茶筅师皆为一子单传。然而到了战后，技术不得不被公开，连竹林园的资料馆都能欣赏到实际演示了。不过高山作为茶筅工艺的重镇地位从来没变过。

想制作好的茶筅，需要好的竹子，还必须把竹子处理到便于加工的状态。大家看一看实物就会明白，茶筅的须是非常纤细的，并非随便从竹林中砍几根回来削几下就能做出来的。因此，在高山有着自古传承的“竹材处理技术”，因此除了茶筅之外，他们还制造茶勺、茶

[1] 茶筅是茶道中搅拌茶粉用的圆形刷帚。——译者注

艺道具、编织针等产品。高山竹林园也是在这样的背景下应运而生的。

远道而来奈良的观光客恐怕几乎不会去参观高山竹林园。对茶道有所心得的人暂且不提，那些去了东大寺或奈良公园等观光胜地的人想要顺道游览的话，路程也太远，有诸多不便。

我已经记不清头次造访竹林园是何时了。

大概是初中时候与家人一起去的吧。我只隐隐约约记得在竹林园旁的竹制品店里买了支蝉造型的小笛子。

后来我又去高山竹林园参观了好几次。有几次是坐父亲的顺风车去的，大学时做文化人类学专题的社会实践也曾采访过茶筅师与乡土史学家。

最后一次探访竹林园是在七年前，因为某小说杂志的企划而前去取材。当时的我打算写一篇以《竹取物语》为题材的小说，于是觉得该去一趟高山竹林园。我与诸位编辑参观了园内，拍了宣传照，还在资料馆庭院的茶室中体验了茶道，坐在面向庭院的檐廊上喝了抹茶。季节是早春，一个连鹿儿都困倦的闲适日子，四下寂静无声。

“真是个好地方啊。”

坐在我身旁的责任编辑已经陶醉于这片宁静。

我大概就是在那一天想出“奈良的静寂”这个词的。

五月末，我与妻子一起去了高山竹林园。

竹林园内的资料馆中展示有形形色色的竹制品，还有制作茶筅的实际演示空间。另外还有西大寺大茶盛用的巨大茶筅和挠痒耙那么大的茶勺。因为是星期一上午去的，在资料馆中闲逛的只有我们俩。

我们出了资料馆后，走在穿越竹林的小径上。

初夏的阳光洒在四周，竹林中响起清爽的风声，还能听见莺鸟的啼叫。到处都有簇生的竹笋。走在前面的妻子忽地停下了脚步，倾斜阳伞朝竹林间张望。原来那里立着一块刻有万叶歌的灰色大岩石。

“思妻难耐，翻越生驹山而来。”

就是如此质朴的一首诗。

仔细想来，我在小学时就发觉了竹林的魅力，是从大阪搬到奈良以后的事。当时我住在高地的新兴住宅区，在住宅区与富雄川沿岸就镇区的交界处就到处能见到竹林。踏进其中体味一番静寂，就能感受到竹林的神秘之处。竹林深处是否通往某个异世界呢——我认为这种奇妙的感觉至今与我“写小说”的行为有着明确的联系。

去年我接下了《竹取物语》现代文翻译的工作，与身份不详的作者产生了强烈的共鸣。他大概也是一个被竹林的神秘氛围所征服的男人吧。他一定万分烦恼，不知该如何书写竹林的魅力。而某一天晚上，他看到青翠的竹子沐浴月光闪闪发亮的样子，终于茅塞顿开。竹林的深处一定通往月亮！而经由神圣通道降临地表的必然是一位绝世美女！

我满心期待，以为与妻子一同去高山竹林园，就能寻找到某些可写的素材。然而我们只是边走边嘀咕:“真好啊。”“是啊,真好啊。”“真安静。”“是啊,真安静。”就像一对老年夫妻一样。没发生任何值得详述的事情,变成了一场单纯的竹林约会。

“这个地方不错。我喜欢!”妻子说。

我们如此在竹林中东望西望了一会儿,来到了一片叫“细语广场”的地方。放眼望去空无一人。地表干涸荒凉,令人联想到月球表面。

去年我在进行《竹取物语》现代文翻译的时候,每晚都会眺望从奈良盆地升起的月亮,便认为《竹取物语》一定就发生在奈良。不过这根本毫无根据。在我心目中,竹林是属于奈良的,山与月也属于奈良,所以《竹取物语》便是奈良的物语,仅此而已。这反正只是个人的空想,那么就把辉夜姬曾生活的地点定在高山竹林园好了。“其实辉夜姬是从高山的竹子里生出来的。”听到我这么说,妻子大吃一惊道:“是真的吗?”

我时不时就会这样骗骗妻子。

“其实是骗你的……”

“我还以为是真的呢……原来是骗人啊。我上当了。”

接着我们在广场一角的长椅上坐下,侧耳倾听。周遭无比宁静,宁静到我们夫妻俩都快蒸发到空气中了。

这份奈良的静寂笼罩着我们夫妻的日常生活。而同样的静寂也存在于生驹山宝山寺院中,存在于清晨的西大寺院中,还存在于午后的大和文华馆与志贺直哉故居中。并且,这份静寂又藏在竹林最深处,与夜空中的明月连通。

这份静寂就是我心目中的奈良。

刚从东京撤退回来的那阵子，我在享受这份静寂的同时，又倍感不安。我们人生中的时间仿佛停顿了下来，有一种被尘世所抛弃的感觉。然而现在已经认为“这也无可奈何”。

我会不会也产生危机感，终有一天像志贺直哉一样离开奈良呢？不过，我可不是志贺老师那种禁欲主义的人，我的人生也许在虚度光阴中就宣告完结了。这《万叶集》的渊源之地流淌着《古事记》规模的雄伟时间线，我们的人生顶多算是“某个夏天的回忆”而已吧——当然，还是必须得守住俗世的截稿日期。

于是我站了起来。

“差不多该回家了。截稿日快到了。”

“真是场很棒的约会。”妻子说着闭上眼睛，双手合十，“祝你能写出最好的随笔。南无阿弥陀佛。”

（《小说新潮》2017 年 3 月号 ~7 月号）

5 登美彦的日常

这里收集的是没法儿归入其他章节的文章。

“日常”是一个很好用却又不可思议的词。我们经常会漫不经心地将“日常”与“非日常”拿来对比，可它们的区别并没有那么泾渭分明。收录在本书中的文章大都与登美彦的私人生活有关，称得上“日常”，然而创作随笔的时候又追求别出心裁，从这层意义上来说，恐怕还是“非日常”。

恬不知耻

引起羞耻的对象因人而异，千差万别。有的男人在美丽的少女面前突然露出下体都丝毫不觉得羞耻，甚至还沾沾自喜。而有人在便利店买肉包子想要拒绝换购的芥末酱都倍感羞涩，甚至接近窒息。

我朋友的妹妹是个听到“把儿”[1]这个词，脸颊便会羞得染上一层玫瑰色的可爱女孩。像“门把儿”这种寡廉鲜耻的词，她撕破嘴都说不出来。我的朋友中有个叫“信弘”[2]的男生，他将一辈子背负着“把儿”活下去，会有何想法呢？不过他本人总不至于会认为“把儿”很羞人吧，因此“把儿”大可安居在他的名字上。可是信弘又会因为别的事情而羞涩万分。

观察这些“羞耻”的差别，令我感到相当意味深长。世上到处都散布着这种别扭的可耻之处，每个人都各自怀着只属于自己的羞耻感在世间行走，一想到这里我就觉得可爱极了。会害羞的人大抵都很可爱，而会害羞的少女就可爱到无话可说了。

可最关键的是我自己，很遗憾，没有一件事能让我感到羞耻。我

---

[1] 日语外来语“把手（ノブ）”的英文knob在俗语中有生殖器的含义。——译者注

[2] “信弘”的日语发音为Nobuhiro，前两个音节与“把手”相同。——译者注

曾和男人一起去看过清水寺的灯光秀，实在太过凄惨，我们俩抽抽搭搭地哭了一场。我把本上真奈美和松浦亚弥摆在天平两端，有一段时间认真烦恼过究竟要向谁宣誓忠诚。我想向某个女生搭讪的野心未能达成，就在百万遍十字路口来回徘徊，浪费掉一整天。第一次牵住女朋友的手后狂喜万分，用“牵手了”这句话填满过日记本的一整页。甚至给女朋友送过太阳能电池驱动的招财猫而迎来分手危机。到最后，还把大学生活的种种糗事写成小说，赢得了荣誉。亲朋好友前来祝贺我出书时，会巧妙地避开书中所写内容，据说父亲公司里的熟人还用一副我懂你的表情安慰说：“你也挺不容易的。”不过，这其中任何一件事都绝对绝对不足以让我感到羞愧。

我也想偷偷地为各种事情而羞耻，我也想躲在电线杆后面可爱地涨红脸，我也想双手捂脸躲进厕所。我还想在充分品尝这新鲜的羞耻滋味后，变成更加更加受万人追捧又俏皮机灵的优雅帅哥。

（《小说新潮》2005 年 2 月号）

京都与我

我至今已在京都生活过六个春秋，说我对京都的恨比别人更多一倍也不为过。经过校园生活的四季辗转，我发现没有比京都更让人火大的城市了。

首先是春天。大街上挤满了新生，他们都梦想着体验地表上压根儿不存在的玫瑰色校园生活，他们在盛开的樱花树下痛饮还没喝惯的酒，然后诚惶诚恐地把刚装进胃袋的东西返还给鸭川河滩。那你们从一开始就别喝啊。刚进大学没几天，就早早地为不纯异性交往而神魂颠倒，丝毫没有一点羞耻心。为了逃离这场闹剧，我不得已在一家家旧书店间穿梭，结果还没好好学习就迎来了夏天。

朋友们明知我要钻研学业，还要把我拖去祇园祭。真的去了却是人挤人，害得我眼前发黑。想要一睹黄昏中的花车彩灯，或是回头寻找人潮中一闪而过的浴衣倩影，都需要极其强韧的精神力。八月热得像地狱里的锅炉一样，在宿舍读书打了个盹就差点把我热死。除了喝几口冰凉的气泡果汁就无计可施了。强拖着身体从炎热中逃离，去祇园会馆乘凉又顺便看部电影，天就黑了。半夜里也热得睡不着，只好去南禅寺搞试胆大会。五山送火的时候，总想给“大”字添一画，害得我静不下心。这哪儿能好好学习啊？

跟着新生们继续瞎胡闹，回过神来已经到了秋天。刚喘了一口气，还没来得及学习，冬将军就立即上京了。为了抵御严寒，我钻进了被窝中，刚下定决心用功念书，却在暖意中沉沉睡去。这倒是挺舒服的。醒着的时候必定有狐朋狗友纷至沓来，为驱寒而饮酒吃火锅。若是下雪，法然院、银阁寺与哲学之道都漂亮极了，害我欢喜得静不下心。这根本不是做学问的好时候。

天气好不容易转暖，我心想总算能专心学习一阵了，却未承想樱花怒放的春季又来了。满心希望的新生又来了。一整年都没有可以专心钻研的间隙。

于是，本应勤学苦练的大学生活彻底打了水漂。非但没能专心学习，还迫于无奈畅享了愉快又意味深长的时光，到最后，写的小说还出版成书。我现在这副德行，全都得怪京都。对学问抱有青云之志的年轻人们，万万不要踏足京都啊，否则你们就会像我这样，被欢愉所荼毒，压根儿无心学习。况且，一旦要离开京都之时，只叫人难舍难分。得不偿失也要有个限度啊。

（《朝日新闻》京都版早报 2004 年 7 月 16 日）

四叠半中虚伪的孤高

我上学时住了六年的四叠半宿舍“仕伏公寓”位于京都市左京区的北白川。它的东边是栋小楼，院子里有棵大樱花树，是房东的住处。她是个优雅的老奶奶，每个月末去交租金时，她会在账本上盖章，再奖励我一罐咖啡。

由于没有浴室，我去公共澡堂洗澡。洗衣机、煤气灶、厕所都是公用的。房间里有个水槽，我却在那里放了电热器。夏天热得跟地狱似的，冬天就算开了电暖器，席子也永远冰冰凉。在四叠半公寓中摆上三个书架和一台电视机之后，剩下的空间只够勉强塞下一床被褥。当有十个客人来玩的时候，杂物能在书桌上架起高台，所有人都只能正坐，全身不得动弹，面面相觑。公寓中的居民也是各色各样，有只穿一条底裤出来洗衣服的男人，有半夜莫名其妙反复尖叫的男人，二楼的最深处还住着些毕不了业的医学生。来自中国大陆的留学生也很多。我明明是住在四叠半这一日本传统房型中，日常耳闻的却净是外语。除了这些居民外，我还得把每晚趴在厕所玻璃窗固定位置的壁虎情侣加上去。

大学生协会介绍了这个地方，我与父亲一同前来时，就被它的简陋不堪惊到了。由于我没见过其他住处，心里想着“就这副样子吗”

一边答应了下来。房租是两万日元。三十年前曾在京都求学的父亲似乎认为“这没啥好挑剔的”。如今回想起来，我仍旧觉得它对学生来说已经足够了，只有母亲认为“应该找个更干净点的地方”。

我其实只要做份兼职就可以搬出去了。家里有给我寄生活费，也并非穷到喘不过气。我纯粹就是怕麻烦。“学生时期该做些什么呢？”听到我这个问题，当时还健在的祖父回答说：“读书吧。”母亲说：“有空打工还不如用功学习。”听了他们的话，我断定无须非得去兼职来扩张四叠半生活，便蛰居在宿舍中。不过我也并没有奋不顾身地读书学习。我取得了毕业所需的学分，可那与学习又是两回事。我搞不清楚自己究竟做了什么，总之是做过许多事情。没有比被自己喜爱的书本包围并营造出一种虚伪的孤高更愉快的事了。

住着住着，宿舍里的居民越来越少。即便房租减到了一万四千日元，还是住不满人。深夜尖叫的邻居被遣送回乡了。在怕麻烦不肯搬的过程中，不知不觉我已经成了住得最久的住户。

没头没脑飞得越高，着陆就越困难。到了该跟校园生活做个了断的时候，我向现实的着陆遭遇了失败，摔了个踉跄。我不再去大学上课，而是为前途闷闷不乐，挣扎着寻求一条活路。我也是在那时候明白了邻居在深夜尖叫的心情。父母拿我没辙，我也拿自己没辙。尽管有留恋学生时代的念想，我还是不想重蹈空白一整年的覆辙。我能从漫无目的的四叠半彷徨中脱离出来，是多亏了从天而降的幸运与身边之人的怜悯。

我进了研究生院并确定就职之后，写的小说也出版了。同一时间，原本的宿舍楼确定将改造成某大学的宿舍。容纳了我六年来一切的四叠半公寓简直混沌到了极点，搬家的时候真是发自内心地憎恨“壁橱”这一概念的存在。我学生时代的主战场——让我感到那样广阔无垠的四叠半公寓，在搬走了书本和家具之后，又变回了禁闭室一般的荒凉与窄小。

搬家前几天，房东为庆祝我的小说出版，送来了大德屋的红米饭与油豆腐寿司。

“你搬了家就当换个心情，再交个女朋友吧。那样你的胡思乱想也能快活一点。”她温和地劝导我。

（《朝日新闻》早报 2007 年 1 月 4 日）

领悟茄子

我曾有一次变成过茄子。

然后我领悟到了，茄子真的不错。

为了拉近职场关系，公司举办了保龄球大赛，并决定在几天后举办庆功会。经常与我一起吃午饭的恩田前辈负责安排那次活动，看来会相当热闹。我对保龄球没什么兴趣，况且也没时间，就没参加大赛。

“至少来庆功会露个脸吧。”恩田前辈下了死命令，“而且，你没来打保龄球，必须作为茄子来参加。”

另一个部门有位 T 先生，他那儿有一套茄子的布偶装，说让我把它借来。我不明白为什么 T 先生会自备一套茄子的布偶装，更不明白没玩保龄球就非得变成茄子的道理。明明还有很多没参加保龄球大赛的人，为什么偏偏是我？

再说了，庆功会也好，婚宴的第二摊也好，我很怕应付这种派对场合。我不够机灵，没法儿找到自己的容身之处，在抢椅子游戏中必定是坐不上的那个。很多人聚在一起，各自谈论不休的时候，我却找不到聊天的对象，总是孤零零的。我极其厌恶那种无地自容的感觉。我独自窝在房间里一整天都从未感到寂寞，可当我被众人包围而无所适从的时候，就会从心底发问：“人究竟是怎么一回事？”

“为什么我必须受着这种折磨活下去呢，诸位！”

过去我好像听谁说过宫本武藏的名言“只参加自己有胜算的战斗就行了”。要是在本就没胜算的战场上打扮成“茄子”，岂不是更没胜算了？究竟有谁会来跟打扮成茄子的二十八岁男子打招呼呢？如果是我，一定不会理他。我痛苦地想：大家围绕着一只瘆人的大茄子只剩下尴尬的沉默，隔阂一定会越来越深的。

不过细细想来和平时也差不多嘛。我已经没什么好失去的了。

于是我下定决心打扮成茄子。

当天，我在会场隔壁的包厢里变身成茄子。由于形状终究是只茄子，一点都不灵巧。肚子的部分凸起了一大块，不方便跟少女来个拥抱。从上面的孔洞还能略微窥见我的脸，实在有点猥琐。季节正值盛夏，刚穿上身额头就冒汗了。我一头油汗看着镜中穿成茄子的自己，不禁愣住：这太毛骨悚然了，深闺中的千金大小姐看到了一定会赤着脚逃跑。这可完蛋了，我心想。我原本心存一丝期待：“万一呢？”就连这也化为乌有了。

我找不到机会单独进入会场，只得搭上了偶然路过的同事。在他的帮助下，我总算踏进了会场。

那里是一个与平日截然不同的世界。

我不是森见，而是茄子。人们把我当成茄子，我作为茄子来待人接物。

于是，本来恐怕会敬而远之的对象都能轻松靠近了。我一点脑筋都不动，就能轻易钻进对方的怀中。“毕竟我只是一只茄子。”脑海中不由得冒出这句话来。一想到我的行动皆为茄子的演技，不管多么丢人现眼都说得过去。

成为茄子的我就算不与任何人说话，就算纯粹只是傻站着，也能融入集体中去。这可是冲击性的大发现。我只被赋予了茄子的职责。我没必要为寻找聊天的切入口而努力，也没必要陷入尴尬的沉默了。只要敷衍地摆出茄子的表情，不管我是一个人发愣还是在墙边摇屁股跳舞，一切都会被允许。

只是存在就会被认可——我身边也曾有过那样一个世界。

于是，我满足于当一个茄子，在平时本应坐立难安的会场中徜徉着，轻松地聊天，轻松地舞动，轻松地发呆。

每一个曾被无所适从感折磨过的人，都应该变成茄子。

如果顺利的话，仅仅是做个茄子就能让你轻松突破多重障碍，甚至可能与意中人搭上话。要是还能成就恋情更是要高呼万万岁了。剩下的问题就是对方爱上的是茄子还是你了。不过，这些问题根本无关紧要啦。

一切都是多亏了茄子。当我难以忍耐酷热，从茄子变回人类的瞬间，我再度失去了容身之处，感到尴尬，早早地逃出了会场。

自那以后，我还没有变成茄子的机会。

不过直到现在，那种诡异的诱惑依然勾引着我。

当我想启程去山的另一边那个没有尴尬的沉默、没有孤立，与谁都能轻松畅谈的美妙茄子世界时，请不要挽留我。永别了。

（*PANDORA* 2008 年冬季号）

春眠晓日记

（上）三天打鱼两天晒网，危险地带的陷阱

有句美妙的诗句叫“春眠不觉晓”。我喜爱呼呼大睡到不觉晓的地步，却很讨厌“春天”。

为什么呢？

因为春天太坏心眼了。

每到春天，我就会不由自主地燃起一股上进心。初中时曾开始认真听广播里的《基础英语》，大学时曾经因读过杉田玄白的《兰学事始》而决心勤奋向学，认真地去上课，为锻炼身体而一大早去攀登大文字山。

春天有一种魔力。一种让人想“成为更好的自己”的魔力。“再多学点东西吧”“再多积累些经验吧”“与女孩再亲近些吧”，这些绝非坏事。啊，即便如此，春天还是会冷酷地背叛我们，扬长而去。

看呀，明明已经下了那样了不起的决心，《基础英语》的课本还是因为太久没碰而积了灰，大学课程的出勤数还是不够。《兰学事始》消失到哪里去了呢？别说清晨去爬山了，就连离开被窝都已是个沉重的负担。

这样的悲哀与苦闷，至今已经重复过多少次了呢？爱捉弄人的春

天撩拨起我们的上进心，让我们梦见未来的模样，转头就把它们击碎。

春天与正月堪比双璧，乃是“三天打鱼，两天晒网的多发地带”。我们可不能在这种危险地带开始办重要的事情。即便每个人都必须开拓他的新天地，也没必要太过心急。正因为是春天，我才想做个抑制住火热上进心，投身于春眠中的人。

然后，在春天离去的时候，当被春天欺骗的人们无奈地讨论因为“三天打鱼，两天晒网”而逝去的梦想时，在这不上不下的时间点，选择一个“没必要从今天开始吧”的日子开始你的事业吧。比如说五月中旬啦，刚入梅的那几天啦，盂兰盆节过后啦。我只觉得那样才更容易成功。

今年我就制订了这样的计划，打算好好学一次英语。

当我决定要写篇关于春天的文章时，我首先不自量力地挑了个宏伟的主题来写。然而正因为我这份雄心壮志，春天才大显神通，让我的文章变得虎头蛇尾，正中它的下怀。

结果我写出了春眠间隙中灵光一闪的这段文字。并不是因为我没志气。想要跳得高，必须蹲得低。

但说句实话，我更想成为一个热爱春天的人。

春眠春眠。

（中）交友百人……做不到啊

我从春眠的床铺向大家问好。

提到春天就会想到开学典礼。提到开学典礼，就会想到那句——

“能交到一百个朋友吗？”

那是多么残酷的任务啊。人根本不需要一百个朋友。

据说有人为了强行交到一百个朋友而疲劳困顿，最终迷失自己，结果踏上了朝圣之旅。反过来说，我还认识一个人，他为了在教室中确立自己的“角色”，每天自带一个铝皮饭盒，从中取出水果，默不作声地吃。角色倒是确立起来了，但谁都对他退避三舍，不敢靠近。一旦较上劲又会矫枉过正。

刚上大学那阵子，我孤零零的。我过上了午休时间去山上的神社里一个人吃三明治的孤寂生活。明知如此，我还是不去找人搭话，自己也干着急。春天是每个人寻找心安之处的放浪季节，实在让我难熬，所以我才讨厌春天。

我是个怕生到“讨厌所有陌生人”的人。我幼时是个支持“性善论”，遇到吓人的叔叔也不介意与他交谈的天使般的孩子。然而随着年纪增长，自我意识逐渐过剩，反倒变得不敢与陌生人搭话了。

如此怕生的我找到的安身之处是个名称稍稍可怕的俱乐部——步枪射击部。或许是这门竞技太过冷门，跟我一起加入的人也都很古怪。最关键的是，大家都怕生得很。简直是怕生 VS 怕生。你或许会想说“少故弄玄虚了”，可我们在迎新会上没能打成一片，直到夏季合宿真正吃上一锅饭为止，都只是新生间默不作声地大眼瞪小眼。初次见面是四月，正经说上话已经是八月了。

而现在回首，他们却成为我在大学时交到的最棒的朋友。

在我看来，春季的邂逅皆为虚妄。不得强求。

像我这样强烈怕生的年轻人啊，建议你们去怕生的怪人所聚集的地方去，然后试着和他们吃同一锅饭吧。春天的魔力会让我们心焦，驱使我们去往阳光普照、聚拢大批人群的地方去。绝不能上当受骗。去一个怕生者不多不少的地方，默默地熬过春天吧。这并不是没志气。我只是觉得，比起在过于耀眼的地方无所适从、迷失自己，这样的生活反倒有益得多。

当然了，假如你觉得“我才不要那样畏葸不前”或者“我最喜欢与人交往了”，也敬请自由驰骋。

（下）新绿！我的人生无怨无悔

大家好啊。

我太过沉湎于春眠，连脸都睡得更软了。

樱花也谢了。我松了一口气。

樱花这个东西，从它盛开的那一刻起，人就会想：何时花落？已经落了吗？正在飘落吗？快飘落啦！唉，花落了。它会让人心神不宁一整周。樱花那盛大的“落英美景”的确美不胜收，但盯着看就会被吸走精气。这总让我不知所措。

看到樱花，我就会想“总有一天自己也会凋零吧”。樱花凋零我管不着，可自己凋零就不怎么开心了。想太多就倍感凄凉，这时候我会吃三个樱饼然后睡觉。樱饼就是专用来排解落樱凄凉之感的东西。

靠着樱饼和春眠熬过樱花季之后，等着我的是新绿。

譬如说你坐在去上班的巴士上，透过车窗不经意向外望去，一成不变的景致让人觉得无趣。然而不久之后，总觉得迎来了一个明朗的清晨。

抬头一看，行道树也好，路边的杂草也好，远处的山峦也好，都染上了鲜绿色，一派欣欣向荣的景象。我会想："新绿来了！"接着连我都精神饱满起来。

树叶青翠得仿佛咬一口就有清水喷涌出来。

很美味的样子。

不愿去赏花的我，倒是愿意出门欣赏新绿。

看着樱花，我整个人就会阴暗起来。"唉，我也会凋零的。"想到这里，我就怕极了花落的时刻。然而，当自己被茁壮成长的新绿所包围时，就会觉得："就算在此时此地绝命，我的人生也无怨无悔！"

当然，我还有想做的事，死了未必不后悔。但是在新绿之中会忘却这一切。望着太过于美丽的新绿，我甚至曾被喜悦的泪水湿了眼眶。实在不可思议。

与樱花不同，新绿散去之时的景象可不美。它会渐渐失去光彩，到初夏便蔫了下去。但那样也好。我仍旧喜欢那些叶片。

随着新绿的季节来到，我一春天的犹豫会一点点消散。那不再是耽于春眠的时候了。我会从春眠的床铺中爬出，把软趴趴的被褥晾出去，大开门户，去那满溢着翠绿的地方，然后心想：我的人生无怨无悔！

如是这般，春眠晓日记至此搁笔。

祝各位春日安康。

（《朝日新闻》大阪晚报 2008 年 4 月 5 日、12 日、26 日）

脱靶的故事

假如这世上没有步枪射击这东西，我也不会成为小说家。

我的人生与步枪射击之间的关系就是这么深厚，然而我这忘恩负义的家伙却并不是个很投入的“射手”。

并非因为如今已引退而丢了干劲，而是我隶属于京都大学步枪射击部的时候就欠缺热情。哪怕这是体育类社团，我也坚决与社团活动拉开一定距离，企图获得“魂之幽灵部员”的美名。那个名叫森见的男人是个仅在比赛时才不知从何方悠然降临的浪人射手，眨眼间就向十五米开外的靶子击出六十发铅弹，人们还未回过神来，下一个瞬间，他已经收起爱用的 Hammerli，往青少年野外活动中心那边走远了。据说他那流露哀愁的背影，总沐浴着后辈们向往的炽热视线——以上是我拼尽全力美化之后写出的一派胡言，千万不能相信。顺带一提“Hammerli”是我所用步枪的制造商名称。

要说实际情况的话，我只是个压根儿不练习的废物部员。仅此而已。

不练习就去比赛的人，绝对拿不了高分。在任何竞技中都不例外。听到“射击”这个词，让人总觉得能靠天赋之才或是小聪明来蒙混过关。我正是因为抱有那种天真的妄想，才让珍贵的大学四年打了水漂。

步枪射击是“瞎猫碰上死耗子”这句谚语不管用的、巧妙谋划的、冷血无情的竞技运动。冷血无情换言之就是很公平。

说到底，我究竟为什么选择了步枪射击呢?

最大的原因是：步枪射击这种竞技相比其他竞技是冷门中的冷门，几乎所有人都是从大学才开始接触。我是这么想的——既然其他人也是从大学入学开始，那大家的起点都是相同的。我就有充分的机会取胜。况且终究是一个人射击，不会有团体竞技那种团队协作问题。再说了，普通的运动必须活动身体，步枪射击就没必要跑来跑去，甚至连走都不需要。这是一种“只要站着”的竞技，追求的目标也与普通运动背道而驰。那么，我这种不擅长普通运动的人，是不是反倒能发挥出才华呢?瞧瞧我们的英雄——野比大雄吧。论身无长物，无人能出其右，他简直就是“缺点百货大厦”。而他除了翻花绳之外，最强悍的武器不就是射击吗?只有在这一领域，才能找到属于我的光辉未来!

我满心期待着自己成为“备受期待的新星”，受到步枪界的热烈追捧。

从结论而言，步枪界没有任何一个人期待过我。我意识到自己根本不是大才。我又意识到步枪射击意外地是一种艰深、痛苦的竞技。我意识到枪口会出乎意料地摇晃。我大失所望，毅力走了样，丧失了干劲。说白了，我毫无辩解的余地，责任纯粹在我自身，步枪射击这一竞技运动毫无问题。

京都大学北区农学部操场东北角有个类似小鸡饲养屋的地方，不注意就会看漏它。谁都不会想到有人在那种地方练步枪，而那就是步枪射击部的射击场。希望大家不要误会，我们不可能在闲静的住宅区旁边乒乒地打火药步枪。大学校园射击场能用的仅限于气步枪。一年级先从气步枪入门，对枪术有所钻研的人从二年级开始就能用装载少量火药的小口径步枪，以上是基本流程。气步枪每一次都需要驱动枪身中的气泵来压缩空气，并安装接近 BB 弹的小铅弹来射击。而小口径步枪是装火药的，是所谓的“真枪”。顺带一提我升上二年级的时候已经看透自己没有射击的才能，面对既麻烦又危险的小口径步枪，无论在精神上还是财政上都无力去尝试了。

新成员首先要拜某个三年级学生为师，接受他的入门辅导。这种师徒关系将持续到秋季。最关键的是新成员都没法儿立即持枪，必须在师父的允许之下才能进行练习。练习的时候必须要有师父在场监督，而且枪必须用链条锁在台座上。并不是弟子说一声“我要练习”就能随便把枪交出去的。

不必多说，步枪的持枪规则非常严格，可不是随便瞎逛到下京区的国友枪炮火药店，说要“来把枪”就能买到手的。步枪根本不是让人随心所欲的玩意儿，也从不应该随心所欲。进入步枪射击部的新成员必须向下鸭警察署提出申请，认真通过考试，合格之后才能得到持枪证。况且步枪还必须装进专用的保管箱并上锁，不用的时候是没法儿轻易从自家带出门的。不论是多么轻飘飘的前辈都会对低年级千叮万嘱：“眼神千万别离开枪。”就算把枪随手乱放被人偷了都是一桩大事，因此把俱乐部取缔了都没的辩解。

因此我们不论是合宿还是比赛时，眼神都不能片刻离开枪支，集体吃早餐的时候都得排着队把枪带到食堂。回想起来真是怪异的一伙人。

我妄想成为步枪界备受期待的新星这一野心很快就破灭了，这件事的始末我就懒得把详情都写下来了。一年级的时候，我遵从师父的教导，还参考俱乐部毕业生制作的出色教材，一丝不苟地边记笔记边钻研。可到二年级我就放弃了，认为“我已经无须靠射击来崭露头角”。用步枪的时候，为了固定身体必须穿上射击服，那玩意儿热得要命，一股汗臭，还麻烦极了，让人退避三舍。我明明是因为“不需要动”才选择步枪射击部的，却彻底见识到枪口是如何“不用动却会自己乱动”的。气步枪最基础的竞技规则是站姿击发六十颗子弹。限制时间为一个半小时。在这段时间里，每发的中靶脱靶都不能一喜一忧，必须保持精神的平衡，淡然地重复同一个动作。夏天热得要死，这简直像是在坐禅。

步枪射击是很枯燥的竞技运动。就算是新成员，在比赛期间上了阵地就不允许吊儿郎当的。常有人叫我“去看比赛吧”。可是，除非你对步枪射击特别有兴趣，否则在选手身后看比赛是压根儿看不懂的。射击场鸦雀无声，也没有声援喝彩。对我这种人来说，一点都没有让人捏把汗的精彩瞬间。射手们排成一列，一齐持枪，射击又放下，接着再次持枪，射击又放下，像一群机器人重复着相同的动作。

于是我就逐渐跟不上他们了。可是，拖拖拉拉到了三年级之后，已经催生出了许多责任，想退出也退不了。

我还必须带个徒弟。在射击方面，我没法儿顺利地指导徒弟（本人都打不好，也是当然的），在为人处世方面也做不了表率，当我的徒弟真是太可怜了。那个在宿舍里醉得东倒西歪，在黑漆漆的房间里一个劲儿用被褥练习过肩摔的Y君，不知你过得还好吗？

我在俱乐部运营方面也有不得不干的琐碎工作。就算我放弃成为步枪界的新星，还是有许多事要做。然而，我没退出俱乐部的最大原因就是：里面尽是一群有趣的家伙。毕竟那是一群特地选择如此冷门项目的人，所以全都是说不通常理的怪人。我在步枪射击方面几乎什么都没学到，在院系里也几乎什么都没学到，可从步枪射击部的朋友身上倒是学到了很多。

四年级最后的老生欢送会上，我给朋友们准备了礼物。我把四年里写在活动室笔记本、比赛宣传册与内部主页上的文章收集起来，打印成册，名曰《辞世录》。给共度四年的同伴们都发了一本之后，我说："多了几本，想要的人自己来拿吧。"于是低年级学生抢着要走了。虽说是免费的，但我还是很惊讶，没想到真的有想读我文章的人存在。我甚至曾想"现在就是人生的巅峰了"，而当时那份喜悦的余韵促使我在一年后写出了《太阳之塔》，令我成为小说家，以至让我写出了这篇丝毫未曾触及步枪射击精髓的含糊文章。

让我们回到文首的那句话吧。

假如这世上没有步枪射击这东西，我也不会成为小说家。我身在步枪射击部，却在步枪射击上全然没有建树，最终只能靠写文章来推销自己。像我这样的人来写步枪射击的事，又怎么可能击中要害呢？我冷眼旁观着这一事实，在此结束这篇文章。

（《yom yom》2009 年 12 月号）

我与《古事记》，眺望森林的登美彦

我的笔名“登美彦”是从《古事记》中借来的。

上大学时，我写完一篇应征新人奖的小说时，想要一个笔名。我挺喜欢自己的姓氏“森见”，只想改个名。

那时不经意想到的便是反抗神武天皇东征的豪族“长髓彦”。我还记得沿着老家奈良的富雄川漫步时，母亲曾给我讲过他的故事。然而“森见长髓彦”也未必太拗口了。我左右为难，从书架上抽出《古事记》翻了几页，碰巧找到长髓彦还有一个十分顺口的别名叫“登美彦”。

我与“登美”这个词很有缘分。

双亲在奈良的住处附近就有个叫“登美之丘”的宽广住宅区。在图书馆查了地名辞典后，发现“登美之丘”是昭和四十年（1965 年）首创的地名，据说“登美”的典故是“鸟见”[1]。鸟见是奈良县生驹市起源的富雄川沿岸旧称。《古事记》中的长髓彦据称生活在“登美之地”，“鸟见”与“登美”也只不过是同音异字。不知他们定下“登美之丘”这个地名时有何用意，总之与绿意绵延的丘陵地带很是般配，

[1] 日语中“登美”与“鸟见”的发音都为Tomi。——译者注

是个美妙的名称。还通过地名与《古事记》联结了起来，意味深长。

在这里我要唐突地提一下生驹山的话题。我是从小仰望着“生驹山”长大的，对这座山很有情怀。生驹山位于大阪府与奈良县的交界处，我总觉得山的那边有另一个天差地别的世界。昔日神武天皇欲跨越生驹山进入奈良，受到了当地登美彦的强烈抵抗，我在仰望生驹山的地方遐想这段故事，恍若身临其境。对我来说，神武东征、登美彦、生驹山都联结成了一体。

《古事记》中卷里，居于九州日向国的神武天皇发问说“有没有更适宜治理天下的福地”，此后便飞快向东进军。他乘船穿越明石海峡，从大阪登陆，在现今的东大阪市一带与登美彦的大军展开了战斗，并不得不暂时撤退。如果让神武天皇翻过了生驹山就全完了，登美彦有那种想法也无可厚非。初尝败绩的神武天皇经由熊野进入了奈良盆地，镇压住那群长着尾巴的原住民（或者叫土云人）一路向北推进，从另一侧攻向登美彦最终制胜，才总算在奈良坐稳了皇位，一统天下。

他是第一个让神武天皇尝到挫折滋味的敌人，也是最终才击退的敌人，可见登美彦是个多么了不起的人物。我从败于神武天皇后消失在森林中的巨人身上借来了笔名，每当眺望故乡的生驹山时，便会感到几分亲近。

“森见登美彦”这个笔名最初还让我有点难为情，如今却早已习惯，用起来甚至比自己的本名更自在。眺望森林的登美彦。我的眼前浮现出一名男子，他蓦然站在生驹山山麓，眺望着苍翠的森林，静候神武天皇到来。

我自感取了一个好名字。

毕竟它有《古事记》上的出典，可不算是自卖自夸呢。

（《艺术新潮》2012 年 6 月号）

幻想般的瞬间

我是如何得知下鸭神社的马场会举办“下鸭纳凉旧书祭”的呢？如今已经记不清了。但只记得亲眼所见时，被那幻想般的情景彻底感染了。沿路所插的藏青色幡旗、盛夏的纠之森、一望无际的旧书摊、无数书本。

说句心里话，我不太适应旧书集市这种地方，一想到整个世界都充斥着我未曾阅读的书本，就会喘不过气来，觉得“那也必须读，这也必须读”。即便如此，我每年还是会去一趟。与其说是想去淘旧书，不如说是踏入林中，放眼望去皆为书海时涌起的那股误入异世界般的感觉令我欲罢不能。那的确是一场祭典。

一说到祭典，我就会想起葵祭。上研究生院那阵子，我居住在河原町今出川向西南走的小巷口。一个春天的早晨，我起床外出吃早餐。通往河原町路的小巷暗沉沉的，巷口被舒爽的春光照得敞亮。忽然间，一匹漂亮的大马从眼前横穿而过。我大吃一惊：“为什么城里会有马！”实际上那是葵祭的游行队列路过，我只是忘记了祭典的日程。不过我至今都记得那种感觉：昏暗小巷尽头的春光照耀下有马匹横穿而过，充满了幻想色彩。

我还记得另一件事。不知是夏天还是秋天，我从大学研究室出发，骑着自行车沿御荫路而行，在下鸭神社的参拜道前不由自主地停了车。幽暗狭长的参拜道深处，充斥着红通通的光芒，似乎是在搞祭典。我像是被勾了魂一样，翻身下了自行车，去夜间摊买了波子汽水，边喝边逛。不经意邂逅的夜间祭典，仿佛是发生在另一个世界的事。

居住在京都时，时不时就会遭遇这种幻想般的瞬间，而我喜欢极了。当然了，这与我总搞不清祭典的日程也有关系。想要品味幻想般的瞬间，就要懂得主动上当受骗。换句话说，最关键的就是自己要足够蠢。

（贺茂御祖神社［下鸭神社］“平成二十六年 葵祭”宣传册 2014 年 3 月）

关于厕所的回忆

那还是我才五岁左右的事。

祖父母家在大阪的茨木市，我时不时会去玩。他们屋子里装的还是俗称“扑通厕所”的旱厕。都要追溯到昭和五十年（1975年）了。

对年幼的我来说，整个世界充满了可怕的事物。那个“扑通厕所”中令人毛骨悚然的黑洞，几乎能与“拐小孩的大叔”或是“森林深处的无底沼泽”平起平坐，成为我妄想中的恐怖之最。那孔洞简直就是要通向暗黑的地底世界啊！为什么家里会有那么可怕的东西呢？别说去里面方便了，我甚至坚决拒绝靠近那个洞。

于是祖父母只好让我用“便盆”。据说平安贵族也用“便盆”。我作为两家的长孙备受溺爱，度过了媲美贵族的幼年，看来与“便盆”真是天生有缘。

我至今记得自己横跨在院子里的便盆上，而祖父母则坐在檐廊上笑嘻嘻地看着，真是古怪的情形。不知我是怎么熬过寒冬的，总之在院子里蹲便盆的经历记忆犹新。

没想到那么丢人的状况下我还方便得出来啊。这说明孩提时代的我是个精神上的贵族。反倒现在，我已在精神上没落，再来一次会要了我的命。在那种情形下，有也拉不出来了。如果这时突然冒出个神仙，对我说“蹲在便盆上的时候，就让你再见一次去了阴间的祖父母吧”那我或许还能勉为其难努力一下：“就忍一时之耻吧……”然而，哪怕孙子再可爱，祖父母也不会愿意特地来瞧一个三十几岁的男人蹲在便盆上吧。他们一定会说：“你不用这么勉强的！”

升上小学四年级的时候，我再次遭遇了那个恐怖的洞。

那是一次露营活动，小学生们需要集体远离父母，去滋贺县的朽木村扎营好几天。帐篷的旁边有个临时棚屋似的公用厕所，我们必须在那里方便。毕竟是深山老林里，只有“扑通厕所”。在深山中露营的我身边既没有温柔的祖父母，也没有可靠的“便盆”。更可怕的是，一到夜晚，厕所里点亮的灯光让森林里的昆虫纷至沓来。对我这个在大阪郊外生活的现代儿童来说，那些昆虫也都是见所未见、闻所未闻的异形怪物。

为了解决方便问题，我无可奈何地挑战了好几次夜间的厕所，可厕所里的大洞显得愈加黑暗瘆人了，在身边蠢蠢欲动的昆虫们好似立刻就要向我袭来。没有比那更让人心焦的厕所了，我实在没法儿坚持到方便完。我忍无可忍冲到外面，却没能解决任何问题，该方便的还没方便出来。我烦恼万分地在蚊虫成堆的厕所门口进进出出，便有人担心地问：“你没事吧？吃坏肚子了吗？”由于小学生怪异的自尊心作祟，“害怕虫拉不出来”这种话实在说不出口，只能痛苦万分地憋了一身汗。

最终，我去了露营场办公室的冲水厕所，总算是有惊无险。这一体验让我痛彻心扉地感受到了现代厕所的可贵。

回忆起这些往事，我不禁对写作时常用的自家厕所涌起一股感谢之情。那里没有来自地底世界的呼唤，不会让屁股打寒战，也不必害怕森林中来历不明的昆虫，更不必像“便盆”那样在众人注视下解决个人大事。现代厕所有着不被任何人窥视的私密空间，飘着消毒剂的清香，是个让心灵获得安宁的美妙空间。我其实挺讨厌幽闭的场所，唯独在自家的厕所里很有安全感。

小时候我读那须正干写的儿童文学“胡闹三人组”系列，里面的少年主角之一“博士”就有在厕所里读书的习惯，我从小就理解了那种感受。因为父亲就有在厕所里读将棋残局书本的习惯，自我孩提时代起，家中的厕所里就常备有文库版薄本将棋残局书。那些书之间偶尔还会夹进一本漫画《骷髅 13》。

父母家一楼和二楼各有厕所，就算父亲沉迷于将棋残局躲着不出来，也没什么大问题。

我本打算干脆把原稿搬进厕所里写，可我家只有一个厕所。“再怎么说，把厕所占据了，老婆也会头疼的”“可是躲在厕所里写，精神不就能特别集中了吗”。我犹豫来犹豫去，结果在普通书桌上把本文写完了。十分遗憾。

（《yom yom》2015 年冬季号）

窗灯太耀眼

我曾经在永田町的国会图书馆工作过。

刚开始是在关西大学城的关西馆，就职四年后，调动到了东京本馆。那还是我头一次在东京生活。

当时有一件事让我觉得很不可思议。

完成工作后漫步在永田町的时候，总觉得大楼的窗灯太明亮了。就算我是从深山老林里出来的，也起码在大阪和京都见过高楼大厦。可是我当时仰望永田町的大楼时，看到的光芒比关西那些大楼要璀璨得多。这是怎么一回事？是关西与东京用的荧光灯不同吗？是电压不同吗？不太可能吧？对我来说，这是个未解之谜。

在东京生活两年半之后，我离职回到了故乡奈良。

我现在的住所是某站前的高地，我非常喜欢从阳台远眺的视野。奈良盆地的山峦会随着季节流转而变换色彩，我能尽收眼底。到了夜晚还能欣赏到奈良市区五光十色的夜景。把房间的灯关了，遥望近铁电车的光亮穿行而过，恍若身处梦境之中。在奈良城区中不管望向哪个方向，都只有恬静的灯火，远不如永田町那些高楼大厦的光芒璀璨夺目。

跟欧罗巴企划剧团的上田诚先生聊天时，他说：“来到东京，人的情绪就会高涨，工作也更上心。”也许是城市自身的情绪也会影响到人。这种说法能令人信服。奈良这个城市的情绪真是相当舒缓，流淌在奈良的时间被我称作“古事记时间”。或许因为我的职业为写小说，迷迷糊糊一年就过去了。从《古事记》的时间线规模来看，眼前的一年两年就变得无所谓起来。这可不妙。

于是我想，永田町的高楼大厦中灿然闪烁的窗灯，是不是印证了我内心的情绪在不断高涨呢？当时的我刚结婚，第一次在东京生活，刚转到国会图书馆的新部门，工作繁忙。另一方面，副业的工作也不断有所突破，甚至鲁莽地开始了报刊连载。让我自己来说可能有点大言不惭，当时的状况简直就是标准的“前途无量”。实际情况是两年半后就破灭了，我夹着尾巴撤退回了奈良。而当时我的心中有一股不似自己的狂热，决心“挑战自己能达到的极限”。那份狂热与孤注一掷没什么区别。是不是因为内心的孤注一掷，才让窗灯显得那样明亮呢？

——以上皆为我的空想，说不定真的是电压不同呢。

从阳台眺望闲适的奈良夜景时，我偶尔也会怀念在东京的短暂时期所见到的璀璨窗灯。与现在的状况一比，当时自身所处的情境与工作热情几乎难以想象是现实。那也恍若一场梦。

总而言之，映照在沉稳内心中、稍显暗淡的窗灯也挺不错的。

（*BRAIN* 2016 年 9 月号）

纪念馆与走马灯[1]

对小说家来说，成功究竟为何——毋庸置疑，当然是成立“纪念馆”了。

“森见登美彦纪念馆”。

这是我唯一的目标。

那座纪念馆的蓝图已经存在于我脑海中了。从出生至今的细致年表、创作笔记与原稿原件、初版书籍之类的展示是不可或缺的。还必须摆上回忆往昔的照片、小说家的各种爱用工具、解析交游关系的示意图板。另外还得布置一个角落，真实重现出创作处女作时的四叠半公寓单间，来馆参观者都能躺在乱糟糟的床铺上，亲身体验二〇〇三年陈腐大学生的生活情景。馆中并设有播放影视化作品的小剧场，纪念馆商店出售各种各样的相关周边。

纪念馆的招牌项目就是“馆长执笔”。

屋子的一角有块用玻璃墙分隔的空间，里面摆着书桌与小书架。每天的固定时刻，居住在纪念馆二楼的馆长（就是我）会下楼来到书桌前执笔。请在脑海中想象一下打荞麦面之类的实地演示。可惜

[1] 日本人认为人在死前会如走马观花一样回放整个人生，俗称“走马灯”。——译者注

馆长已经是将近一百二十岁的高龄，难得才能在桌前执笔。就连从二楼下到一楼都困难重重。馆长只要写出哪怕一行，来访者们就会热烈鼓掌。

我都已经空想到这一步了，可到我迎来花甲重逢的那年——也就是距今八十二年后——究竟会不会有人来参观“森见登美彦纪念馆”呢？搜索距今大约一百二十年前出生的著名作家，我找到了宫泽贤治。大家可以想象一下这个情景：宫泽贤治本人就住在“宫泽贤治纪念馆”的二楼，时常会下到一楼写诗。“真是这样就去看看吧。”我和你想的一样。很遗憾，我不是宫泽贤治。

闲话休提（虽说从开头就是闲话）。

迎来花甲重逢的早晨，我刚清醒就大感惊诧。真是近年罕有的神清气爽。这些日子里，大脑总像是蒙了一层雾霭，连下一楼都绝非易事。蜗居在纪念馆二十五年后，恐怕终于要告别一楼了。我本已沉浸在凄寂之情中，可看这情形还能撑几天。话说回来，今天可是值得纪念的花甲重逢——一百二十岁生日。说不定能写几张原稿出来。上次写原稿是啥时候来着……

于是我下到了一楼。

森见登美彦纪念馆中挤满了来访者，令我惊喜万分。甚至连京都市市长都赶来主持庆祝花甲重逢的典礼。这么一大群人是从哪里来的呢？一个个看上去好像都认识，又好像不认识。简直就像祇园祭一样热闹非凡嘛。

我穿上了大红坎肩，慢吞吞地四处观看馆内展品。对了，有报社记者问我："长寿的秘诀是什么？"我便回答说："每天游览一遍自己的纪念馆。"我真是写了不少小说啊。真是见过形形色色的人啊。终究还是一段美妙的人生啊。这简直就像看了一场人生的走马灯。呜呼，纪念馆原来就是走马灯吗？

"馆长执笔了。"

随着馆内播报声，我走向书桌。满满当当的来馆观众静得鸦雀无声，热切注视着馆长执笔。今天果然写得出来。就在此刻，一篇旧文的片段在我脑海中复苏了。就是八十二年前写的短小散文《纪念馆与走马灯》。

很快，我写出了下面这行字。

"对小说家来说，成功究竟为何——毋庸置疑，当然是成立'纪念馆'了。"

（《月刊 J-novel》2017 年 4 月号）

森见登美彦的口福

培根煎蛋，出锅时的秘密调料

我几乎做不好菜，全因为独居时没能练好手艺。如果妻子不愿意给我做菜，我如今的餐桌生活一定惨淡无比。而我能做出为数不多的菜品之一就是“培根煎蛋”了。

史蒂文森的《金银岛》开篇就如天作之合般地用上了培根煎蛋这个词。粗野的海盗对旅店老板说出了这么一句台词——“我是个简朴的人，有朗姆酒和培根煎蛋就成。”诸位请看，这才是海盗啊。出现在他餐桌上的培根煎蛋，想必美味至极。

对菜品研究越少的人，越是会将一切料理心得都倾注到有限的菜品中，所以在某一种菜上会挑剔到令人目瞪口呆的地步。我的父亲并不擅长做菜，可对“年糕”的烤法有他的一套理论，他会像个著名陶艺家一样遵从严格的步骤来烤年糕。我也和他一样，如果培根煎蛋做得不合我意，就忍不了。

首先我们需要培根。要的不是那种煎一下就会猛烈收缩不见的“乱七八糟的培根”，而是必须要一个能充分彰显存在感的肉片。

接下来是鸡蛋。打在平底锅上之后，在蛋白之上隆起的蛋黄必须色泽分明、威风凛凛、滋味浓厚，否则免谈。

在平底锅上煎过培根后，就往它身上打个鸡蛋。打两个就有海盗般的豪爽之感，也挺不错。调味料仅限盐和胡椒。像海盗一样粗野地撒上胡椒和盐后，再往平底锅里洒上少量清水，上盖。之后要蒸多久就是个难题了。我想让蛋白凝固，同时又想让蛋黄维持黏稠的优雅。

顺利煎制完成后，保持美妙的原状装入餐盘。

这时候就要用上出锅调料了，也就是对《金银岛》的空想。我要把自己空想成居住在“本葆海军上将旅店”的海盗，空想自己是个只靠培根煎蛋和朗姆酒维生、营养偏科的粗野暴徒。然后还要嘀咕：“我是个简朴的人，有朗姆酒和培根煎蛋就成。”光靠这么一想，培根煎蛋的美味就能增加三成。

以上就是培根煎蛋这道菜了。正因为它做起来简单，才需要空想来调味。

父亲的亲手料理，出乎意料的美味

接下来写写父亲的亲手料理吧。

那还是我读高中的时候。母亲和妹妹都睡着了，我还在客厅里熬夜写日记。此时醉醺醺的父亲回家了。父亲换完衣服，就钻进了深夜的厨房，到处翻箱倒柜，窸窣作响。他喝醉了酒就会没来由地想吃拉面。过了一会儿，父亲来客厅露了脸，还特地问了一句：“你不吃拉面吧？”“不，吃啊。”我说。于是我们在深夜的客厅里大啖拉面。那碗有些煮过头的拉面，有种难以名状的美味。

在我家，做菜是属于母亲的领域。即便如此，父亲在休息日也会露两手。做得不算精致。有时是煮挂面，有时煎鱼肉汉堡，有时用剩菜做成炒饭。

父亲的料理与母亲的料理总有些不同，萦绕着特别的气氛。哪怕只把鱼肉汉堡煎透再撒点胡椒粉，都是出乎意料的美味。诚然，母亲的做菜手艺肯定精湛多了，但父亲的菜里除了胡椒之外，还有几分隐藏的滋味。

与父亲外出兜风到了难得一去的地方，父亲随便买些食物也非常好吃。有时是冰激淋，有时是猪排三明治。在我心目中，不仅仅是父亲亲手做的菜，连他从外面买回来的食物都能算作父亲的料理。父亲的料理除了本身的滋味之外，美味秘密更在于品尝时的气氛。

小时候我读过一部德国童话《大盗贼》。这部作品中，少年主角们造访了大盗贼霍森布鲁兹的秘密基地，还受招待品尝到了盗贼料理。盗贼料理究竟是什么？书里面根本没详细写。里面似乎加了很多大蒜，而且还美味至极。想象一下居住在森林小屋中的盗贼所制作的粗野又罪恶的美食吧，我仿佛能闻到树林间弥漫着那刺激的气味。

如今想来，父亲料理中的美味与盗贼料理的美味确有几分相似。

母亲身体不好住进医院的时候，父亲所做的盗贼料理就显得有些落寞。正因为是偶然在林中的秘密基地品尝到才格外美味，当它们出现在日常的餐桌上时，那些纤细微妙的美妙滋味就消失殆尽了。

无人岛上的餐桌，我能成为自信十足的男人吗？

我要是漂流到了无人岛上，能存活下来吗？

我时不时会这样空想。

虽说纯粹只是空想，但是“在无人岛上也能自食其力”的自信，是作为人类最本质的精气神。这决定了人在紧要关头究竟是“行”还是“不行”。有没有这股精气神，也会影响到日常的工作状态。

我时常轻飘飘的，万事都不太可靠，原因就在于欠缺这种精气神。现在可不是伏案写小说的时候啊！就是因为这样才成了个废人！还是先锻炼出能在无人岛生存的智慧和体力再狡辩吧！我也曾有过这种想法，但尚未实践过。

尽管我已经长成了一个知晓真实无人岛生活既无梦想也无希望的落魄成人，但笛福的《鲁滨孙漂流记》至今仍令我心潮澎湃。读它的时候就会想起小时候的秘密基地游戏，还对岛上的食物产生兴趣。

恐怕没有比无人岛上的餐桌更能让一切食物显得更美味的地方了。鲁滨孙摆上餐桌的海龟蛋、葡萄干和山羊肉，光是罗列出词语就仿若在闪闪发光。

亲手获取的食物确实会格外好吃。以前我挖过竹笋，不管涩味多重，我都能接受。不过就算再好吃，是否能挖到竹笋也并不是件性命攸关的事。那就是家庭菜园中的乐趣与无人岛生活的区别所在。在无人岛的餐桌上，食用者随时都命悬一线。是命悬一线的人在吃匮乏至极的食物。

并且，无人岛的餐桌还有种靠一己之力再度创造出文明的含义。

刚开始纯粹是逮到什么吃什么的鲁滨孙，很快就修整了居所，从遇难船的货物中找到残余的种子，一个人培育大麦，一个人制作炉灶，一个人烤起了面包。

漂流至无人岛后，一路摸索求生的鲁滨孙最终创造出了文明的滋味。这就是胜利。他烤出来的面包一定出奇地美味。

我要是漂流到无人岛上，能烤出面包来吗？如果我能知晓那种面包的滋味，必定能成为一个更加自信十足又坚实可靠的人中豪杰。

美味的文章，要靠搭配来享用

让我们把“文章”当成食物来看待吧。不过，我并没打算搬出“精神食粮”这种冠冕堂皇的词语来。

这世上有形形色色的文章，刨根问底地追问什么是“好文章”什么是“坏文章”就太复杂了。我大致上都是从“美味”的程度来评判的。

文章是为了表达而写的，因此内容的重要性毋庸置疑。但是文章不光有内容，它本身还存在着某种促使人阅读的要素。当我思考这种要素究竟为何的时候，我开始觉得文章也有滋味。

有像沙拉一样水灵灵的文章，也有像蒲烧鳗鱼一样黏稠又滋补的文章；有湿漉漉的文章，也有干巴巴的文章；有像鱿鱼干一样越嚼越有味的文章，也有像冰啤酒过喉般爽快的文章。

我在阅读时便会想象这些情景：文章是各有独特滋味的菜式，而书架就是存放美食的仓库。既然如此，究竟该如何搭配后放到每天的餐桌上呢？

就算再滋补，也不能每天都吃鳗鱼饭吧。如果肠胃不好，更应该吃些轻快的食物。就算回味再美，光靠嚼鱿鱼干是会使不上劲的。

想要让菜品吃起来更美味，是需要下不少苦功的。为了避免吃腻，要保持平衡，合理搭配。还要考虑到自己的身体状况和周遭的情况，选择此刻吃起来最香甜的食物。有时候，为了让某种食物吃起来更适口，还得给予自己一些试炼。比如为了冰啤酒而干着喉咙，为了手工便当而爬上山，为了餐厅的晚宴而略过午餐。

应用这套理论来构思文章用的菜单，不就能让美味的文章变得愈发美味，让艰深的文章读起来不那么佶屈聱牙吗？

文章的滋味也会随着品尝时的情境而变化。读了太多干枯无味的文档之后，来一篇热烈的恋爱小说或许会倍感美味。要是看腻了小说中的燥热激情，干脆的科学随笔或许又会让你感到可口。激发出美味的搭配是因人而异的。

把文章的好坏暂且放在一边吧，可要是不用美味的方式来阅读，你就吃亏了。

（朝井龙等《作家的口福——再来一碗》朝日文库 2016 年 9 月）

与古怪系统嬉戏的人

近日，小说家万城目学为了宣传新书《通天塔九朔》来到京都，我与万城目学老师、上田诚老师、角川书店的编辑四人喝了酒。从高仓路转入小巷的路口有一家古色古香的“晚菜屋”，就在那家店喝的。

我与上田老师在工作场合外大多是两人单独聊天，与万城目学老师还是第一次正式会面。

其实我本就没几个住在京都的熟人。在不久之前我还认识了绵矢莉莎老师，我拉拢了上田诚老师与绵矢老师，成立了“京都沉淀党”。我还摩拳擦掌，计划把住在东京的万城目学老师孤立起来，不带他玩。然而我的邪恶企图被绵矢老师结婚搬去关东这件大喜事彻底搅黄了，倒不如说精神上遭受重击的是我才对。

然而，这些琐事已经无所谓了。

最有意思的要数万城目学老师一加进来，我们便聊起了许多始料未及的话题。我与上田老师大眼瞪小眼的“恋爱空谈”立刻就没市场了。在万城目学老师不留情面的追究下，我从上田老师的恋爱相关思想中又获得了一批新知识。

“万城目学老师一加进来，就真的像是在聊天了呢。”

“你那算什么意思啊，登美彦。”

“和上田老师两人见面的时候，讨论的净是抽象的玩意儿。简直就是竹林清谈啊。我们面对面总有点腼腆的感觉。”

“这么久的交情了还腼腆个什么劲？”万城目学老师目瞪口呆，“你们俩都算是大叔了吧。”

近几年我时常会与上田老师相约聊天，十分有趣。

与不同行业的人，尤其是臭味相投的人聊天，总让人神清气爽。无法跟同行说的稚拙见解也能尽情吐露。如果对方能理解，就有一种触碰到人之常情的喜悦。上田老师经常会跟我聊些“演剧”或者“影像”方面的心得，对我也是一种新的刺激。

像我这种过着井底之蛙般生活的人，能遇到上田老师真是有福气。也正因此，我才通过上田老师了解到了“欧罗巴企划”这个奇妙的剧团。

我已经记不清具体的始末，毕竟结识上田老师已经是将近八年前的事。起因是他在《春宵苦短，少女前进吧！》影视化企划中担任了编剧一职。

或许有点自吹自擂，其实《春宵苦短，少女前进吧！》是一部相当破天荒的作品，但是能够成书就已是一个奇迹。因此我也深知要将它改编为影视有多么困难。于是这个企划在受挫与复活间反反复复，上田老师每次都要重写一遍剧本，不知不觉就成了《春宵苦短，少女前进吧！》的世界级权威，可这个企划直至今日都未实现。反倒因为这个企划的牵线，让动画版《四叠半神话大系》成真了。

在企划推进的过程中，我与上田老师聊天的机会也增多了，还开始欣赏欧罗巴企划的舞台剧。

我第一次看的是《那样温柔的石像人》。之后的《冲浪 USB》《罗伯特的驾驶》《月亮与甜食点》《扩建后的扩建波尔卡舞曲》《高楼的大门》《逼近文具行星》这些剧目也都是在舞台前观看的。

在京都府立文化艺术会馆看的《那样温柔的石像人》是我首次体验欧罗巴企划，因此一直都难以忘怀。我本身很少看舞台剧，仅仅是“眼前有真人在表演”就足够愉快了，更何况还迎面感受到了欧罗巴企划的独特趣味性。其中有栩栩如生的角色在彰显存在，又带着明确的创作理念，有种系统层面的乐趣。

当天令我记忆犹新的另一件事，就是舞台剧结束后找上田老师打招呼，我们站在走道里聊了几句。

气氛挺尴尬的，我们都有点不好意思。看来我们俩都很“腼腆”呢。我想向他表达赞赏与感谢之情，却没法儿轻快地说出口。结果就是年纪一大把的两个大叔站在通道的阴影处，含混不清地嘀咕着“多谢邀请”或是“哪里哪里”这些客套话。

总之再探讨一下小说的问题吧。

把小说分解成最小单位来审视，它就成了从一段文字跳向下一段文字的“流程与节奏”。你所写的文字是否有生命力，是否让人觉得“挺有趣的”，这些因素才是小说的生命线。没了这些因素，在其他方面再努力也是白费劲。极端一点说，把有趣的文字用有趣的形式连接起来，才能显得更有趣。

不过，“趣味”是多种多样的，会有性情各异的“趣味”，甚至还会有搭配在一起就相互抵消的“趣味”。能联系在一起就说明那些“趣味”有某种共通之处。一定存在能让“趣味”充满活力甚至进一步增幅的连接方式。这就是我的大致思路。

进一步深究连接方式，浮现出来的要素大致就是角色与故事线。它们只能通过让各种“趣味”相互作用、反复试错才能探寻到。当寻找到的多个要素围绕着同一个中心彻底收缩凝聚之时，才能说“小说写完了”。至少在我看来是这样的。

为什么要写上面这段话呢？原因是我认为欧罗巴企划的舞台剧一定也是经历同样的过程创作出来的。

上田老师并不是写出完整的剧本后才开排，而是根据他所设定的情境与演员们的“习作剧”开始创作，这与我写小说时“姑且先写起来”的方式是一样的。

习作剧会受到演员、舞台装置、场地氛围和其他种种因素的影响，上田老师恐怕并不能有意识地控制这一切，所以才能催生出意想不到的“趣味”。趣味的碎片互相共鸣，上田老师也能从中寻找到最理想的故事展开方式。“展开”应该是一种结果，而并非一开始就定死的目标。

换言之，上田老师与欧罗巴企划所创作的“习作剧”，就相当于我笔下的“文章”。

欣赏欧罗巴企划的舞台剧时，我深感“没有任何一个累赘的场景”。

就算是没头没脑干蠢事的场景，就算对主线没有作用，也不觉得是累赘。正因为上田老师反复试验“让每个场景与角色发光发热的最优流程为何”从而得出故事发展的方向，所以才与那些通过场景来支撑人物关系或故事线的作品有着本质上的区别。况且，那些场景的有趣之处，与存在于作品中枢的“古怪的系统”有着紧密联系。

那么，反复尝试习作剧的上田老师究竟在做些什么呢？恐怕他是在穷尽一切可能，将“古怪系统”的所有功能都测试一遍。

“被一个系统所摆布的人很有趣。”这是上田老师时常会说的话。

欧罗巴企划的舞台剧有着明确的创作理念，剧目与舞台装置堪称浑然一体。他们的理念就是呈现出一个“系统”。它与我们的日常生活有着略微的差异。欧罗巴企划的“科幻感”就是这么来的。

上田老师以前说过这么一句话：

“如果说让我把咖啡厅搬上舞台，我会很头疼，但要是让我把‘被水淹的咖啡厅’创作成舞台剧，我就会冒出许多点子来。”

听了他的话，我不禁想：“原来如此。”

“咖啡厅”属于我们日常生活的范畴。然而“被水淹的咖啡厅”就与日常产生了差异，令人预感到“古怪系统”的存在。是天地变异也好，是某种阴谋也罢，总之有某种系统在运作。那是怎样的系统呢——探究到这一点的时候，上田老师的内心就被点着了。

欧罗巴企划的舞台剧是群像剧，不存在主角的理由也正在此。因为主角就是“系统”。

就算是这样，也并非“人物无关紧要”，而是饶有趣味，达到了绝妙的平衡，这也是欧罗巴企划舞台剧洋溢出奇妙魅力的源泉。

想要描写好一个系统，就必须将与系统发生冲突的人物描写得活灵活现。系统越是古怪，人物的行为也越是古怪，而古怪的行为会进一步塑造好人物本身。系统与人物相互触及的时候必然会产生冲突。以这种冲突为立足点，“古怪的系统”与“人物”就会相辅相成。

人物的行动有着一连串的流程，而当人物将系统的所有功能都验证完毕的时候，欧罗巴企划的舞台剧也宣告结束。每个人物是否有成长，事件是否已解决，这并不是他的着眼之处。体现系统有多少功能、多么古怪，才是主要目的。

顺带一提，我认为欧罗巴企划的“笑点”很爽快恐怕也源于此。“笑点”这种东西，只要稍有疏忽就容易过分自虐，或是过分具有攻击性。然而在欧罗巴企划的舞台剧中，几乎不会看到将基于所谓常识的登场角色“当作笑柄”的情况。

与常识产生偏差的是“古怪的系统”，所以人物的惊慌失措也令人信服，没有足以否定他们的理由。人物与古怪的系统产生冲突时显得越愤怒，他们就越具有人性，而古怪的系统就显得愈加古怪了。这么一想，我们在欣赏欧罗巴企划的舞台剧时，放声大笑的对象便成为“古怪的系统”本身。

与上田老师聊天时，我总能感受到他毫不拘泥于“自我意识”。

当然了，上田老师并不是什么量产型剧作机器人，他必定也有许多个人观点与感情，但我根本感受不到过剩的自我意识。像我这种本身就是小说家的自我意识过剩之人，对此再明白不过了。不仅仅是舞台剧与小说的表达形式有差异，更因为上田老师有一种与生俱来的天资。

简而言之，上田老师是个通透的人。

用我打比方好了，我是通过名为“自己”的滤镜来观察周遭的世界与人的。这层滤镜的偏颇过分强烈，有时连我自己都感到厌恶。对于激不起兴趣的事物，我甚至会视而不见。

而上田老师这个人，却可以将视线拔高几十厘米，俯瞰包括自己在内的芸芸众生。重要的是，这高度并没有达到“人类皆如蝼蚁”的程度，而是恰巧足够“发现人类的可爱”。悬浮于绝妙高度的上田老师，眼中映出的便是一个“系统”。

所以上田老师才会聚焦于系统。把视角放在那样的高度，就不至于太过感伤，也不至于把人物当成笑柄。因为上述的情况全都是聚焦于“人物”时才会发生。

准确地说，他是对人物周遭的状态感兴趣，并非对自我的兴趣，也并非对人际关系的兴趣。恐怕那些关系也不怎么适合上田老师。我私底下以为，上田老师时常体现出的“腼腆”就是当他不得不降落到地面时所产生的困惑。

可喜可贺的是，上田老师明明对系统有如此浓厚的兴趣，却没有陷入非人性、抽象化的境地。因为他绝不会忽略“描绘出系统的是人物”，即便是俯瞰也不曾忘记自己仅仅离地几十厘米。人物越是接地气，言行越是自然，触及古怪系统时的手感就越是明确。那既归功于欧罗巴企划独特的发明，也归功于搭建舞台的辛劳。

观赏欧罗巴企划的舞台剧时，我在为活生生又自然的人物言行欢笑着的同时，又感觉触及精心塑造的古怪系统。这种感觉非常愉快。神清气爽，美妙无比。他们很有人性却不像人。这让人联想到神话中的世界，是英雄走远之后，所有人脑袋都会放空的神话。

再次转而思考自己的小说时，我发觉自己的小说与欧罗巴企划的舞台剧在结构上处于正相反的位置。在我的小说中，位于中心的“古怪系统”其实就是主角本身。

在我的笔下，描写主角这一系统就等同于描写整个世界。我并非确立一个世界后，让主角在其中活动起来。是主角在活动的时候会有惹人烦躁的事物找上门来，这时他才开始察觉有一个世界存在。找上门来的事物必然与主人公内在的系统有关系。准确地说，那些冲突会让主角的系统显得更棱角分明。我写的就是这种结构。

前面我写过，上田老师之所以要反复创作习作剧是为了测试“古怪系统”的所有功能。可以说我自己也重复做着类似的事情。我是通过文章的流程与节奏，在测试主角这一系统的功能。并非从开头就确立好了系统的一切，而是在写文章的过程中，逐渐勾勒出系统的轮廓。这样一来，就必定会从文章本身中找到意想不到的发现。那或许与上田老师通过演员互相作用（习作剧）发现的是同一种东西。

这种感觉对我来说非常重要。

我与上田老师不同，在本质上是“自我意识过剩”。这种特质在执笔中会以各种形式影响到作品，很难在此一一解释。总而言之，我的意识会让作品的格局变小、充满小聪明、让人喘不过气、陷入感伤、显得不自然，净是些坏影响，实在让我头疼。对我来说，如何克服这道难关是一大难题，而经常能起到作用的就是“文本上的习作”。我与文字嬉戏，让文字超越自身，不断膨胀。没有这一步，藏在自我意识中的虚荣、算计、感伤、自怜自艾、小聪明就会张牙舞爪而来，真的很烦人。

不过当我写出好作品的时候，就有一种在夏日庙会上放纵游玩过后掏空身体的感觉。

于是我开始思考“游玩”这件事。

我从欧罗巴企划的舞台剧上感受到的东西，与自己的小说进入佳境时感受到的东西，简而言之就是“游玩心”。

我并不是说欧罗巴企划的舞台剧都是闹着玩创作出来的，也没说自己的小说是闹着玩写出来的。但从中确实能感觉到是某种“游玩”。这很不可思议，却又非常重要。

也许有人会说“要玩也给我玩得认真点”，可当他一说出“认真点”这个令人郁闷的词语时，“游玩”就已经消失了。我觉得这也很有趣。“认真”是在游玩过后自然会来的东西，我们纯粹只是游玩而已。

欧罗巴企划是与存在于舞台上却看不见的系统在游玩，而我是与主角内在的系统在游玩。我忍不住想给“创造作品时的正确玩法”下个定义，可再怎么探究也是白费劲。我只能说，全身心投入的游玩才能创造出最美好的世界。

到那时，似乎会有某种特殊的东西飘荡在你身边。我不明白那究竟是什么。看似空洞却并非空洞。用言语来形容它，它就会消失无踪。我尝试用“体验”或是“世界观”等各种词语来概括它，可不论哪个词语都无法嵌进它那独特的空洞。不够出色的作品一样有“体验”与“世界观”，但出色的作品总有种特别的空洞感。它莫名其妙有些神圣，就好像远处传来的祭典神乐声。

我本打算下次与上田老师见面时，把以上的内容都说给他听，可正因为我们净聊些这种话题，才理所当然成了“清谈”。所以我细细思量了一番，全都写了下来。全文都是我空想中的假说。

“演剧”与“小说”的表达形式有很大的差异，况且上田老师与我的视线方向正相反。即便如此，我们经历各自的迂回曲折后，呈现在作品中的气质却很相似，非常有趣。就好比我们从同一座山的相反方位开始攀登，却在山顶那片空荡荡的草地上握手言欢。

我花了这么长的篇幅来纸上谈兵，结果想说的不过是一句话而已：“这里的景色真让人舒畅啊。”

（三岛社编《欧罗巴企划之书 我们是干这个的》三岛社 2016 年 9 月）

6

特别专栏 品读《森见登美彦日记》

这里收录了我专为本书所写的解说以及研究生院时期的日记。

我曾经在《文艺》这本杂志上公开过初中时期的日记，早已尝过苦头，可好了伤疤就忘了疼，又做出这种蠢事来。

拿日记出来卖钱就至此为止吧。

我是从初中一年级的冬天开始写日记的。

当时我已经下定决心“将来要成为小说家”。既然如此，写日记也算是一种修行！于是我给自己定了条规矩：即使当天没什么可写，也必须用文章填满大学笔记本的一整页。当初的笔记本上满满当当都是我的手写字。

让我佩服自己的是，我严格遵守那条规矩长达七年以上。当天没能写，第二天也必定会仔细补写上去。在这点上，我是个极端克己的人。考上大学之后终究还是有些热情不继，本科毕业的时候已经不在大学笔记本上写了，可初中一年级的冬天到本科毕业之间写下的日记多达六十五册。用每页四百字的原稿纸来换算，有将近八千张的量。日积月累亦有八千张。

进研究生院之后，我就用电脑写日记了。

可惜出道当了小说家，再加上研究生院毕业就职之后，日记也变得断断续续。在被截稿日围追堵截的“脚踏两条船”生活中，我失去了精神上的从容，没时间写日记了。因此上班期间就几乎没留多少日记。那段日子宛如疾风狂澜，日常生活中有着种种崭新的际遇，有许多可写的东西，却没空写下来。这对日记爱好者来说大概是永恒的进退两难。

再次开始写日记已经是我当上专职小说家以后了。

为了写这篇文章，我把转为电脑书写的日记量估算了一下，也相当于八千张四百字原稿纸。与大学笔记本上写的日记加起来，足有一万六千张。我已经轻松超越了普鲁斯特的《追忆似水年华》，逼近山冈庄八的《德川家康》了。而日记的量至今仍在一路扩增。我自己都觉得心里有些发毛。

看来我是一个“日记狂魔”。

○

在日记狂魔看来，写日记是很快乐的。没有强制，没有命题，没有截稿，没有编辑，也没有读者。没必要为“写这个会不会被人骂？”而踌躇，也没必要为易读性而反复推敲。想写什么都行，写到一半丢着也没事。我时常把这想象成一条松开散步绳，在大草原上活蹦乱跳的柴犬。某个文人说“草草写就，必为拙文”，日记确实都是拙文。可也正因此才够快乐。

如此的自慰产物可没脸给世人看。

市面上确实流通着形形色色的日记出版物。比如樋口一叶、岸田刘生的日记，永井荷风的《断肠亭日记》，等等，我也都读过。可是它们读起来很是有趣，反倒让我心生疑窦，觉得有些猫腻。如果说作者真是如柴犬奔驰于雪原般信手乱写，正常来说是不堪一读的。而他们的日记经得住阅读的考验，大致只有以下两种原因。第一，他们是为了给他人阅读而写日记的。第二，日记在出版之际被重新编辑过。

万万不可把那种书当作日记。那根本不是日记，而是作品。而立志创作“可读作品”的那瞬间，日记就会丧失最为珍贵的本质。不堪一读方能称作日记！

我至今以来所写的一万六千张，全都忠实遵照“日记的本质”而写，根本不堪一读。我压根儿没有过把它们出版的非分之想。如果被商业化的邪念绊住脚跟，我就不可能写出一万六千张的文章来。正因为允许自己写出不堪一读的文字，我才能写到一万六千张。对我来说，“日记”与“作品”属于不同的次元，“如果把写日记的精力投入到小说中就能高产”这样的道理是行不通的。

假如我是能像写日记一样痛快写小说的人，现在的作品数量恐怕足以匹敌西尾维新了吧。

○

“这么多页，你究竟写了些什么啊？”

提出这种问题的人对日记实在是一本正经想太多了。

昔日在大学笔记本上一笔一画手写的我所体会到的只有“日记上写什么都行。随便乱写，填满一页就行”。这种心态至今都没变。写什么都行也就代表着想写多少有多少。

如果要创造作品就不能这样胡来。必须将一连串的文字统一起来，说得夸张一点就是必须创造出“一整个世界”。那样才称得上作品。不过日记就无须如此努力。只要把脑海里浮现出的东西从右写到左就行了。反过来说，如果你认为“发生了特殊事件才有必要写”，日记肯定没法儿坚持下去，你也绝不明白日记的滋味为何。

尽管我自己觉得并不算太无聊，但外人眼中的小说家日常想必是毫无乐趣。对着书桌一阵猛写，躺在被窝里读些文章，散步一小会儿，歌颂妻子，然后洗澡睡觉——这样的日常哪里会有值得特地记录的特殊事件呢？不过，写日记真正的乐趣在这种“根本无事可写的日子”里才更为显著。正因为无事值得一提，才能想到哪里写到哪里，日记的快乐也缓缓地浮现出来。对我这种日记狂魔来说，记录事项过多的“充实之日”反倒很无聊。因为这让我感觉写日记成了工作。

日常生活的种种琐事、四季的变化、散步路上偶遇的情景、妻子的话、读书看电影的感想、关于执笔中的小说、关于接下来要写的小说……总之，我什么都会写进日记。并且不让任何人读。

正如文章开头所说，我一开始是将写日记当作“成为小说家的修行”而写的。我果真成了一个小说家，说明也许是起到了一定作用。让我养成每天对着书桌写作的习惯可说是基础中的基础。然而我也不该高调吹嘘“日记的效应”，正如某文人所说，草草写就的文章终究只是拙文。我纯粹为快乐而写，也仅此而已。

对想尝试写日记的人，我给你们列出了这些值得关注的要点。

1. 每天都写。

2. 有活动的日子可以放水。写简单的流水账就行。

3. 什么事都没发生的日子反而要认真写。

4. 别写太多。适可而止。

5. 不能让任何人阅读。

○

“不能让任何人阅读。”

刚说完这句话，下面就要刊登日记了。

我也明白自己的言行不一致。

可是都跟编辑约好了，实在没办法。

不过刊登最近的日记就太恶心了，就往前多追溯一段时间吧。以下刊登的是我在研究生院时期的日记。那是距今十四年前，也就是二〇〇三年的夏天，日记刚好记载了“日本幻想小说大奖”获奖前后的情况。获奖的甚嚣尘上早已沉寂，作为我人生的转折点，收录到这本随笔集中还算是有些意义吧。

我简单地介绍一下当时的情况吧。

我当时二十四岁，在研究生院读修士课程的第一年。我住在京都北白川某四叠半公寓，每天去研究室，还去外卖寿司店打工。挚友明石君先我一步从大学毕业，去了大阪某家大银行工作。我们讨论的原稿是指《太阳之塔》（新潮社）。从我的文字中可以窥见当时的生活状态与时代背景。当然也有一些难以理解的内容，我就不做累赘的注释了。

以防万一我要补充说明：特定日期的日记不一定是当天写的。比如说确定获奖后去东京的始末就全都是回关西之后才写的。人物全都用了化名。我尽量保持了文章的原样，但有关个人隐私的内容及太过糟糕的文字还是进行了删改。所以，坦白讲，这些文章也称不上“日记”。

七月二十六日（星期六）

早晨去寿司店工作，因为睡眠不足困得要命。

总算快出梅了，今天是个凉爽的日子。傍晚在住处读论文读到昏昏欲睡。从远处传来了蝉鸣声，夕阳缓缓西沉，有种怀旧又伤感的气氛。

晚七点半在大国屋与明石君碰头。因为明天是“土用丑日”[1]，所以今晚决定吃“鳗鱼”。我总是很好奇，与明石君去大国屋购物总会拖太久。我们随便遇到什么小东西，不吐槽几句就不罢休，因为一直在笑，所以东西迟迟买不齐。今晚反复抉择了一小时，购买了鳗鱼、粉条、法式清汤素、盐烤牛舌、红蝮蛇饮料、南阿尔卑斯天然水。鳗鱼加红蝮蛇饮料即使再生精提神，我也没有可奋战的目标，于是像往常一样白忙活了。

在大国屋加热的白米饭上摆几块大国屋加热的鳗鱼，吭哧吭哧地吃下了肚，实在是没情趣。肚子填饱之后，我们便开始将电视桌从书斋间搬到起居室。积了五年的灰太可怕了，飘舞起来就像泰晤士河上

[1] 土用丑日是指土用（伏天）之间的丑日，日本有在此日食鳗鱼的习俗。——译者注

的水雾。手忙脚乱了一会儿，明石君因为昨天睡得不够，明显没了精神。我们俩都累了，就吃起了法式清汤煮粉条这种莫名其妙的食物，还嘎吱嘎吱地嚼盐烤牛舌。

明石君十二点后回妹妹的住处去了。

其实我说好了把小说新作给他看的，却因为丧失自信而没准备好。“那下次有机会再说。”明石君遗憾地嘟哝了一句就走了。接下来我一个人思考了许久，再次想起小说新作的框架几乎都是把明石君的妄想借来用了，如果对明石君还想着蒙混过关，对他未必太不够意思了。深夜，我写了给明石君的序文，印刷出小说，决定明天交给他。翻阅刚印好的小说，又觉得挺好笑的，自信又恢复了一些。

七月二十七日（星期日）

今天到底干了什么呢……明明懒懒散散的，却累坏了。毫无成果。

熬了夜却一早九点就起床，忍着睡意跑去寿司店，却发现今天是下午四点起的轮班，垂头丧气地回来了。从此刻起我已经丧失了一整天的干劲。去附近的面包店搞了点早餐，读了会儿论文，空想了会儿报告的要点，然后睡着了。《朝日新闻》的小哥把我吵醒了，我只记得睡昏了头，心不在焉地把报纸续订到了十二月，之后几乎一直睡到了下午。最诡异的是睡了那么久还困。

下午三点半左右，明石君来了，我把小说新作交给他。“一到这时候就郁闷起来了。”明石君说。我问为什么，他说：“因为星期一要来了。”对逍遥自在的我来说，这种郁闷暂时还与我无缘。“我会努力看的，给你写二十页的读后感。”明石君留下这句话就走了。

四点起在寿司店工作。今天来了很多新人，而我是老员工。我费尽心思不让他们发觉我这老员工是多么不可靠，却觉得心力交瘁，最终彻底暴露出自己的本性，成功获得了众人的蔑视。电话从六点到七点响个不停，让人来气。土用丑日吃什么寿司啊！你们乖乖给我啃鳗鱼去。

我不明白为什么会这么困，也不明白为什么会这么累。明明吃了鳗鱼又喝了红蝮蛇饮料啊。是不是过于滋补，把身体给补坏了啊？脸上怕不是会长痘。

洗了澡之后，想着今天就早点睡吧，就铺好了被子，刚钻进去，明石君就发来了邮件。得知他已经把下午刚拿到手的小说看完了，我无比惊讶。在精准地指出一些矛盾点之后，他写道：“说真的，最后不知怎么看哭了。”我不确定结尾是哪里打动了他，总之回复说：“看来你内心还残留着纯洁的部分啊。”他便回复：“是啊。我是永远的cherry boy（樱桃男孩）呢。”

七月二十八日（星期一）

只因为九点要去北部食堂吃早饭，我就打算顽强地活下去。这肯定是有毛病，我明知自己有毛病，却无可奈何。

今日也没做实验，慢吞吞地写报告过了一整天，总觉得特别幸福。

北部学生协会二楼小卖部的结账处来了一位叫 × 小姐的女店员，总是心事重重的样子，露出西伯利亚冰雪女王的表情注视着虚空，会用毫无感情的冷漠嗓音说着“谢谢惠顾”，同时似可怕的机械般高速处理掉顾客。在此期间，她双颊的肌肉像是用钢筋强化过一样，纹丝不动。我从五月份起就注意到她了，如今排队等着 × 小姐把自己冷酷无比地处理掉时，反倒有一种想赞叹“啊， × 小姐！”的暗喜之情。然而今天的 × 小姐却与隔壁收银台的店员聊着天露出了微笑，对排队的我也是难得地和颜悦色。“不行啊， × 小姐！再冷漠一点！不要那么轻易就笑了啊！”我在内心中呐喊。这就是变态的日本一夏。

今年夏天，我爱喝的三得利“碳酸少年”不知不觉从北部食堂消失了。但是肯定还有其他店在正常卖的。

今晚本打算一气呵成写完报告的，但又忍不住偷懒，沉迷于阅读佐藤哲也的《妻之帝国》和莎士比亚的《李尔王》。

七月二十九日（星期二）

我始终觉得莎士比亚的《李尔王》是杰作。别看我大言不惭的，其实我根本不熟悉莎士比亚。全因母亲曾经专攻英国文学，读过莎士比亚，而我也受她的影响，读过《奥赛罗》《麦克白》《裘力斯·凯撒》《理查德三世》《仲夏夜之梦》，还看过四季剧团演的《威尼斯商人》。

不过，大多数内容都忘了个一干二净，唯独《李尔王》是特别的。

李尔王被坏心眼的女儿们赶出门，在电闪雷鸣的荒野中徘徊，最终逐渐发狂的高潮场景非常出色。重读《李尔王》还是对它的帅气佩服得五体投地。我想朗诵出来，但自己这软绵绵的嗓音一点都没气势。还是用眼扫过台词，侧耳倾听脑中响起的声音更好一点。李尔王的小女儿名叫考狄利娅，听起来非常漂亮。而惹人厌的两个姐姐分别叫高纳里尔和里根，就很容易辨别了。“高纳里尔”从语感上听起来就像个坏人嘛。或许就是因为叫这个名，性格才扭曲了。

我的研究室里有个姓 Y 的女孩，是过去在步枪部时的后辈。她有一个跃动的灵魂，又有点天真，总会唐突地说出意想不到的话。前几天，她说要参加一个三得利的“策划竞赛”，必须凑齐四人才能参赛，所以我也不得不参加了。在 Y 小姐监督下，我们强忍着拍了丢人的照片（假装在喝三得利产品），才总算得以释放。顺带一提，前天三得利还发来了邮件，说：“虽然还未确定是否入选，但是为了筛选参赛者，希望做个面试。请两名代表来东京面试。”于是今天 Y 和 H 两人就去了东京。S 君与我只期盼着“请一定要落选”。

教授说在暑期的每星期二都要开展生化学教科书的轮流朗读会，我们纷纷出谋划策想让教授把这事忘了，可惜努力化作泡影，今天举行了第一回。然而大部分学生要不是去了东京就是回了老家，参加者包括教授在内只有五名。好忧伤。然而对基础都没打好的我来说倒挺有益处。教授挺高兴的。

傍晚完成报告后，心情愉快。

还以为真的已经出梅了，没想到又下起雨来。话说回来，今年夏天为什么这么凉快呢？七月二十九日的住处凉爽宜人，简直是异常情况。今年的农作物没事吧（稍微装出点农学系的样子）？

对了，父亲在周末好像又爬了稻荷山，又去御剑神社抽了神签。他还特地发邮件来告诉我结果。

“祈愿全家七人健康，幻想小说大奖大获全胜（7/26）。

“御剑大神抽签（十三号大吉）好极。

“诏：大神附体，荣华无限。乃诸事如愿之吉兆。当为世为人，尽己之所能。”

七月三十日（星期三）

今天也是在研究室里懒洋洋地写报告。今天有选拔会，新潮社说会打电话来，也不知会几点打来，让人很难受。不过报告倒是顺利完成了，和 H 一同去提交了。非常痛快。

最近一个月里，我已经想得很开了，但到了当天终究还是坐立难安。我没头没脑地在农学系的楼里来来回回又四处抽烟，在研究室里把教科书推到一边，一个劲儿地看《超能力魔美》。我彻底暴露出自己的器量之小，还好没有人看到。到了下午发生了灵异现象，北部学生协会楼上传来了念经一样的声音，我四处转悠调查了一遍，结果没查清是什么情况。

最后我等到晚上七点都没来电话，擅自闹起了别扭：“看来是落选了。

他们联系落选人的效率真低啊。明明说好了会联系我的，太冷漠了吧。”接着回到了住处。一边嚼河童虾条，一边喝啤酒，还看了电影《乒乓》。

喝到微醺的时候，十点左右，我才发现有一通电话留言。我心想着“哎呀”，听了那段留言。是熟悉的编辑在说话：“我是新潮社的×××。呃……选拔会刚刚才结束。呃……恭喜你获得了大奖。关于奖项呢……”他的声音还在继续播放，而我陷入了神经错乱。

“咦咦咦咦？”我脱口而出，又在屋子里兜了一圈。由于四叠半房间中不方便活动，便莫名其妙地跑到隔壁房间，又跑回来。我实在不相信身处在现实，心想“在直接电话确认之前都不能掉以轻心”，又重新给编辑打了个电话。结果，确定得奖是真的。对方命令我八月一日去东京接受“读卖新闻”社和“小说新潮”社的采访，我满口答应了。我已经明白了这是真的，但仍然不相信这是现实。

接着我又给家里打了个电话。“咦？大奖？你得奖了？”母亲话音刚落，妹妹就“哦”地欢呼起来，父亲假装冷静地说：“你别得意忘形了。你的本分可是学好农学。”但话里还是带着喜悦，像是在说：“你瞧！御剑神社的神签中了吧！”

而我在四叠半公寓中是孤身一人，总觉得毫无临场感。太假了。一切都太假了。

我给明石君打了电话，他惺忪地接了。一说得奖的事，他就惊呼一声“真的假的！”，我回答说“真的”，然后两人放声大笑起来。接着我问：“你那些羞耻的过去就要公之于众了，没问题吗？”他回答说：“无所谓。我根本不觉得有什么可耻的。”我在步枪部的论坛上发帖之后，想到S君应该还留在研究室，就去了大学。骑自行车的路上，在和歌山的弟弟打来电话说："哥哥，你可别得意忘形了啊！"我回答："好。"接着弟弟又说："算了，今晚就让你得意一下。"

在灯火几乎全灭的研究室一角，S君正在哐啷哐啷地弹着吉他（他总是在深夜练习吉他），由于他是唯一知晓我应征的人，我就把情况报告给他听了。他"啊啊啊啊？"地惊了个后仰，让我心满意足。

与S君聊了一会儿之后，我去今出川的天下一品吃了碗浓汤拉面，回了住处。

七月三十一日（星期四）

由于要回老家，我在研究室请到了假。明天还得去东京，所以决定今天就玩一天。可是对不懂都市玩乐的我来说，也顶多是去四条河原町看场电影，再去大型书店瞎逛一会儿而已。

半路上还顺道去Renais[1]预约了明天的新干线。新潮社好像给报销交通费。明天必须彬彬有礼，千万不能惹怒编辑。我告诫自己，像我这种乳臭未干的新人，不管朝着哪边都绝不能贸然昂首。向田中耕一[2]学习吧。

[1] 京都大学的学生协会商店，有各种生活服务。——译者注

[2] 田中耕一为2002年诺贝尔化学奖获奖者，他只是一位普通工程师，得奖后非常低调。——译者注

我重振精神去了新京极，看了黑天硫黄原作的自行车电影《安达卢西亚之夏》。在MOVIX[1]的大厅里瞥见了大屏幕上在放《大逃杀2》，里面的竹内力让我在意得不行，但今天暂且先看《安达卢西亚之夏》吧。我很喜欢看黑天硫黄的漫画，本身就喜欢《茄子》，而《安达卢西亚之夏》是其中的一个故事。

逛了会儿书店之后先回了趟住处。总算有点夏天的样子了，蝉也开始鸣叫。骑了一会儿自行车就大汗淋漓。接着我去邮政局付了NTT的费用，又去寿司店露了个脸。老板娘在店里，我告诉她得奖的事，她先是愣住了，接着哈哈大笑起来："哎呀，好厉害啊。"店长还说出了可怕的话："什么奖？直木奖？"我拎着老板娘祝贺获奖而送的一千二百日元寿司回了住处。

给家里打了电话，说好八月三日回家。和母亲稍微聊了几句，姑姑和外婆好像还担心说："那孩子要一个人去东京吗？不用爹妈陪着去吗？"这未免也太过分了吧？"毕竟是雁过拔毛的大都市，要小心别被人贩子拐走啊。"母亲说。

八月朔日（星期五）

今晨七点就起床了。

---

[1] 一家京都电影院。——译者注

在京都站啃了块面包当早餐，买了圣护院的“八桥”点心当见面礼。坐上京都站九点五十三分发车的新干线。我非常喜欢乘坐新干线，欢呼雀跃。

到达东京站后，用手机联系了S编辑，等待与他碰面。我还在想究竟会来个怎样的人，没想到外表还挺奇异的。瘦削的身材，戴副眼镜，长着络腮胡。我从这时就先对出版社的人产生了几分警戒。

从东京站坐出租车前往矢来町新潮社的路上，S讲了我的作品获得了多么高的评价，然而对已经处于警戒态势的我来说，他的甜言蜜语根本不管用。然而S还说读过了我上回应征的小说，并从包中取出了稿件，令我目瞪口呆。太丢人了。真希望他没读过。

新潮社是几栋黑乎乎的旧建筑，负责出版书籍的本馆与杂志相关编辑事务的别馆分别位于道路两旁。我被请到了本馆的会议室。空荡荡的会议室里，我吊儿郎当地坐在椅子上，咕噜咕噜地喝茶，拿出香烟吞云吐雾，不一会儿，穿着西装的大叔们就鱼贯而入了。编辑介绍道：“这位就是获得大奖的……”而那些人则排着队来到衣着寒碜的我面前，低头说着“恭喜获奖”，然后递出名片又离开了。我压根儿摸不着头脑，只是收了一大堆名片。他们似乎是主办方读卖新闻和清水建设的相关人员。

又过了一会儿，获得优秀奖的参赛者也来了，人都凑齐了，说明会也开始了。我就蜷缩在巨大会议室的桌子一角。简而言之，这场说明会是新潮社向主办方解释“选拔是如何进行的，被选中的是怎样的作品”。实际上我只需要缩在角落里就行了。穿着西装的大叔时不时会抛过来一个问题，我胡诌几句蒙混过去了。

“获得大奖的作品，也是一部相当奇特的小说……”新潮社的人努力在解释，但明显没解释清楚，穿着西装的大叔们一副“原来如此”的表情，而我很想说：“他再解释你们也听不懂吧？”

接着是今后的日程说明（九月颁奖仪式、冬季出版），我在合同文件上签名按手印。刚想着麻烦的说明会总算结束了，我又接着被带进一间酷似审问室的简陋小房间，接受了《读卖新闻》文化部的记者采访。

结束之后，还要拍照。来东京站接我的 S 先生与一名 F 小姐带着我去了别馆的地下室。那里有一片摄影用空间。一位阳光爽朗的大哥手持相机等着我。“这家伙就是森见老师你的仇敌了，他最喜欢联谊会了。”S 先生说。我说：“别人去联谊会而已，又没什么好说的。”拍完获奖者发表用的照片之后，又爬上屋顶拍了平面媒体用的照片，实在是丢人现眼。F 小姐说洼冢洋介也在同一个地方拍过写真呢。

拍完照之后，我与各位编辑来到了附近的餐馆吃晚饭。

今晚住在了新潮社附近的“新潮俱乐部”里。据说这里就是把作家压成罐头的“罐头厂”。可被领到带地板的和室中一看，倒不是一点都不像，但与“罐头厂”这个绰号还是相去甚远，豪华极了。相传这里会有开高健与中上健次的幽灵出没，我可没见到。有一位大婶负责照顾我。我们闲话了很久家常。二楼住着 *NICOLA*（《妮珂拉》）或者少儿向杂志的模特女孩。我就轮不到跟她闲话家常了。

听说前阵子得了直木奖的石田衣良老师在这里的坐席上接受了各出版社长达七小时的采访，被压成了罐头。而我独自坐着只觉得其静如林。又回想起白天被人牵着鼻子团团转的场景，我愈发忧郁了起来，想嘤嘤地呻吟几声。得知我获奖的高中朋友打来了电话，就靠闲聊来排遣忧愁了。

我把新潮社给我的原稿纸展开，沉浸到罐头作家的氛围中，写了获奖感言。写这个烦恼太久就既烦闷又不体面，我只想着在今天内完事，明天交掉就回家。我讨厌太过文绉绉的获奖感言，也讨厌感谢亲朋好友的获奖感言，我真是个乖僻的家伙。

开了空调之后舒爽了许多，躺在被褥上，今天丑态尽出的一幕幕就浮现在眼前。我在自我厌恶中沉浸了一会儿，又倍觉劳累，沉沉睡去了。

八月二日（星期六）

镰仓行。

寄住友人家。

八月三日（星期日）

回来了。总算放松心灵了。京都的街道就是好。在东京光是站着人就累。

回到乱糟糟的闷热住处，才觉得总算在现实落下脚跟。编辑又发来了邮件，回复感谢他的照顾。

傍晚回了奈良老家，站在玄关口装模作样地喊了句“凯旋”。晚饭是在客厅和祖父母一起吃的。有寿司、母亲特制的肋排、高级红酒。我不清楚祖父母究竟对情况了解到什么程度。看上去他们比我考上京大的时候更加兴高采烈，也许是因为已经过了五年，祖父母也更老了。

我们围绕着笔名召开了家庭讨论。我原本认为姓氏比较罕见，还是换个别的笔名比较好，但父亲认为“这样的姓氏才够惹眼”，说：“就接着用这个。”母亲也说：“挺不错的嘛。就用这个，就用这个。”

我低头向颤颤巍巍往嘴里塞寿司的祖父汇报：“那么，爷爷，就用这个名字了。”在全家批准之下，我决定取笔名为“森见登美彦”，直接沿用原姓氏。在那种小说上署老祖宗的姓氏确实有点不对劲，但是在祖父母和双亲看来，还是那样更有真实感吧。我决定把这当成孝敬祖父母和双亲了。

八月四日（星期一）

我借着“治愈在东京沙漠中疲惫不堪的灵魂”的名义，过起了浑浑噩噩的日子。看了《独立日》等电影。父亲不知为何特别喜欢《独立日》，老家还有父亲购买的二手录像带。至于为什么喜欢呢？据说是因为老演可怜角色的比尔·普尔曼在里面演了帅气的总统。听着比尔·普尔曼驾驶战斗机向太空船突击之前的演讲，父亲就笑着说：“不是很帅气吗？”不知道他究竟有几分是认真的。

与母亲一起去飞鸟野定制了衬衫，接着直接去了越眼科，买了隐形眼镜。

晚上，父亲买了《读卖新闻》回来。早晨的上班路上他还特地打来了电话，说《读卖新闻》上刊登了颁奖消息。虽然字很小，但我除了犯罪以外很难有机会让姓名登上报纸，还是挺不错的。可是，我仍旧觉得有些古怪。

当我阅读《读卖新闻》的时候，寿司店的老板娘突然打了电话过来，说“《京都新闻》上也登了”。“我还以为是什么奖呢，原来挺厉害的嘛。”老板娘咯咯地笑着，还说了句“恭喜你”。她又说要把报纸剪下来贴在店里，我说：“求您了，放过我吧。”

八月五日（星期二）

母亲出门了，妹妹也去了大学，我一个人懒懒散散的。在空调的凉风里，我躺在客厅中央看电视，一股强烈的背德愉悦感从心底油然而生。

来了兴致就去祖父母的房间和他们畅快地闲聊。“还以为你只会轻飘飘地傻笑呢，原来在写这种东西啊。这孩子可真了不起。”祖母用奇特的方式表扬了我的获奖。

骑自行车兜风。（购入《半七捕物帐》两册・井伏鳟二。）

刚拔了智齿的弟弟，拖着九死一生的身体归宅。

八月六日（星期三）

太热了，浑身泄气。

开着空调，四个人在客厅里躺了一整天。

这光景让父亲看到了一定想哭。

八月七日（星期四）

去京都。向研究室报告情况，一阵喧闹。

照片贴到了主页上。

八月八日（星期五）

京极夏彦《阴摩罗鬼之瑕》出版。倾盆大雨。

呼呼大睡，十一点到研究室露了脸。今天人也很少。教授在忙自己的事，根本没把我放在眼里。

S 君好像为了院试的英语考试要去买书，一同去 Renais 瞎逛。我也打算给自己买几本学术书籍来鼓鼓劲，但下不定决心，延期。然后懒懒散散地度过一日。

大雨之中，提早回了住处。

住处大门口的白板上写了“台风接近中。若有漏雨请火速联系房东”。一想到二楼的房间积了满满一屋子的水，然后漏到一楼，彻底被水淹没，就有点愉快。但实际发生了我一定会陷入恐慌。

母亲发来邮件说在东京站酒店为我订了房间。双亲和妹妹也要来九月二十五日的颁奖派对。我早就很向往东京站酒店了，十分期待居住的那天。

八月九日（星期六）

七点迷迷糊糊醒来，发现台风闹大了。

九点雨才停。喝了加许多糖的咖啡，九点半去寿司店。闷热无比。店长为我小说得奖的事赞叹：“好厉害啊。”

想买书架和文档盒，去了泉屋，发现需要两天以上才能送到，而且送货时间不明，放弃购买。还不如在附近的家具店买呢。

在住处读小说，对未来绝望。付房租给房东。

明石君要去东京了。在“平假名馆”吃晚餐后，在住处小酌了几杯。

我们约好了，当我成为畅销作家后，若是题材写尽、进退维谷，就把明石君高中时代的传说写成小说。把版税的一部分支付给他当报酬，然后明石君靠这笔钱把银行的工作辞了。这计划堪称万全。然后我就又能写出才华横溢又乖张无比的一匹独狼向著名银行甩出辞呈的小说来了。想得是很美，但我这样就仿佛成了明石君的传记作家，实在不成体统，还是算了。

正聊得火热的时候，深夜电视里的倒计时特别节目开始播放追溯一九九〇年的怀旧音乐。我们听着音乐，开始分享一些有的没的青春记忆，并且察觉到近十年来的 KinKi Kids[1] 真是了不得。

在警察厅工作的前同志步枪部成员 F 君打来贺电。F 君说："我刚在网上看见了。森见哥，还登着你的照片呢。"他好像还给原京都产业大学的 H 打去了电话，亢奋地说："出大事了！"

用尽全力瞎胡闹之后，凌晨四点，明石君回妹妹的住处去了。

[1] 由堂本光一、堂本刚组成的双人组合"近畿小子"。——译者注

7 空转小说家

这是我从二〇一二年起，在台湾杂志《联合文学》上刊登了两年的连载专栏。

尽管接受了来自海外的委托，却很难专门为台湾读者写些什么，搞得每次都紧张兮兮的。每当考虑到读者来自海外，文章就会变得过于一本正经，这可不是好事。写作的时候也正是我有诸多烦恼的时期，内容十分死板。虽说每篇文章都很短，但坚持每个月都写就很痛苦，当两年的连载终于结束时，我松了一大口气。内容上与其他随笔有很多重复，考虑到这是面向海外的专栏，还请大家宽恕。

第一回·关于瓶颈期

我成为所谓的“小说家”已有九年，还是第一次接到来自海外的原稿委托。我非常高兴。

难得有这样的机会，一定要写些明朗愉快的话题。我本是这么想的，但若是坦白隐情的话，其实现在的我根本就不明朗愉快。我陷入了瓶颈期，自二〇一一年夏天以来，就没能写出像样的小说来。

写不出小说的小说家是非常悲惨的。就算不在写小说，也能摆出一副“我正在构思鸿篇巨著”的表情来欺骗世间。可是这样的骗局并不能持续很久。首先，写不出来会让人难受得喘不过气。写小说文思如泉涌的时候自然是很美妙，就仿佛自己身体中有一片枝繁叶茂的春日森林。只要那片森林还在，就没什么好怕的，满是豪情壮志。不管写多么愚蠢的小说都有一样的感觉。而相反，写不出的时候，内心就迷迷糊糊，充斥着不安，烦躁不堪。

二〇一一年夏，我因为精神上的紧张而病倒了，并中断了所有杂志连载。当时我还住在东京，初秋就以换环境疗养的心态搬回了奈良。提到日本的古都，京都是最受欢迎的，而奈良是比京都更为古老的一座都城，也是我诞生的故乡。它是四面环山的盆地，这点与京都很相似，但总比京都显得更雄伟。于是我和妻子两人过上了每日眺望群山的轻松日子，身体也逐渐恢复了。就算这样，也并没让我简简单单写出小说来。“根本写不出来，简直好笑。”我如此嘀咕着，在阳台上晒太阳。心态就像个隐居的老人。

二〇〇三年我写《太阳之塔》这部小说出道的时候，还是个研究生院的学生。从毕业到二〇一〇年离职，一直是国会图书馆的职员。在本职工作的间隙里，我见缝插针地写小说。忙得不可开交，却劲头十足。我心想不管写什么都不会有损失，便盲目冒进，摸着石头过河，打开了一条路。“这就是年轻的力量啊。”用这句话就能轻松概括一切。可是我难以接受这样的结论。我承认自己的年龄有所增长，但我不愿相信创作小说的能量多寡都会受到“年轻与否”的制约。这是我的心里话。人不管年纪再大也会空想。

瓶颈期的根本原因就是接下了太多的工作。各出版社与我有交情的编辑全都是刚出道时的旧相识，很难拒绝他们的邀约，更何况有稿件的委托是喜事，让我一不留神就接了太多。正因为我不了解自身能力的极限，才错误地预估了工作量。结果导致自己总被截稿日期所追赶，在慌忙写作的过程中，守住截稿日成了第一要务。回首之时，我连自己究竟想写什么都搞不清楚了。那时候就已经无可救药了，我养成了一种古怪的创作习惯，导致不论尝试什么都不顺利。到了这个地步，也只能躲回奈良，找回自己的初心了。

我一旦开始思考自己想写什么，最终就会指向“小说是什么”这个麻烦的问题。这个地方也会让瓶颈期进一步恶化，直通向深不见底的沼泽，是走错一步就会被拖下深渊的危险地带。然而，这也是想要穿越瓶颈就必须得经过的地方。现在的我正往返于书桌与阳台之间，摸索着从这幽暗恼人的场所逃出去的方法。

我心目中的小说是一种越是挽起袖子去抓它就越抓不住的东西。话是这么说，却也并非被截稿日追赶着奋笔疾书就能自动产出杰作。它既是计划的产物，也是即兴的产物。它既有严密的逻辑，又毫无逻辑。如何拿捏只能凭每个作家自己去捉摸。一旦迷失，就得煞费苦心再次探索。

对了，这篇文章写的就是写不出来的现象，倒也挺奇怪的。简直就像小巷里的一条狗在追着自己的尾巴团团转一样。

希望追着自己尾巴跑的日子能到此为止。

第二回・关于工作的着手期

不管做什么事，都必须先着手到工作中去。

这是最难的。而最近我觉得越来越难了。

为什么呢？因为我已经厌倦了重复同一件事，也不会有让我兴奋不已的灵感频繁降临了。如果不能让自己兴奋起来，我是写不了小说的。这并非自诩为“艺术家”，而是真的无可奈何。哪怕强迫自己写，也会像撞上了看不见的墙壁一样，无法继续向前。

找到想写的题材之后，接着就要做一定程度的准备。

要做的事情就是笼统地构想出小说的雏形。把想写的内容罗列起来，并尝试制作故事的流程。然而，准备终究只是准备。要说事先的构想能实现多少？几乎都不可能实现。

再说了，假如小说的文章连一行都没写，是不可能预想出它会走向何方的。不过，又不能漫无目的地横冲直撞。就算可以事后修改，也必须先探索出一个故事来。这个过程总让我觉得要费两遍功夫。为这种事情大费周章让我很不甘心。即便如此我还是会按照这种步骤来，因为我想着至少能确定一个大致的前进方向。一部分是因为内心的胆怯，也是为了方便工作的正式着手。

我听说莫扎特在作曲的时候，音乐都是一次性降临到脑海中，之后只需要把谱子写出来就行了。这是真的吗？

我的话，不写一些就手足无措。

“这个故事应该挺有趣的吧？”

我心中只有这种预感。否则我甚至无从开始。然而这种预感到底是真相还是错觉，必须把文章实际写出来才能够证实。我不是莫扎特，降临到脑海中的只有作品整体的模糊碎片。所以我必须像复原出土文物一样把碎片组合起来，重现出小说的世界。

我在写的过程中，同时又在反复阅读。此刻我就在回味刚写出的文章。如果我坚信眼前的文字能构建出一整个世界，就能继续往前。如果开始感到有些空洞，就明白自己在某处走错了方向。像这样一边给文章做着点检一边步步为营，渐渐就搞不懂自己到底是“在写”还是“在读”了。如此推进的过程中，小说就会渐渐偏离原先的计划。不，这种描述有点不准确，应该说是为了创造出脑海中笼统含糊的世界，寻找到了更好的方法。这么概括或许更好。

总之，小说就这么写到了结尾。然后再纵观全貌。虽然还有点恍惚，但总算掌握了我所追求的世界是何种形态。也明白应该舍弃什么，添加什么了。接着再重新写一遍，这篇小说才总算能让人阅读。对我来说，小说是必须重新写一遍的。

产品设计师会给自己计划做的产品先制作一个原型。动画导演宫崎骏也会在从头开始作画的同时，像漫画连载一样亦步亦趋地绘制分镜。他们都将创造计划中的一部分先呈现在眼前，然后以它作为想象力的踏板，进一步向前走。

我也希望尽可能像这样写小说。否则的话，我就只能被限制在自己事先计划的框架内。而我在事先能制订的计划压根儿就不值一提。在姑且先开始工作的过程中，前路会变得愈发明确。这个过程或许才是真正在工作吧。

让我们回到开头的第一行吧。

不管做什么事，都必须先着手到工作中去。

第三回・关于故事开始的地点

我从小就喜欢在家附近展开探险。

小学时，我住在大阪郊外一片大住宅区中。

住宅区周围有一片归某大学所有的森林。我曾经偷偷翻过围栏进入那片森林，还和朋友们一起搭建了纸箱做的秘密基地来玩耍。实际上，我并不知道森林有多深。对小孩子来说，那样一片森林在无比诱人的同时又很可怕。苍翠树林的另一边究竟有什么呢？我被好奇心所驱使的同时，又很害怕走得太深。我曾经坚信森林深处有无底沼泽，踏足其中就没法儿活着回来了。恐怕是因为当时阅读了“福尔摩斯”系列的《巴斯克维尔的猎犬》而受到了影响。真搞不懂自己为什么会相信住宅区后边的森林里有那样危险的东西。

小学放学回家的路上也少不了探险。我上的那所学校严格规定了上下学路线，学生放学必须沿着那条路回家，严禁绕道。当时的我是个拥有逆反精神的小学生，一概不顾那些规矩。我会绕道去朋友家玩红白机，从不理会上下学路线，到处乱跑。就算只是普通的住宅区，只要有我没走过的岔路，就忍不住好奇它将通向何方。拜此所赐，我曾经迷路后惊慌失措而边哭边走，又因为极度害怕被开车的绑架犯拐走，每当有车经过就蜷身提防。

初中到高中的时期，我住在奈良的某个住宅区。

即使长那么大，我的探险癖好也从未改变。我没参加社团活动，一心骑着自行车在自家周围的住宅区乱跑。目的并不是买东西或是去哪里玩。纯粹只是不停地骑着车，发现新路就进去瞧瞧。“这条路通向哪里呢？”我一有这念头就会疾驰而去。当初还是大住宅区刚开始填地建造的时期，所以风景会日渐变化。刚填平还没造起房子的宽阔空地，就好似世界尽头一样荒凉。这样四处乱跑的同时，会有刺激好奇心的小小发现，比什么都更让我愉快。由于我已经决定了要写小说，所以还写了以探险中发现的风景为想象基础的小说。不过我毕竟升上了初高中，“森林深处的无底沼泽”或者“开车而来的绑架犯”已经不再让我感到害怕。相对地，当找到万籁俱寂又杳无人烟的神社时，当见到漆黑耸立在黄昏天空中的水塔时，我的想象力便会给这些风景赋予某种恶魔般的气息。我开始害怕自己的想象。那种恐惧感也变成了小说。

考上大学，居住于京都城区之后，仍旧毫无变化。

京都是个历史悠久的城市，有勾起我好奇的无数细小岔路、源远流长的神社佛阁、天狗栖居的群山、古老的森林与河川，还有神秘莫测的祭典。我来自没多少历史的城镇，因此对我而言，这个城市就好似一个撩拨着好奇心的迷宫，同时又深感城市的中心有着绝不能轻易触及的可怕事物。多亏了在京都居住七年的经历，让我写出了以京都为故事背景的小说，成为小说家。

不过，我最基础的想象力运作方式从小学时起就没变过。

好奇心与恐惧是执笔写小说时的珍贵燃料。

如今我居住在奈良，探索自家周边的习惯又冒了出来。

我有一条爱走的散步路线，会经过一条穿越铁路的隧道，最近我对它特别感兴趣。隧道另一头若隐若现的森林勾起了我的好奇心，要是在深夜穿过去，就有一种隧道尽头通往冥界的错觉。

从我过去的经历来判断，我某天极有可能写一部以穿越隧道开篇的小说。

第四回·关于东日本大震灾

一年前，我居住在东京的千驮木镇区。

那是东京大学旁的一片旧镇区，丝毫没有所谓的大都会风情。大路上还挺热闹的，但只要稍稍深入，就会发现空袭中烧剩下的建筑物仍旧原模原样留在那儿。明治时期，森鸥外与夏目漱石等文豪就住在这里。

我在距离自宅步行约半小时的公寓里租了一间当作工作室。工作室位于小石川，也是片旧镇区。我每天在固定时间离开自宅，从东京大学门前路过，步行至工作室。傍晚结束工作就回家。我每天往返于旧镇区与旧镇区之间，从不去新宿、涩谷这种热闹非凡的地方，生活节奏一点都不像居住在现代的东京。

小石川的工作室是个三角形的奇妙房间。我选择它的原因是窗户很大，一整天都很明亮，而且透过窗户能看到善光寺坂这条坡道。或许是因为在京都这个平坦的城市居住了太久，我很喜欢东京城区中的众多坡道，尤其中意那条善光寺坂。写小说小憩时漫无目的地望向窗外，就能见到人影沿着坡道上上下下，坡道上方善光寺内的绿意也能给心带来安宁。到了秋天，寺内的大银杏会逐渐染上金色，冬天又有壮观的落叶之景。

一年前的三月十一日，我一如既往去了工作室。上午对着书桌呻吟许久，原计划是下午三点有出版社的编辑来访。过了下午两点半，我正等待编辑到来的时候，背后的书架开始咔嗒咔嗒地摇晃。我以为很快就会平息，晃动却越来越激烈了。我在那一刻想起了超过十五年以前的阪神淡路大震灾。我心想东京也终于轮到了直下型地震，不敢待在屋子里，决定往外走。走下楼梯的时候，强烈的摇晃还在持续。

我见到戴着黄帽子的小学生们正走在善光寺坂上。小学生们或许还未意识到地震，正欢快地打闹。那种反差感让我仿佛置身于噩梦中。来到公寓外，摇晃还在持续。我至今以来认为是“现实”的事物全都颤抖着剥落了表皮，有一瞬间我窥见了皮下藏有某种毛骨悚然的东西。

之后发生的海啸与核电厂事件，就如同新闻中报道的一样。

当时的一切都显得很古怪。我甚至无法准确形容自己在当初的日常生活。海外支援也好，受灾者的呼声也好，当地救援活动也好，不管外界有谁在说些什么，在我听来都无比苍白。甚至连表明“自己无能为力”都显得很苍白，我说什么都是白费劲。因此我没有写任何关于震灾的东西。

我基本上是一个写幻想类作品的作家，因此也没有责任去写以现实震灾为题材的小说。同样也没人要求我对震灾发表看法。可以对此保持沉默，对我来说是件幸事。

我写小说时并不能将昨天发生的事件料理成一段精彩的文字。我没有那么灵巧，脑袋也没有那么灵光。我不知道那件事的影响会在何时以何种形式出现在我的笔下。我觉得并不是想写就能写出来的。但就算我不想写也会冒出来。我本就从未有过追逐“现代”或是书写“现实”的想法。但就算我不刻意去想，写小说的过程中，“现代”与“现实”都会擅自缠上我。我是无处可逃的。

我非常喜爱那次遭遇地震的小石川工作室，可惜身体有恙之后我搬离了东京，实在是遗憾。

话说回来，没想到从那以后已经过去了一整年。

这期间，我究竟都在做些什么啊?

第五回 · 关于作品的影视化

小说经常会被改编成电影或是动画。

暂时，我的作品中实现了影视化的只有动画《四叠半神话大系》。他们来询问影视化意向的时候让我很是惊讶，而顺利完成让我更加惊讶。

说句实话，在这次影视化的过程中，我几乎什么都没做。我只是确认了送来的剧本和分镜稿，回答了制作组的提问，自己并没有主动提过要求。小说与动画是完全不同的体裁，所以我认为动画交给动画专家更好。再说这也更轻松。如果他们做得够出色，只需要摆出一副功劳全在我的表情就好。

我的作品中有些离奇又非现实的场景，似乎被认为很有动画色彩。我是看着动画长大的，动画也确实是我想象力的源泉之一。这并不代表我的作品很容易改成动画。实际上，如果编剧与导演没有对故事进行大刀阔斧的修改，也成就不了《四叠半神话大系》的动画。

这是理所当然的，因为人在写小说的时候（一般）不会考虑影视化的情况。

我不会事先构思出电影般的一连串场景组合，然后将脑海中的影像意义描写出来。比如说，我几乎不会描写登场角色的外貌，或是描写他们的穿着。即使以京都为故事舞台，也经常省去现代街景的描写。

相比描写一段影像，我更像是一边确认文章的触感一边书写。

言语给人的印象很重要，文章的节奏也很重要。

这么堆积起来的文章，就呈现出了一个扭曲的世界。至少与现实世界不同。故事的发展与节奏也会受到这个世界中扭曲程度的影响。

将文字从我的小说中抽离出来，就没了扭曲，故事也会不再成立。我认为影视化的时候，恐怕这才是最大的问题。《四叠半神话大系》是归功于导演那种强烈的呈现方式与对故事的修改才勉强得以成立的。

我还不清楚这到底是好事还是坏事。暂时我只能写出这样的小说来，如此写就的小说很可能只是在糊弄人（假如是这样，就太对不住大家了）。而另一方面，我又觉得“小说这种东西本来就是糊弄人的”。

说真的，《四叠半神话大系》动画化之后，我的节奏也有些被打乱。

我过去是抱着“不可能影视化”的心态在写作，而现在写着写着，脑袋里就会闪过影视化的想法。这并不是“指着影视化而写作”。还没有到那么露骨的程度。这就好比悄声潜伏在我背后的淡淡邪念。然而正因为是些微的邪念，才更加恶质。在无意识间，我所写的文章或故事就会偏向影视化。写文章时，我就会被这种想法绊住脚。

我频频会想，千万不能输给影视化。

不过，影视化又是件让人高兴的事。

有人认可我的作品有投入金钱大费周章转移到“影像”这个新容器中的价值，就说明还是存在着某些意义。况且，它还能让我接触到新读者。还有个纯粹的自尊心问题，动画在电视上播出时，用大字打出了自己的名字，让我纯粹觉得很开心。

不论如何，都算是有好有坏吧。

第六回・关于文具

文具令人快乐。对我来说，这种快乐建立在妄想的基础上。

大约是五年前，有段时期我特别想要笔记本和便笺本。工作回家的路上，我会在文具店闲逛，疯了似的买了又买。之前买的东西还没用上，就买了下一批。就连圆珠笔、文件收纳、信息卡都很讲究。到最后，连普通的一沓白纸都显得很诱人。我为什么会沉溺其中呢？是因为误认为用起好文具之后，就能文思如泉涌。买了新的笔记本，脑海里就浮现出填满了一整本的创作灵感，仿佛自己也成了被灵感所眷顾的人。当然，那不过是妄想。笔记本上若没有真的填满灵感，就毫无意义。

那年的年末，我被母亲训斥了：

“你文具买太多了吧！适可而止一点！”

当时母亲正在为我的报税计算所需经费。

“这一定是上瘾了。”我心想。从那以后就收敛了一些。买再多文具也没让我写小说更顺利，没让我变成被灵感所眷顾的人。

将小说的构想汇总在一本笔记中，就好比是一场美梦。尽管我囤积了那么多的笔记本和便笺本，却几乎没在笔记本上构思出小说来。大多数都是写到一半就开始敷衍了事，不知不觉随手记在了其他纸上。

况且最终的原稿是用电脑写的，用不着笔记本。最终我余下了一大堆空白笔记本。

比笔记本更平易近人的还有信息卡。就是过去用来做图书馆索引的那种卡片。我对它也很是向往。在小小的卡片上记下许多灵感，积攒一阵子之后，将灵感联结起来，不就能源源不断地写出小说了吗？我对此暗自期待。但是，卡片收拾起来特别麻烦，把卡片摆放在一起“叮”一下灵光闪现这种事从来没有过。假如要靠摆出大堆卡片才能灵光一闪，还不如在复印纸背面乱涂乱画更有效率呢。构思小说最好的方式还是让灵感都飘浮在脑海中，发现有联结的迹象就瞬时捕捉才最好。结果，我剩下了许多空白卡片。

我用得最得心应手的笔记方式只有一种，那就是“胡乱笔记”。从不确定该写什么。不经意间想到的点子、日记形式的文字、喜欢的书摘等等，什么都能写。形式够敷衍才能持续下去。然而，每当我想“就用这册笔记本来构思吧！”的时候，立刻会觉得喘不过气。我也渐渐开始讨厌那册笔记。

所以我从不写构思笔记。有的作家能在旅途中携带一册笔记，随时在笔记本上进行记录，并以此构思出一本小说。我很崇拜那种作家，自己却无论如何都做不到。真是很不甘心。

写不出构思笔记该如何是好呢？其实最近我用电脑比较多。说是“用”，倒也没使用什么特殊功能。纯粹就是将能用上的点子用键盘敲打下来。

然而之后又无法彻底在电脑中完成工作。否则就会喘不过气，什么都想不出来。我会将键盘打下的内容打印在纸上，将其在桌上摊开，一边阅读打出的文章，一边用魔术笔在各处写注释。有时还会乱涂乱画。渐渐地，纸面就被注释和乱涂乱画填满了，难以分辨它的原状。实在没办法，又只能将手写的内容用键盘重打一遍。然后再打印出来，继续手写。

这样的反复折腾根本轮不到漂亮的笔记本出马。我总是在复印纸上徘徊徘恻。我也觉得“这一点都不浪漫”，但不这么做就想不出写什么。这是情不得已。若是为了美学而牺牲掉工作本身，就本末倒置了。

于是我留着一大堆笔记本没用。

按照一册能构思出一部作品来换算，也至少够我再写出一百本小说。我到底该如何利用它们呢？可如果真的用起来，漂亮的笔记本就太可怜了。

第七回 · 关于在书桌上冒险

写小说是件愉快的事。

首先，写文章本身就很愉快。现在的我已经有点劲头不足，可不久之前的我就算面朝书桌一整天，写得筋疲力尽，也只要酣眠一晚，第二天就又想写了。并不是因为我有必须写的东西而想写，纯粹只是心痒痒地想产出文章来。我曾经在书上读到过某漫画家说“光是看到微微颤抖的线条就想画漫画”。我的感受也与此类似。并不是有必须表达的东西而想表达，反倒是因为想表达而创作出内容来表达。我的身体中仿佛存在一种神秘的精力之源，让我觉得写什么都行。而我日后也将这股精力之源用到了实践中。

另一方面，写小说的一大乐趣就是让登场角色去完成我所力不能及的冒险。当然，并不是说在幻想中就能胡编乱造。登场角色的行动必须符合逻辑，也有种种限制。但是他们全都比我更积极活跃。多亏了他们，我才能一步不离自己的书桌，就随着登场角色们一同在妄想之眼所见的世界中展开冒险。况且这场冒险还是在原本空无一字的白纸上展开，我所体验的冒险还能让读者也体验到。没有比这更有趣的事了。

冒险皆在书桌上。

因为我过的就是这种生活，所以在写自己身边的事物时便有诸多困扰。小说中，我能让登场角色充分展开行动，而现实中的自己却寸步难行。恐怕正因为如此，别人让我写写自己，我就不太想动笔了。

写到这里，我想起了一件事。几年前，作家同伴万城目学老师送了我一套“蚂蚁观察套装”。透明的亚克力板中间填充了果冻状的物质，只要把从公园抓来的蚂蚁装进去，就能从侧面观察它们筑巢的情形。为什么万城目学老师要送我这种东西？完全不得而知。我心怀感恩地收下了，可我害怕昆虫，一想到蚂蚁可能从容器中逃出来，背后就直发痒，便将它束之高阁了。于是又过了几年，“蚂蚁观察套装”不知去了哪里。真是很对不起人家。

另一边的万城目学老师就真的抓来了蚂蚁，观察它们筑巢。最终，容器被不小心撞倒，果冻连同蚂蚁撒了一地，就如同我害怕的那样，他被逃出来的蚂蚁吓得不轻。尽管出逃的蚂蚁去了哪儿令人很好奇，但万城目学老师终究还是实践了蚂蚁观察。

这就是我与他之间的截然不同之处。

难得收到的“蚂蚁观察套装”都没用上。我果真是个一离开书桌就极力逃避冒险的人。不太写这类东西也是理所当然的。

最近我最大的一场冒险就是照看高烧卧床的妻子一整天。妻子发烧那么严重还是结婚以来头一遭，她在受高热折磨时还说出了“脑浆悬浮在空中”这种令人费解的话，吓得我胆战心惊。不过退烧之后妻子又一副若无其事的样子，我的日常依旧一成不变，没什么特别值得写的。

在写下一回之前，我打算尝试来一场小小的冒险。因为这样下去实在没东西写。不过，我最近又开始写起了小说，或许终究无法离开书桌。我的冒险基本上都在书桌上展开。

那么，为了慰藉自己的心情，就引用我贴在墙上的弗兰兹·卡夫卡名言，来一本正经地收尾吧。

“你不需要出门。留在你的书桌前侧耳倾听吧。你甚至不需要倾听，只需要单纯地等待。甚至不需要等待。静静地，孑然一身吧。于是世界就会向你展露真面目。因为世界别无选择，它只能委身在你脚下。”

第八回·关于旅行

上回的文章中，我讲述了自己是一个多么畏惧冒险的人。

我本打算在写这篇文章之前来一场小小的冒险，却终日在写小说或是沉迷 RPG（角色扮演）游戏《勇者斗恶龙 4》，根本没做过算是冒险的事。

我想外出旅行，却下不了决心。

我有个编辑朋友，一阵子没出去旅行心情就会变差。对他来说，为了维持精神上的平衡，旅游是不可或缺之物。而我是最喜欢自家所在的城市的人，不必旅行也能活下去。我非常厌恶出行的当天早晨。我本可以畅想着即将开始的旅途而兴奋雀跃，却必定会觉得“好麻烦啊”。努力克服这道障碍走出去之后，又会逐渐开心起来。我明知踏上旅途会开心起来，却每次都想着“好麻烦啊”“为什么要去旅游啊”，不情愿迈出家门。我真是难伺候。

写小说时需要一定程度的构思，不可能漫无计划就写出长篇小说来。然而，在事先构思得太投入，小说就会被沉重的构思压垮，反倒变得无趣。我写过几本小说之后，发现小说最为有趣的时刻就是偏离事先构思的瞬间。如果我的小说完全按照事先构思的写完，就可以断言它“失败了”。正是因为有自己都始料不及的东西涌现出来，我日复一日伏案书写才有意义。

可以说旅行与写作是异曲同工。

“第一天去这里，看完名胜 A 和名胜 B，第二天去另一片街区看名胜 C……”假设我们制订了这样的计划，然而实际上，旅途给人留下的记忆都是没能按照预定走的部分。比如说天降大雪列车开不了了，同行的朋友发了高烧卧床一整天，在当地与朋友吵架分开了。偏离事先计划的奇特遭遇才会让旅行更有旅行味。没有发生这种麻烦事，就称不上旅行。

我在学生时代独自旅行时就有过这种想法。总之我特别不适应“观光旅行”。我也不擅长事先查阅观光指南或是预订旅馆。让我做那么麻烦的事情，我就更加没了外出旅行的劲头。我会没头没脑地坐上一辆电车，之后的事之后再想。日本有一种名叫“青春18车票”的美妙通票，能让你在一整天内随意乘坐日本全国的JR线普通列车。半路下车也是自由自在。用这张通票并且就地决定旅馆的话，就能一时兴起轻易变更行程。我很喜欢这种没有确切计划，随着电车摇晃前行的感觉。现在也很喜欢。让计划随性一点，旅行就更有旅行味了。

去海外旅行对我来说是前往未知世界的旅途，想必麻烦事也会接踵而来。可是我很害怕飞机，所以不会去海外，基本上只进行国内旅行。而日本国内的旅行若是遵照计划就很可能真的照常实现，一旦掉以轻心，往往在玩出旅行味之前就结束了行程。因此，必须动点脑筋。

最近我时常和喜爱旅行的编辑一同去旅行。这么一来，编辑就会帮我制订种种计划。制订计划的阶段我基本不参与。出发之后，我就会想方设法搅乱计划，提任性的要求。事先的计划被搅乱时，我能体会到旅行的真正乐趣，而编辑则叫苦不迭。

或许有人认为没能好好制订计划就会错过该看的景点。追求这方面的人自己做好计划就行，但我至少想避免因追求效率而本末倒置。旅行是为了旅行，而不是为了消化掉日程表而存在的。读小说的时候也一样，如果总想着“多读一点”或是“学点有用的东西”，那不论多么有趣的小说都会立即变得无聊。

如果读小说的时候错过了什么，再读一遍就好了。如果认为在旅途中错过了什么，再去旅行一次就好。如果抽不出时间来，一开始就不该读小说，也不该去旅行。你该工作了。

第九回 · 关于初心

我从小学三年级时开始写类似小说的东西。

这我还记得清清楚楚。

原因是送别即将转校的同学，与朋友们一起演了场连环画剧。连环画剧的标题是《玛德莲的冒险》。主角是一个名叫玛德莲的法国小蛋糕，蛋糕身上还长了手脚。为什么选蛋糕做主角呢？因为当初我母亲经常在家烤玛德莲蛋糕给我吃。不过，就算玛德莲蛋糕很好吃，也搞不懂自己是为什么让蛋糕长出手脚去冒险的。小孩子总在想些奇怪的东西。

因为创作连环画剧，我对“创作故事”这件事产生了兴趣。在那之前我一直想当个造机器人的科学家，但梦想一转眼就切换了。如果我继续以造机器人的科学家为目标进行努力，想必也是挺有趣的一段人生。毕竟下决定的时候我才小学三年级，现在要说后悔也挺蠢的。更何况，我对自己成为小说家没有一丝后悔。

察觉到“儿子好像对写文章有了兴趣”的母亲，给我买了所谓的原稿纸。我开始用铅笔吱吱地书写各种故事。由于我是从连环画剧入门的，起初没把绘画与文章分离开来。我在原稿纸上写文章的同时，还会自己画上插图。那种习惯一直延续到了初中时期。有趣的是，我并没有产生“画漫画吧”的想法。不久之后，我不再画插图，只留下文章至今。

在上大学之前，我必定会把写出来的东西给母亲看。我会在圣诞节或是母亲生日将写出的文章当作礼物，郑重其事地送给她。这件事说给别人听，大多数人都会惊讶。年轻人写小说经常会给脾气相投的朋友阅读，却很少会情愿给父母看。在我看来，或许是我下意识地把它当作“文学”了吧。可是，我给母亲阅读的并非“文学”，里面没有社会性的主题也没有自我意识，有的恐怕只是“故事”。所以交给母亲阅读也不会让我觉得羞耻。

“小学时写的连环画剧”与“给母亲的礼物”就是我整个创作的出发点。关于这个，我要提两件自认为很重要的事。第一点，我从最初就是为了取悦他人而在书写。第二点，我当时还没有对“文学”产生觉醒。我纯粹只是对“用文章编写故事”产生了兴趣。说白了，我在小学时并未对近代文学有过向往，也并没有必须通过小说来排解的汹涌自我意识。我只是觉得有趣而写，只为了取悦母亲而写。

如今回头一想，我几乎已经记不清当初是怎么创作故事的了。能确切想起的只是在原稿纸或笔记本上用铅笔将浮现于脑海中的事物写下来而已。根本没有什么“构思”。就靠信笔书写填满了好几册笔记本。如今重读才发现，我会满不在乎地从当初影响到自己的电影、漫画或小说中窃取创意，不过也写了很多令人耳目一新的东西，让我大吃一惊：“到底是从哪里发现这种意象的？”尽管笔法稚拙，但不去深究、任故事自行发展也令人倍感清新。重读的体验很愉快。

我为什么会想起这些事呢？因为最近我厌倦了阅读长篇小说，正在挑着读弗兰兹·卡夫卡的遗作笔记译本。卡夫卡不做构思，想到什么就把什么写上笔记本，追在自行发展的故事后面。觉得没意思，他就立刻停下写作，从头写另一个故事。这简直就跟小时候的我一样。我并不是在自诩为卡夫卡。我只是想到了自己昔日的写作方式，感到非常怀念。

从那之后过去了二十多年，我持续写了不少东西，如今都靠这个吃饭了。曾经写不出的东西，现在也能写出来了。然而，掌握了技术也代表着我依赖技术。每当觉得自己“骄傲自大”了，我就会想起小时候写的东西，找回初心。

第十回·写不下去是怎么回事?

本连载的第一回是“关于瓶颈期”。

写那篇文章的时候，我的身体状况不太好，工作也完全没进展。我处于一种对自己手头工作完全没头没脑的状态。

无可奈何，我只得在奈良的家中呆呆地眺望天空。太阳从奈良盆地的山后升起，缓缓地掠过天空，又沉入山的另一边。宏伟的景观循环往复。奈良为日本首都是在一千三百年前。相比一千三百年这段时间，今天这一日只不过是小小误差。怀着这种想法过日子，时间转瞬间就流走了。所幸我的身体恢复了，也开始工作了。我想说现在已经脱离了瓶颈期，但作品尚未完成的时候还无从辩解。不管是什么小说，不把它写完就不知道是怎样的作品。

我现在不设截稿日，工作进度极其缓慢。甚至有点过分缓慢。不被时间逼迫着拼命写是件好事。然而，写不出来就立即逃离书桌是件坏事。

我已经很久没有悠闲地写一本长篇小说了。我时常会为“自己是怎么写出小说的”而烦恼。是因为将近一年的空白期让我忘了小说的写法吗？说实话，我原本就不太明白小说的写法。我从未有过行云流水的书写体验。我似乎有一种能立即忘却“生产之苦痛”的习惯。写完的时候满心都是“完成了！万岁！”的欣喜之情，至于作品是怎么写就的、经历了何种痛苦，全都忘得一干二净。开始下一部作品的时候又要从头来一遍。这次我或许也只是在重蹈覆辙。

稍写一点就立即会停滞下来。“写的东西停滞不前”是一种很难解释的现象。为什么难呢？因为问题的源头搞不清楚。假如我知道是什么问题，将其解决就能写下去了，也便不会有停滞不前发生了。写不下去，是一种“直觉告诉我有哪里不对劲，可就是不知道哪里不对劲”的状态。这是非常难熬的。

譬如说你在做一道菜，假如你明白“咸度不够”或是“火候不够”，将不足之处弥补就能解决问题。然而，假如是“好像缺了点什么”，就只能尝试各种烹调方法，直到自己满意为止。要费的功夫就多了去了。

写小说也是同样的道理。

我就几乎没法儿顺畅地写下去，总是咚咚地碰壁。事先构思的时候总觉得应该能行，写着写着就撞得头破血流。写不下去我会变得怎样呢？首先是难以忍受自己所写的内容之无聊。我会泄气地想：“我为什么非得写这种玩意儿？”一旦开始有这种感觉，我就会意识到“肯定在哪里出了错”。换言之，我写的作品会告诉我自己：出错了。不过，它不会告诉我究竟是哪里错了。我只能“这也不对，那也不对”地重新写起来。

顺利的时候，我笔下的文字会苏醒过来，仿佛闪着光芒，令我心悦诚服：“原来如此，这样才对啊。”接着继续往下写。如此反反复复的过程中，作品会一步步变换面貌。一切在完成之前皆为未知，指的就是这个意思。

愉快倒是挺愉快的。麻烦也是真的麻烦。

不是在写小说的过程中，我就什么都想不出来。所以我只能用这种方法。要是我一次都未曾停滞，完全按照事先计划写完，也就代表着内容彻底局限于我事先计算的框架内。恐怕就成了篇无聊至极的文章。

当我频频撞上暗礁的时候，我就会想“超越事先预计的东西要诞生了”。停滞不前也是一种机会。

第十一回·关于工作室

我在奈良自家工作，但也在京都租了个工作室。奈良到京都坐电车只需要一小时左右，想去随时都能去。我特别想换个心情专心工作的时候，就会在京都的工作室窝上好几天。我的小说中常常会提到京都，在京都留一个据点也正方便。

我发现没有比自己的“工作室”更美妙的地方了。

一直到前年，我都在东京的国会图书馆工作。辞去工作成为专业小说家的同时，我在自家附近租了个工作室。那是一个三角形的小房间，能从公寓俯瞰一条尚留有江户风情的坡道。每天早晨，我会从自家出发步行半小时到工作室，当时的心情可谓绝佳。我拥有了属于自己的工作室，要做怎样的工作全凭自己来决定。唯一不如愿的就是截稿日了。只要进入工作室，谁都不能打扰我。多么完美！

如今我前往京都工作室时也一样亢奋昂扬。

当工作停滞不前的时候，工作室的确是个折磨人的地方。然而，想弄明白是否真的停滞不前，必须要前往工作室，对着书桌呻吟一阵子才能确定。反过来说，出发去工作室并到达书桌前的这段时间里，我也不知会发生什么。前一天苦思冥想的难题，酣眠一晚后第二天刚到书桌前就迎刃而解，这也是常有的事。因此，在前往工作室的路上永远都有希望。也许当天夜晚我会叹气说“今天不太顺利”，可为什么非得一大早就担心晚上的事呢？

京都的工作室是陈旧写字楼中的一个房间。非常宽敞。为什么要租那么宽敞的工作室呢？是为了摆满一整面墙的书。这是我自学生时期起的梦想。摆满一整面墙的书，我就能随时见到自己喜爱的书本，想看立即就能看。自己阅读过的书随时都能尽收眼底，也随时能尽情翻阅，这种情境就是我的灵感来源之一。若是装进箱子或仓库，哪怕你拥有再多的书也没意义。我并不像历史作家一样依靠资料来写作，只会在手头留下自己喜欢的书，但光这些也有三千册以上。想要把这些书摆在一整面墙壁上，就需要一面大墙壁了。想要一面大墙壁，就只能租个大工作室了。所以我的工作室里有许多额外的空间，我可以在工作室内踱来踱去阅读书本。

因为建筑很陈旧，又是写字楼，便没有公寓里那些时髦的设备。房间里只有水管和空调，厕所是与其他办公室共用的。不过待在里面非常舒适。来造访我工作室的编辑说这是“男人的秘密基地”，每个月来玩一次的学长说“这个房间太舒服了”，然后赖着不肯走。

作家的工作室的确有点像是男人的秘密基地。据说托尔斯泰是在一个极其简陋萧瑟的工作室写作的，而我若是不堆满杂物就觉得很寂寞。自己至今阅读过的书籍与读者送我的古怪玩意儿堆满了房间才是最好的。也许是因为上学时整日封闭在狭小杂乱的四叠半公寓中，那段记忆给了我太大的影响。那时候，我在四叠半的狭小空间中读书写作，就仿佛是坐在自己的大脑中。我如今仍在追求那种感觉。

话又说回来，工作室太舒适，人就容易分心。我也会一不留神就看起闲书、看起电影，或是沉思“我来工作室干什么来着”。这时我就会说服自己，偶尔走上岔路也属于小说家的工作范畴。不管做什么多余的事都能和工作沾上边，没有比小说家更懂得变通的行当了。

我手头上正在写的小说刚迎来了一个难关，明天打算去京都的工作室待一天。真的好期待啊，工作一定能有所进展的。

第十二回 · 关于重写

真正的“阅读”是从“重读”开始的。

我不知在哪儿看到过这段文字。

“书本要重读才能真正地理解，经不住重读考验的书本就没必要读”，大概就是这个意思吧。我觉得有这种想法很了不起，但生活中总这么钻牛角尖也太憋屈了。如果我面前站着一个精英人士，坚称“我只读经得起重读的书，谁读那些看完就扔的书，谁就是蠢货”，那我是不愿意与他深交的。有人会写经不住重读的书，也有人爱看，这才是人的本来面貌。这是无可奈何的。

我承认“重读”的重要性。然而在现代，想让人反复阅读同一段内容都是难事。因为社会上的信息量在不断攀升，每年出版的书籍总量堪称庞大。更何况还有因特网。大多数文章只是浏览一遍就从我们眼前消逝而去了，甚至很可能第二天就忘了。我从小就向往着“博闻强识”，可惜我的脑袋没有那么强的功能，只看一遍根本就什么都记不住。“那为什么还要去看它呢？”我也曾感到过空虚。因为大多数内容都没用。

时间不够是现代人共同的烦恼，但那并不是真正的问题。哪怕时间再不够，只要发自内心地坚信“我该看的只有这一本”，就必然能得以实践。真正的问题是让人觉得“这本是不是该看看”的书多得数不清。经典名作的列表简直无穷无尽。我耗上一辈子都看不完。经典还没看完，人生就先完了。另一边还有数量庞大的新刊书籍。因此我总是处于“这也好奇那也好奇”的状态，结果没能集中精力阅读任何一本。实在是丢人现眼。

假如我真的要集中精力来阅读书籍，我首先要挑选一本书，然后必须坐上豪华客船。接着船只必须遇难，让我漂流到一个无人岛上。岛上必须四季如春，有原住民留下的舒适住宅，还有用之不竭的食物与饮用水。没有邮件也没有电话。连不上因特网。最关键的是，并没有一个绝世美女与我一同生存下来。想让我全身心投入去看一本书，必须要这种特殊状况，而正常是不会发生这种事的。更何况，万一客船真的遇难，我也会恳求一位绝世美女一起活下来……整天想这种事的人，根本不配有理想的阅读生活。

到最后，我反复阅读最多次的，是自己写的原稿。

现在摆在我面前的就是这几个月来所写的作品原稿。这部作品曾在报纸上连载过，但我总觉得不够有趣，从头开始全部重写了一遍。而前几天，“草稿”刚刚完成。也许有人会觉得“那差不多完成了嘛”。可是，事情没那么简单。这份“草稿”究竟有多么糟糕，我简直无法形容。

我反复阅读这份“草稿”。气不打一处来。里面出现了无数问题点。故事很不自然。文笔也糟透了。这种玩意儿到底是谁写出来的啊?快叫负责人过来。然而负责人是我。越来越生气了。然后从头开始重写。努力重写，终有一天能写到结尾。感觉好多了，心情也愉快起来。然而这还没有完。再一次回到开头，重新阅读。有让人纠结的地方，再次修改。进一步说，在原稿成书之前，每次出校稿，我都必须阅读好几遍。每次都会修改些地方，成书的时候都快改吐了。

这很愉快，也很麻烦。

一刻不停干着这种事情的过程中，我就想问自己：究竟何时是在写小说？其实绝大部分的过程都是在反复阅读，加笔修改。

至此，我打算把本文开头的第一行换成“写作”版。

真正的“写作”是从“重写”开始的。

第十三回 · 关于时间

人年纪越大，就会感到时间流逝越快。这种事任谁都知道。把小学时的一年与现在的一年比较一下，会发现人对一年的时间概念有着吓人一跳的差异。我身体抱恙的二〇一二年几乎没怎么工作，时间的流速就愈加惊人了。我简直不敢相信从东京搬回奈良已经过去了一年。

然而，时间的流速并非只会加快。

它的流速在许多地方会被阻截，停滞下来。

尤其令人感受深刻的便是“旅行”“年末年初”与“执笔”时。

外出旅行的时候，新奇的体验会接踵而来，一天的密度会变得很高。因为明白自己正在旅行，所以比平时更具行动力。于是，当完成一天的旅行后稍事回顾，就觉得当天早晨的事仿佛发生在几天前。当然也有可能是因为我难得出门旅行才有这种感受。

“年末年初”也是一样的。大致是十二月二十四日圣诞前夜左右

到除夕夜[1]为止。好几轮的忘年会再加上工作收尾的活动，会让时间流得像麦芽糖一样缓慢。小学时我就觉得这段时间十分漫长。我还以为长大之后就会有变化，但直到现在，只要到了年末年初的当儿，我主观上的时间流速就会放缓。不论经历多少次，我都不觉得从圣诞节到除夕夜才一个星期。“一星期”纯粹只是时钟度量出的概念。会不会其实有超过一星期的时间悄悄藏在了圣诞前夜到除夕的这段时间里呢？换言之，会不会是实际的时间很长，而我们都被“时钟”欺骗了呢？我时常会空想这些事。

过了年，元旦来了，也会经历一段奇异的时间流速。一月一日至三日就是俗话说的“正月三日”，给人的感觉是时间的洪流被除夕这道水闸拦截住了，几乎彻底停止了流动，就逗留在了原地。速度过于缓慢，简直就像静止了一般。过了四日之后，时间就会徐徐加速，到一月七日左右，我的时间往往就恢复了原本的流速。

把它说成“感官上的问题”是很容易的。我们身边的时钟不论在旅途中还是年末年初，都永远规规矩矩地标示出同样的时刻。然而我更乐于相信有这样一种“时间”存在：它无法被时钟测量，没有一贯的规律，会擅自放缓，有时甚至停滞下来。对我们的精神来说，这样的“时间”反倒更为真实。

接下来说第三种情况——“执笔”。

[1] 日本过公历年，除夕夜指十二月三十一日。——译者注

写小说时也有这种特殊的“时间”在流淌。有时你觉得自己经历了一段异常充实的时间，一看时钟才过了不到半小时。这段时间里，会觉得自己能完成无穷无尽的工作。相反地，有时你在工作上一筹莫展，只是在叫苦不迭，却转眼就到了傍晚。假如这样的日子接连好几天，你就会迷茫地发问：自己的“时间”究竟消失去了哪里?

很遗憾，我尚未掌握控制“时间”的方法。

我想，那些优秀的小说家与出类拔萃的人，一定是用了那种方法来给自己增加“时间”。我说的并不是“擅于统筹时间”的程度。他们一定知晓将埋藏着的“时间”挖掘出来的方法。表面上看，每个人都度过了同一年、同一日、同一小时，其实其中还隐藏着许许多多的“时间”。

我经常会在年末年初思考上述问题。

尤其是大量琐事堆积、重要的工作无法如愿进展的时候，我就一个劲儿地想这件事，把工作晾在一边。

想着想着，一天就结束了。

第十四回·关于小说与剃刀

有个词叫“奥卡姆剃刀”。

查了查字典，发现它又被称作“科学上的简单性原则”，是过去由英国哲学家奥卡姆发明的词。它的含义是“当人们为了解释某种现象而提出假说时，要摒弃过于复杂的理论”。当然，这并不代表“简单的永远正确”。“飞机能飞是靠魔法”这一解释比说明喷气引擎的结构更为简单，但是没有人相信这种解释（不过相信魔法的人就另当别论）。

即便如此，“奥卡姆剃刀”作为大体思路的指针是很有用的。把这个词语时常放在大脑的角落里，就能随时质问自己：“有没有更简单的解释？”保持这种思维绝非徒劳。

写小说时也能窥见“奥卡姆剃刀”的影子。

就在前几天，我写的小说搁浅在了暗礁上，走投无路了。正如同我此前在这个专栏写的那样，触礁的时候是搞不清问题在哪儿的。我烦恼了很久，超过了一星期。就算坐在书桌前，也只是改改前面的文章。故事一点都不往前走。这种情形真的很恼人。

我无法详细地解释小说的内容，就简化说明一下吧。

我想让主角从“侦探事务所”去往“温泉”，之后再去“桥畔的餐厅”。我在很久以前就构思好的主角的行动。他造访的“温泉”会发生案件，而主角会在那里经历关键性的转折点。可是不论是让他从“侦探事务所”去“温泉”，还是从“温泉”去“桥畔的餐厅”，我都觉得“不太想写”。假如像这样组织故事，一切就都停滞下来了，会很没劲。我尝试添加了各种小事件，却只是更加惨不忍睹。

“奥卡姆剃刀”的一闪而过，是在我烦恼了很久之后。

我让主角直接从“侦探事务所”去了“桥畔的餐厅”。也就是说我用剃刀把“温泉”给切除了。于是原来安排在“温泉”的场景也被拆得七零八落，混进了“侦探事务所”与“桥畔的餐厅”这两者的场景中。

于是我终于跨越了暗礁。

“为什么没有早点察觉到呢？”我很不甘心。

我迟迟不挥下“奥卡姆剃刀”是因为不忍舍弃“温泉”。我在创造作品的时候会将自己偏爱的意象集合起来。尤其是那个“温泉”的场景，是从我构思小说时就一直很想写的东西。然而随着故事一步步写下去，我逐渐明白，不写“温泉”场景，小说也能成立。明知如此，我还是无法对早期构思的成果不屑一顾。于是，我为了让主角去“温泉”而不断地垂死挣扎。就好像怎么都解不开数学证明题，反反复复绕远路一样。只需要一根辅助线就能解决问题，却因为找不到辅助线而煞费苦功。

我所写的东西得到长足改善的时候，一般都是挥下“奥卡姆剃刀”之时。为什么说小说在那一刻得到了改善呢？因为我在明白该用剃刀切除什么的时候，就能窥见小说的形状。或者说，正因为我窥见了小说的形状，才明白该切除什么。切除了累赘之后，小说的模样就显得更清晰，彰显出更鲜明的存在。“你应该还有更值得写的东西吧？”小说自身会告诉我方向，所以写小说才这么有意思。

“奥卡姆剃刀”。

我很清楚它的重要性，却总是蒙蔽了双眼，时常忘记它的用法。

希望我今后能更灵巧地用好这把剃刀。

第十五回·关于小说的定稿

我写完了一本长篇小说。

小说名叫《神圣懒汉的冒险》。

这是在晚报上每天连载的作品。因为是报刊连载，我太过争强好胜了。人一旦过于争强好胜，就容易遭遇严重的失败。说得没错，我失败了。连载的小说失去了方向，无穷无尽的截稿日在身后追赶，耗费了半年多才勉强写完。这真是一段凄惨的经历。我也许根本不适合写连载小说。我产生了“再也不写报刊连载小说了”的想法，实在很对不起读者朋友们。

直接拿来出版是不可能的。

之后我又病倒了，怎么都重写不好。想要重写一遍也不知该从何处着手。漫无目的写就的小说，就像一块被胡乱啃过的奶酪一样。它没有一根贯穿中心的轴。这么一来就只好先把乱糟糟的孔洞填上，然后再花时间挖掘一条新的洞穴。这是比写新小说更困难、更烦人的工作。

“该怎么办才好？”

烦恼不已的过程中又经过了一段时间，当我下定决心“抛弃所有连载原稿，从头到尾重新写”的时候，已经是二〇一二年五月。我从那时开始写，直到二〇一三年二月才总算全写完。花费了九个月。那段时间里，我几乎没做其他工作。

写完一本小说能让人长嘘一口气。

“愉快”的感觉自然有，但“得救了”的感觉更强烈。

不论何时我都担心“这真的能归拢到一本小说里吗”，哪天写不下去了都不奇怪。特别是长时间单独写作时，信心会逐渐丧失。我也想信任自己的小说，可依然会萌生疑念：“是不是只有我一个人误以为它很有趣呢？”我时常有所体验，加不加某个场景或是稍稍改动一下故事的叙述顺序，就会影响到整部小说，动摇我的自信心。也许昨天才刚走投无路，今天又觉得“这很有趣”而充满了自信。反过来也常有。

从无数失败的可能性之间穿行而过，写完小说的时候，自然会觉得“得救了”。这就好比驾船渡过一片满是暗礁的海域，终于到达了对岸。往日我没有如今的技术，根本不知道自己想渡过的这片海到处都有暗礁，反倒意外地风平浪静。但是现在我已经知晓这里暗礁丛生。

对我来说，小说是在他人阅读之后才算作完成。我所追求的目标深藏于内心中，但还未被读过就不算完成。这概念确实很模糊。如果是短篇，我就立即能让人阅读到，而长篇小说就很难获得夸奖，所以很痛苦。才半年左右我就想惨叫了，那些花好几年来写长篇小说的人简直堪比云上的仙人。我觉得他们很像靠一艘游艇横渡太平洋的人。我终究是做不到的。

我对自己所写作品是否成功的判断基准之一，就是在重读作品时是否会想“我再也不会写这个了”。我在写小说的时候，存在能够预计的部分和无法预计的部分，我关注的是无法预计的部分是否巧妙地融入到作品中。无法预计的部分就是写作时来自内心的即兴产物。如果它融入得恰到好处，这本书应该会成为“再也不会写”的作品。假如仅靠预计就能组织成书，只要我不怕费功夫，就能再一次写出同样的作品。

《神圣懒汉的冒险》姑且算是“再也不会写”的小说了。

到了这个程度，在我心目中已经合格了。之后就请读者来品读吧。

第十六回·关于美酒

我喝不了酒。并不是一滴都不能沾，但立刻就会脸红。如果强行喝酒，脸色还会从红变青。所以我称不上嗜好饮酒。我喜欢的是与酒一同上桌的美食，还有饮酒之后就变得开朗的人。所以我不会单独饮酒，也不会和酒品差的人一起饮酒。不愉快就没有意义。自己能不能喝醉并不是很重要。

虽说我自己不喝酒，我身边倒是有不少喝酒的人。祖父曾是个酒豪，父亲也是个酒豪。学生时期的朋友不论男女都有能喝的，况且我妻子在得病之前也是个不知宿醉的酒豪。

出版社的责任编辑也有不少爱酒者。各社的编辑会在忘年会上齐聚一堂，从第一摊喝到第二摊，最后每个人都醉醺醺的，听不清他们在说些什么。到了第二天，大多数宾客都几乎不记得忘年会后半段发生了什么。我就孤零零地坐在一群醉鬼中间。并没有不愉快，只是看着身边的人，觉得“真有趣啊”。

“喝吧，喝吧。”编辑说。

“还要喝吗？”我说，“反正到了明天就会忘记的。”

“怎么会忘记呢？”

“不，肯定会忘记的。我凭经验就知道。你刚才点的酒，到明天就会忘记。可你还是会顽固地喝下去。我问你，不会留在记忆里的酒，究竟是为什么而喝？不觉得完全是浪费吗？”

“我才管不了那么多。总之就是要喝啦。”

编辑说着就继续喝了。

我目瞪口呆。

比起现实中的饮酒，我更喜欢小说世界中的饮酒。我喜爱阅读写酒的文章，也喜爱书写饮酒之人。我所写的小说角色与我不同，不管喝多少也不会脸色发青。写豪爽饮酒的人是一件痛快的事。我在小说中幻想出的京都各处都准备了前所未见的梦幻美酒。这些酒是怎样的滋味、喝起来的感觉如何，全都是空想的产物。比起现实中的酒，文字中的酒更让我感到舒畅。不知爱酒之人能不能理解这种感受呢？

我经常会在小说中描写“酒宴”。层层加深的混乱、愈发高涨的热度。毫无关系的登场角色相互联结，超越现实的现象就此发生。登场角色在我的小说中开始饮酒，就代表着通往异世界的通道逐渐敞开。酒宴就是联结此世与彼世的通道。当然了，这种通向非现实的道路还有许多种类。不过“酒”是用起来最方便的小道具。

正因为自己并非嗜酒之人，才会想去描写酩酊大醉的景象。在我心目中，酒宴是幻想般的场合。对醉鬼们来说，酒究竟有多么香醇呢？映在醉鬼们眼中的世界究竟有多么蛊惑人心呢？我想象这些情景的时候，世界就会显出迥异的一面。这很令人愉悦。

因为不冒险所以写冒险，因为看不见幽灵所以写怪谈，因为无法飞翔而在小说中飞翔。这都是同一个道理。正因为我不会喝醉，才会写醉鬼。

如果我与祖父、父亲、编辑一样喜爱喝酒，恐怕就不会在小说中写那么多喝酒的人了吧。毕竟比起写作，还是去喝酒更愉快。

第十七回·关于花粉症

不知花粉症在海外是否也很普遍呢?

花粉症指的是由飘散于空气中的花粉引起，以过敏性鼻炎为首的一系列症状。每年一到这个季节，日本全国就有许多人深受其害。我身边的人将近一半都有花粉症。

我本在思考这回该写些什么，却因为花粉症太严重而无法集中精力。实在太生气了，便决定写一写花粉症。也许这对读者朋友们来说没什么大不了的，但就原谅我这一次吧。毕竟我现在脑袋里只有花粉症了。

花粉症的一般症状就是鼻炎。真是挺悲惨的。自己的鼻腔深处就像是与另一个宇宙中的大水箱接通了一样，有时候用纸巾擤了又擤也难以收拾。垃圾桶立刻会被纸巾填满。过于严重的时候，不靠药物就无法维持日常生活。一边擤鼻涕就很难集中精力在正事上。脑袋也像发烧一样晕乎乎的，总也不畅快。

鼻炎仅仅是症状之一而已。因人而异，还有其他许多症状。有的人眼睛会发肿，还有的人耳朵里会发痒。

我则是喉咙发痒。

这实在难以忍受！难以忍受！烦死人了！花粉啊，快给我住手！

从高中起，一到春天喉咙就会发痒，我还心想："这是怎么了？"我知道花粉症这东西，但身边没一个人说过"喉咙发痒"，我从未想过这竟是花粉症的症状。近年来，随着互联网的普及，我才知道有许多人苦于这种症状。我尝试在 Twitter（推特）上搜索了一下，发现此时此刻也有很多人在抱怨"喉咙痒"。"啊，同志啊！"我想如此高呼，喉咙却奇痒难耐。一想到日本全国还有那么多瘙痒的喉咙，我心里就毛毛的，让喉咙更加痒了。啊啊！

鼻炎可以靠医药来缓解，但喉咙痒却很难抑制。我又不能伸手到喉咙里去挠一挠。我只能坐立不安，烦躁不堪。

前几天我与双亲和妹妹一同去了奈良以南的吉野。

吉野的樱花很有名，到了这个季节会有许多观光客前往。我心想一辈子至少得欣赏一次著名的吉野樱花。而吉野确实不负盛名，有几十种樱花盛开，犹如一片粉色的彩霞铺满了山坡，那景色美得如梦似幻。然而吉野有一片深山老林，生长了许多杉树和柏树，说白了就是花粉的一大发源地。就算吃过治鼻炎的药，现代医学的力量面对倾盆大雨般的花粉也是杯水车薪。父亲、妹妹与我都被花粉症击倒，半路上就没法儿继续赏樱了。我时刻关注着逐渐减少的纸巾余量，喉咙痒得心烦意乱，筋疲力尽地回了家。我父亲双眼肿胀，拖着鼻涕大发雷霆，叫道："下次再也不来了！"然而母亲因为旧病而吃过免疫抑制剂，并没有过敏反应，与花粉症一概无缘。"要是没这点好处，那生病还有什么意义呢？”母亲说。

被花粉症折磨着在山间行走特别疲惫。从吉野回来之后，次日我困乏了一整天。一年中气候最宜人、景色最美丽的春天，都被花粉症糟蹋了，实在可悲可叹。甚至无法安稳地赏樱。

我满怀对喉咙痒的烦躁之情，写了这么一篇文章。对读者朋友们要说声抱歉，但心情倒是好了点，不知是不是心理作用，连喉咙痒都好似缓解了一些。

第十八回·关于主题

我在写小说时需要“主题”。

也许有些天才作家能边写边发现主题，如果哪天我也能做到就太棒了。但我已经历过好几次沉痛的失败，明白至少现在的自己是做不到的。我如果没能在事先确定主题就什么都写不出来。

“主题”是小说的根基。这篇小说是怎样的小说？哪些要素最吸引自己？在哪些点上与其他小说不同？主题就是规定这些方面的限制条件。条件并不局限于一条，有好几条也行，但是要避免太过含糊或抽象。“这是一本描写善恶之战的小说”就太过模棱两可了。从“描写善恶之战”这一条件能拓展出无数的可能性。而主题应该用来限制可能性。

假设你现在要建造一栋房屋，为此买了一片土地。而确定土地边界的就是主题。换言之，主题制定边界并加以限制。就算你的土地再宽广，若是每天都在换地方，就不可能造出房屋来。

构思与想写的题材是数之不尽的。此刻即有无数，今后还会增添无数。想法太多并不是值得高兴的事。这会让你无法判断该将什么与什么组合起来。想法太多的状态与没有想法的状态是相同的。假如毫无方针地随意组合想法，我的小说就会混乱到极点，连自己都不知道想表达什么。

发现主题之后，就能从无数的想法中挑选出有用的一部分。

一切都是从这里开始的。

那么该如何去寻找主题呢？假如我真的知道切实找到主题的方法，就称得上商业机密了，是不可能告诉任何人的。不过确实有基本方针。

首先最为重要的就是敢于胡来。

在正常联想下不可能走到一起的事物联结起来的时候，才能生出好的主题。我写的《春宵苦短，少女前进吧！》是从京都的酒吧街与《爱丽丝梦游奇境》联结处开始的。《企鹅公路》是从居住在住宅区的少年与史坦尼斯拉夫·莱姆《索拉里斯星》这篇科幻小说的联结处开始的。想要有意识地胡来是很困难的，但至少在主题上不应该追求逻辑性。这是我的经验之谈。主题只要美妙、愉快、令人兴奋就足够了。不必用头脑来思考，而是要用心来感受。

从莫名其妙却无比迷人的主题开始工作，最终让读者相信“这篇小说有意义”，我的小说是在这个过程中得以成立的。

如果我从最初就想创造一个有意义的主题，一定是我状态很差的时候。我追求的是“不管怎么写都能顺利写完”的安心感。可是在这种思路下，就只能将身边的事物联结起来，创造出在常识范围以内的主题。没有飞跃自然很容易想到，也正因此，谁都能轻松想到。所以会很无趣。

主题理应是极端的、异样的、愚蠢的、离经叛道的，我不断如此忠告自己。当然，在写小说的过程中，我会对主题展开种种思考。这会让几乎没有明确意义的事物产生意义。正因此，写小说才十分愉快。

在用主题框出的土地上建起一栋房屋。

这就是我心目中的小说。

建造房屋的时候，我祈盼上二楼瞧瞧。有了二楼之后，又想去三楼。我能爬上几层楼取决于建材的坚固度、土地的面积以及施工图纸。不过我至少明白，要是从头到尾光留在一楼瞎转悠，就可以说这本小说失败了。

我会在写小说的过程中寻找楼梯。

那么“楼梯”究竟是什么呢？

第十九回·关于故事的创作方法

我自出道时就觉得自己很不擅长创作“故事”。准确地说，我不明白故事应该怎么创作。我写了这段话，或许有人会说：“你不是已经写出好几部来了吗？”可这就是事实。我将根据主题收集的构思组合起来随手把玩的过程中，自然而然形成了一个流程，最终成为故事。虽然其中有经过预计而组合的部分，但关于故事的形成，我还是有很多不明白的地方。

这种创作方式很耗费时间，也让人很担忧。

“这样下去可不行。”

我这么想着，尝试学习效率更高的故事创作法。我阅读了各种关于“故事创作方法”的书籍，观看美国电视剧并分析它们的节奏。可是，一旦像这样对故事进行计算并组装，写小说就变得无聊起来。感觉自己写了一大堆根本没必要写的东西。况且，理论上应该会有趣的内容却一点都没意思。哪怕必须耗费很大的劳力，还是以前那种摸着石头过河的写法更愉快，作品也更有趣。

小说与故事之间的关系很像生命体与 DNA 之间的关系。

小说是有机的生命体。那么对故事加以计算并进行组装，不就很像对 DNA 进行分析并创造出人工生命体吗？就如同生命以 DNA 作为延续的手段那样，小说延续生命的手段就是故事。

我将想描写的意象收集起来，并试图通过组合它们来创造出新世界。在反复试错的过程中，过去曾经体验过的故事以天启般的形式赋予了我故事的理论——故事与故事交配后会生出下一个故事。就算以机械化的步骤来组合故事，并主张“这应该有用”，实际发挥不出功能就没有意义。搞得不好还会生出弗兰肯斯坦这种怪物来。

这真是天经地义的事。

假设这里有一对身体健康的年轻夫妇。

“我们差不多该要个孩子了。”丈夫说。

“是啊。生个活泼的孩子吧。”妻子也表示同意。

“那我去准备试管吧。接着把我们的 DNA 分析一下，合成孩子的 DNA 配对，然后与需要的蛋白质一起放进试管，这样那样一下。”

如果丈夫说出这种话来，造孩子可得绕远路了。既然是健康的普通夫妇，他们应该先尝试一下更快捷的方法。

想要通过计算与组装来创作故事的我，就有点像这位古怪的丈夫。

对生命来讲，最重要的并不是 DNA，而是“活着”本身。DNA 只是活着的手段。与此相同，对小说来讲，最重要的不是故事，而是是否能从中感受到一个活着的世界。故事只是为达成目的的手段。以上是我的想法。

小说中的那个世界只能一边写作，一边去亲身体会。在实际写出文章之前，那个世界并不存在，写之前是不可能预想到那是怎样一个世界的。

“因此，我不再通过计算来创作故事。”

如果我能这么写，那这篇文章就能迎来一个美好的结尾，可是……

可是要写出完全不经计算的小说，也是一件挺困难的事。截至目前，我写的小说有一半都是靠计算组装而成的。

暂时还不知道它们的比例在将来会产生何种变化。

第二十回 · 关于龙安寺的石庭

京都有座临济宗的寺庙，名叫龙安寺，它的“石庭”很有名。

所谓的石庭，就是一块土墙围起来的二百五十平方米的长方形地皮。地面铺满了白沙，用笤帚勾勒出花纹，还零散摆放着大小十五块石头。说是“庭院”，却顶多长了些苔藓，一根草木都没有。来参观寺院的人会坐在檐廊欣赏庭院。它的作者是谁、为什么建造了这个庭院、石块的布置有何含义，这一切都为未解之谜。

我在京都上学的时候，曾经去过一次。我坐在檐廊上观赏了一会儿白沙与石块，看不懂有什么好的。漂亮倒是挺漂亮，可并没有一眼望去被震慑住的感觉。纯粹因为“一切都谜团重重”而迷迷糊糊地有所向往。

从那以后，我就再也没去过龙安寺，就这样过了十年。

话说回来，我有一个持续了很多年的习惯。在每日的生活中，只要是我感到“这个可以用在小说里”的事情就会写在记事本上。触动我的风景、阅读时发现的奇妙语句、电影的场景、妻子的一句话……我会把各种东西记下来。虽说小说很重要的一点是边写边发现，但赤手空拳就开始写也未免太鲁莽了。并不是突然坐在桌前宣言一句“写吧”就能写出来的。必须在平日里就孜孜不倦地收集可能用上的素材。

这个习惯从我初中持续至今。初中时我就决定了将来要当个小说家，所以想到什么都会记录下来，哪天要写小说的时候说不定就能用上。因为记了将近二十年，我的笔记积累了相当的量。绝大部分笔记没在小说里用上，就这么放着没动过，但很鼓舞人心。我每天都会四处探寻“小说碎片”，然后记录下来。时不时回顾一下收集的笔记，碎片与碎片偶尔就会不经意地联系起来。这种发现的感动也是写小说的一大乐趣。

那么我积攒的“小说碎片”究竟是什么呢？

那些碎片联结起来时所发现的又究竟是什么呢?

那些对我来说都是谜团。

让我们再次回到龙安寺的“石庭”吧。今年年初，我因为某项工作有了再次参观石庭的机会。我并没有强行解释的意思，但十年后坐在檐廊观赏石庭的那瞬间，我觉得“这个庭院只有一块石头”。散布在白沙上的十五块石头，都好似在水面露出脑袋的冰山一角，而下面藏着一块巨大的石头。这个庭院真正关键的地方并不是散落在眼前的碎石，而是它们暗示出的“看不见的大石头”。

我对这个解释非常满意。

而且，对石庭的解释与我深藏心中的谜团也牢牢联系在了一起。

我每日在四处探寻并记录的“小说碎片”就好比散布在石庭中的石块。之所以会被它们所触动，就是因为我通过那些石块，感受到了埋藏于地底的“看不见的大石头”的存在。而当我发现石块与石块相连通的瞬间，我就获得了确信：“地底下有一整块大石头！”于是小说就开始了。我面朝书桌忐忑书写的过程中，原本隐藏在地底的石块会变得越来越明显。

如此挖掘出的大石块，恐怕就是我们肉眼所不可见的“另一个世界”。

第二十一回·关于动画《有顶天家族》

我在二〇〇七年出版的小说《有顶天家族》动画化后，在今年

（二〇一三年）七月开始在电视上播放了。我的小说实现动画化，是继《四叠半神话大系》后的第二次。

动画《有顶天家族》非常有趣，我也每周期待不已地追着看。也有了因为动画而去看原作的人。书能卖出去真是大好事。《有顶天家族》破天荒地采用了“以狸猫为主角”的设定，让许多读者敬而远之，相比其他作品很少有人在讨论。这样的作品能获得众所瞩目的机会，我作为作者非常高兴。

话又说回来，自己写的小说被动画化真是感觉很奇怪。

动画的负责人是导演。一旦决定将作品交给导演，我就不应该随便插嘴了。小说出版之后，阅读的方式就该交给读者来决定，作者轻率地主张“这才是正确的阅读方式”是很奇怪的。导演也是一名读者。说得更极端一些，动画就是基于“导演如何解读原作”而创作出来的，应该无视“原作者的意见”。如果导演用了难以理喻的解读方式，制作出了难以理喻的影像，那就只能认命了。这件事并没有什么好坏。我能堂堂正正说“这是我的作品”的终究只有原作小说，动画拍成了怎样的形式与我无关。

以上是我心目中的理解。

然而我也是一个人。

如果动画投入了很多，将我在写小说时特别偏爱的场景制作得很精致，我当然也会高兴，凡事不外乎人情嘛。尤其《有顶天家族》在导演和制作组的精诚努力下，几乎没改变原作的故事，通过细腻的取材将书中的京都风情忠实地重现了。如此忠实于原作，反倒让我有些不知所措。究竟是动画作品本身的乐趣，还是我的妄想实现形象化的喜悦呢？我已经渐渐分不清楚了。最没法儿客观欣赏动画《有顶天家族》的观众恐怕就是我了。

我并没有借影视化之际向导演提什么意见，而导演也极力避免向我寻求建议。所以在制作过程中，我几乎没机会谈一谈原作。动画开始播放后，我通过对谈与评论音轨这些工作，总算能聊聊各种话题了。不仅仅是导演，还与制作公司的员工、声优等聊了很多。

导演也好，制作组也好，声优也好，他们都各自阅读了原作并加以思考，对字里行间的描写进行了想象。声优为了把握角色性格，导演为了向制作现场传达演出意图，都对作品进行了理论上的分析。和他们聊天，感到有趣的同时又倍感危险。这是一个发现崭新视角的机会，同时，他人的分析又会给我自己的想象设限。通过这次的体验，我深有感触。他们真的好可怕。

我写小说时会有很多搞不清楚的地方。为什么要描写那种意象呢？为什么要让故事这么发展呢？我自己都时常搞不懂。关于角色也是差不多。那个角色其实是个怎样的人呢？对我来说也是个谜团，我只是从外侧进行了一些推量而已。我还经常故意让自己搞不清楚。否则的话，我就无法创造出令自己信服的“世界”了。

那些“搞不清”的地方一旦被导演等人用理论来追究，我就没辙了。经常是聊着聊着就晕头转向了，让我觉得自己是个傻瓜。我承认某种程度上的确挺傻的，但我心目中的小说就是这种东西。搞不懂的永远都搞不懂。要我写一本凡事都要自己来解释的小说，就一点都没意思了。

也许说得很不是时候，其实我正在执笔创作《有顶天家族》的续篇。

我该怎么办呢？

当然是要当一个让导演他们更加头疼的、聪明的傻瓜。

第二十二回 · 关于书写京都

我自出道以来，出版的书籍已达十二册。其中十一册是小说，小说中的十册都是以京都为故事的背景。以同一个城市为背景写了这么多的作家，在同龄人中也算是少有了。更进一步地说，我写的京都局限于一个非常狭小的范围，只靠骑自行车就能一圈都绕过来。只要是对京都稍微有些了解的人，就立刻能明白。

写了这么多以京都为背景的小说，别人就会说："那你想必很喜欢京都吧？"别人会把我误当作对京都非常熟悉的人，让我发表对京都的看法。接着他们会发现我其实并不怎么了解京都，于是大失所望。看到他们的表情，我总是觉得很抱歉。

很遗憾，小说里写的内容几乎都是我的妄想。

我在小说里写到的东西，能称得上现实的，顶多是风景和地名。在我小说中登场的角色绝不使用京都人常说的方言，却又称不上普通话，总之是用毫无生活气息的语言在对话。那是一个极其造作的世界。

假如说我的小说有什么新颖之处，那一定是描写出了比过去任何作家笔下都更浅薄的京都。像京都这样具有漫长历史沉淀的城市，会让写作者不由自主地紧张起来。只要是有点知识的人，就无法忽略京都城里的传统与习俗。他们会想："既然要特地以京都为背景，就必须写出'京都味'来。"所以他们写的时候不能掉以轻心。一旦有了那种想法，京都这座城市的历史就会从方方面面把人缠住。此时认为"必须与京都展开正面交锋"也算是一种方针，但另辟蹊径认为"没必要交战"也挺好的。

刚开始以京都为背景进行写作的时候，也许是万幸，我对京都还一无所知。我生活在京都，自然对这座城市感到亲近，但除此之外对京都别无兴趣。我并不是向往京都而来到京都的。这或许是因为我出生于"另一座古都"奈良，对京都存在一些对抗心理。假如我是土生土长的京都人，或者是个无比向往京都的外地人，恐怕就不会如此轻率地写以京都为背景的小说。京都这座城市就是有这种纠葛，或者说威势。

我并不喜欢将背景定在与自己生活无关的地点，并特地为此取材的写作方式。我要以周遭的地点为背景来写。我开始写以京都为背景的小说，与其说是因为喜欢京都，不如说是因为我当初就住在京都。

我从过去就很喜欢自己居住的城市。大阪、奈良、京都、伦敦、东京，我在许多地方生活过，每个城市都喜欢。在每日的生活中，季节会流转，城市的风姿也会随之变化。每一座城市都有它充满魅力的侧面，但不花上足够的时间是难以发现的。当然了，所谓的"魅力"是对我自己而言的魅力，与别人的感触没关系。说白了，这全都是妄想。就算是一成不变的平凡街角，只要它能刺激到我的想象力，令我兴奋起来，它就能代表城市的魅力。我像捡拾宝物一样每天收集那些妄想，不久之后，它们会开始产生联系，呈现给我另一座幻想中的城市。我说的"喜欢上城市"指的是这个意思。

我想写的并不是京都。我想写的是受身边景象触发后妄想出来的"另一个京都"。于是，在我持续不断妄想之后，我对"另一个京都"已经相当熟悉。然而，对于普通人所期待的京都，那个在观光旅行时只要坐上出租车就四通八达的具体的京都，我仍旧几乎一无所知。想要去我所知晓的那个京都，需要用上想象力。

很遗憾，关于这些事，就很少有人能理解了。

第二十三回・关于计划性的无计划

在将棋界有句话叫"不顺三年即为实力"，我觉得这句令人坚强的话很适合胜负严苛的棋界。也正因此，对现在的我来说，没有比这更可怕的话了。我不禁想"自己是从什么时候开始瓶颈期的"，然后掰着指头数了数。我觉得可能已经超过三年了，但又觉得还没事。

瓶颈期是什么呢？大概是"本来能顺利完成的事情，在无意识间变得无法完成了"。假如原本就需要有意识地努力去完成，那么重新找回意识或许就能缓解状态不佳。但如果是无意识的点上发生了问题，想解决就很麻烦了。我就必须对写小说的步骤进行分析，探寻过去未曾意识到的前提条件。也就是说，我要对自己的"写小说"这一系统重新进行定义。

不过这儿就有一个陷阱。我根本不知道要在什么范围内将“写小说”系统化。如何在能够系统化的区域跟无法系统化的区域间画一条线是一道难题。如果真的能将“写小说”完全地系统化，那就能像流水线蒸馒头一样轻轻松松量产出小说了。真能做到就没人会操劳了。再说了，从一到十都能计算出的小说，还有什么意思呢？写作者正是因为“不写出来就不知道”才大费周章写小说的。

激起人兴趣的东西、令人兴奋的东西、令人愉快的东西……想要创造出这些东西，必须要有一次飞跃，但飞跃本身是无法计算得出的。我们能做的仅仅是在飞跃之后检验那是否一次正确的飞跃。想要飞跃必须放空大脑。说好听一点是“无意识”，难听一点就是“胡来”。在到达悬崖边之前，我们必须精心计算，按照计划来行走。但如果不放弃计划一切，就不可能从悬崖边跳起来。

这就是所谓的“计划性的无计划”，在各种场合都很需要。

首先是决定要写怎样的小说以及小说主题的时候。主题就是将小说的世界从我们生活的世界分离出来的构想。它需要的是发现。在这个阶段，光靠讲道理是不会有发现的，必须要荒唐无稽。

接下来就是如何让故事展开了。我会将自己想写的情景、人物与台词、修辞手法等各种要素安插到主角的行动中去。在这一步，我会将它们组合成各种模式并破坏掉，再组合再破坏。在反复试错的过程中，某一个瞬间，就像拼图碎片严丝合缝地嵌上了一样，一切意象都顺利地组合在一起，一道没有丝毫累赘的理想流程就此浮出水面。在发现这道流程之前，全靠敢于胡搅蛮缠的耐力。假如在这一步失去勇气，就无法看清每个要素所暗示出的流程，让人想选择所谓“安全”的故事展开。这样创作故事，就很容易流于脑海中事先构建的俗套情节。故事的流程不应该是组建起来的，而是要去发现。

然后，在将故事写成文章的阶段，也需要敢于胡来。比如说我要从刚写的一段文章跳跃到另一段文章去。假如丝毫没有意外性，写的过程就不会有发现，可接二连三都是意外的话，就无法掌控文笔。不顾一切地跳起来，同时要素之间仍保持着联系，这才是小说文本的愉快之所在。

小说必须以计划性的无计划来书写。

当我如此思考的时候，才感觉终于摆脱了瓶颈期。

当然，如果有人想用其他方法来写，那尽管去写便是。这世上有太多才华横溢的人了，在那纵情书写的无我境界中，他们能让胡来与计算之间的区别彻底丧失意义。我十分憧憬那样的人，却无法像他们那样写作。这篇文章所阐述的仅仅是胡来的作家利用胡来进行写作的方法。

第二十四回·空转小说家

本专栏到这一期就要宣告结束了。

在坚持这份连载的两年时间里，我懒散到了极点。我在日本国内断了一切连载，这个专栏是我唯一的连载。唯一的连载是在海对面的杂志上，倒也挺不可思议的。

为什么会落得这番境地呢？因为我在距今两年半前的夏天病倒了。恐怕是精神上的原因。我在好几年里都被永无止境的截稿日所追赶，因为写不出自己想写的小说而烦恼不已。家庭上也有些烦恼，况且三月份还遭遇了大震灾。这种心灵上的问题很难轻易断定原因。

总而言之，我病倒了，停止了所有连载，退租了东京的住处和工作室，躲回了宁静的奈良。

我一点一滴地写起了新小说。然而工作的进度很缓慢，就像附近池塘里的乌龟一样慢。一点都写不出的日子也很多。其实我整日都在思考：我能写出什么来？我想写什么？说到底小说究竟是什么？我没有得出结论。我只能眺望着太古至今未曾变幻的奈良群山与天空，发起了呆。“我究竟在做些什么呢？”“在这个全球化的时代，身处于全人类规模大转变的旋涡中央，这样悠闲度日真的没问题吗？”我也曾思考过这些问题。但是奈良很平静，小说迟迟没有进展。

我给这份连载的标题起名为《空转小说家》，正是为了形容自身所处的状况。每月写这份连载的两年时间里，我在原地空转。

因为空转时期结束了，所以这份连载也要结束了。

我并不认为小说是世上不可或缺之物（还没有那么傲慢），但也不觉得可以没有小说（还没有那么卑微）。我心目中的小说是令人欢愉却无用的事物。一个以创作小说维生的人，为此削减睡眠来工作，劳神伤身来烦恼，不觉得很奇怪吗？已经够了吧？我都已经厌烦了。我为“小说在人生中的意义为何”而烦恼，或是为“怎样才能高效写小说”而沉思，却离小说越来越远了。小说这种胡编乱造的玩意儿，跟这些鸡毛蒜皮的盘算本就不沾边，所以它才那么美妙。可我却把不怎么灵光的脑袋绞尽了脑汁，究竟在恼些什么？

这两年来我想了很多，但终究还是没搞懂小说是什么，也没给今后要写的小说指定什么方针。回首一看，这两年实在是莫名其妙。所以我称它为空转时期。有时候干脆地承认“那段时间浪费掉了”反倒能让人生轻松一点。没必要从每一件事中都寻找出意义。

不过这两年里我还是太过懒散了。

能逃避的事物都被我逃避了。但我还活着。就算我不写小说，太阳还是会升起又落下。四季仍然会流转，每一天都很美。

活着是件很好的事。

说着这种好似大彻大悟的话，编辑们担心地问：“该不会永远都不写小说了吧？”况且还有耐心等待着下一部作品的亲切读者们呢，所以我不能光是体会着“生之喜悦”继续安闲度日了。

空转时期结束了，我该写小说了。

那么各位朋友，后会有期。

后　记

感谢你阅读到这里。

本书中收录的内容，是我自二〇〇三年以小说家出道以来，约十四年间，发表于报刊杂志、舞台剧宣传册等各种媒体上的文章。根据内容判断，省略了一部分文章，但小说以外的文章几乎全都收纳进了这一册中，可以说就是截至目前的《森见登美彦随笔大全集》(除《美女与竹林》)。

其实我不怎么写随笔。因为一不小心就可能写得比小说还吃力，那还不如去写小说呢。并非因为是随笔就能轻松写就，倒不如说随笔让人更费神。

我不推荐大家一口气读完本书。因为这些是在漫长时间内的种种状况下写的文章，长短与内容也参差不一，很多都写得一本正经。看多了不好消化，持续读下去很快就会腻。应该在每晚随便翻几页，累了就停下。因为集结了一切的文章，所以起起伏伏才是本书的基调，请别太勉强。

收集并编排这些文章时，我受了新潮社出版部的西山奈奈子小姐很多照顾。《小说新潮》编辑部的后藤结美小姐、文库出版部的青木大辅先生也出了很多力。《太阳与少女》这个美妙的标题就是青木先生提议的。我要向他们表达深深的谢意。

收录于本书的文章原本刊登在各种不同的媒体上。借此机会，我也要向爽快准许拙文收录至单行本的各社负责人表示由衷的感谢。

平成二十九年夏 于奈良

森见登美彦

森见登美彦著作列表（截至2017年）

【小说】

《太阳之塔》（2003年12月 新潮社/2006年6月 新潮文库）

《四叠半神话大系》（2005年1月 太田出版/2008年3月 角川文库）

《狐狸的故事》（2006年10月 新潮社/2009年7月 新潮文库）

《春宵苦短，少女前进吧！》（2006年11月 角川书店/2008年12月 角川文库）

《新解 奔跑吧梅勒斯 他四篇》（2007年3月 祥传社/2009年10月 祥传社文库/2015年8月 角川文库）

《有顶天家族》（2007年9月 幻冬舍/2010年8月 幻冬舍文库）

《恋文的技术》（2009年3月 白杨社/2011年4月 白杨文库）

《宵山万花筒》（2009年7月 集英社/2012年6月 集英社文库）

《企鹅公路》（2010年5月 角川书店/2012年11月 角川文库）

《四叠半王国见闻录》（2011年1月 新潮社/2013年7月 新潮文库）

《神圣懒汉的冒险》（2013年5月 朝日新闻出版/2016年9月 朝日文库）

《有顶天家族 二代目归来》（2015年2月 幻冬舍/2017年4月 幻冬舍文库）

《夜行》（2016年10月 小学馆）

【随笔】

《美女与竹林》（2008年8月 光文社/2010年12月 光文社文库）

《太阳与少女》（2017年11月 新潮社）

【个人京都导览】

《森见登美彦的京都团团转指南》（2011年6月 新潮社/2014年6月 新潮

文库）

【对谈集】

《团团转问答——森见登美彦对谈集》（2016 年 10 月 小学馆）

【新译】

《竹取物语 伊势物语 堤中纳言物语 土佐日记 更级日记》（独立编辑：池泽夏树 日本文学全集 03）（2016 年 1 月 河出书房新社）※《竹取物语》新译

【编纂】

《奇想与微笑——太宰治杰作选》（2009 年 11 月 光文社文库）

【收录于文选的作品（单行本未收录）】

《盲目之恋的后巷》收录于《不可思议的大门 午后的教室》（2011 年 8 月 角川文库）

《邮政少年》收录于《一夏。盛夏阅读的五个故事》（2014 年 7 月 角川文库）

《二十世纪酒店》收录于《20 短篇小说》（2016 年 1 月 朝日文库）

《四叠半世界放浪记》收录于 *Fantasy Seller*（2011 年 6 月 新潮文库）

【其他小说】

《窥探金鱼缸的孩子们》（《小说新潮》新潮社，2004 年 9 月号）

《曼珠沙华》（《朝日新闻》（关西版）2015 年 12 月星期四晚报，全 4 回）

《四叠半中的睡美人》*STORY BOX* 小学馆，2010 年 4 月号 Vol.09）

《高岛屋女孩》（《小说新潮》新潮社，2011 年 1 月号）

《神圣自动售货机的冒险》（《SF 宝石 2015》光文社，2015 年 8 月）

《热带》（《MATOGROSSO》EAST PRESS，2010 年 5 月 ~ 2011 年 9 月）

《某〈四叠半日记〉传》（*Coffret* 祥传社，2016 年 1 月 ~ 4 月）

《夏洛克·福尔摩斯的凯旋》(《小说 BOC》中央公论新社，2016 年秋起连载中）